ある詩人への挽歌

マイケル・イネス

クリスマスの朝、エルカニー城主ラナルド・ガスリー墜落死の報がキンケイグにもたらされた。自殺か他殺かすら曖昧で、唯一状況に通じていると考えられたクリスティーンは恋人ニールと城を出ており行方が知れない。ラナルドの謎めいた死をめぐって、村の靴直しユーアン・ベル、大雪で立往生し城に身を寄せていた青年ノエル、捜査に加わったアプルビイ警部らの語りで状況が明かされていく。ウィリアム・ダンバーの詩『詩人たちへの挽歌』を通奏低音として、幾重にも隠され次第に厚みを増す真相。江戸川乱歩も絶賛したオールタイムベスト級ミステリ。

登場人物

ユーアン・ベル……キンケイグ村の靴直し
アルジョー・ウェダーバーン……弁護士
ラナルド・ガスリー……エルカニーの城主、地主
クリスティーン・マザーズ……ラナルドの被後見人
ニール・リンゼイ……クリスティーンの恋人
ノエル・ギルビイ
シビル・ガスリー｝……エルカニー城の客
ハードカスル夫妻
タマス
アイサ・マードック｝……城の使用人
ロブ・ギャムリー……農場管理人
ジャービー……牧師
ウィル・ソーンダース……肉屋
ミス・ストラカーン……教師

ロブ・ユール……………………小作人
スピアーズ……………………駅長
マクラーレン…………………鍛冶屋
ジョンストン夫人……………郵便局長
カーフレー……………………八百屋
ロバーツ………………………〈紋章亭〉の主
スチュアート…………………弁護士
スペイト………………………警部
リチャード・フリンダーズ……医師
ジョン・アプルビイ…………スコットランド・ヤードの警部

ある詩人への挽歌

マイケル・イネス

高 沢 治 訳

創元推理文庫

LAMENT FOR A MAKER

by

Michael Innes

1938

目次

ある詩人への挽歌

ユーアン・ベルの語り

I

エディンバラの弁護士ウェダーバーン氏が、物腰こそ穏やかだが知謀に優れた御仁《ごじん》であることは、わしの話ではっきりするだろう——彼《か》の地で同業者に伍して活計《たずき》を得るとなれば、蛇がイヴに授けた狡智がいくらあっても足りんとは思うが。まこと、氏は油断のならない男じゃ。その証人がこのわし、キンケイグの靴直しユーアン・ベルで、これから述べるように氏にまんまと乗せられ、最初の語りを務める羽目になった。

〈紋章亭〉の氏の部屋で、わしらは厳しい寒さを退けようとトディ（ウィスキーなど強い酒を湯で割り蜂蜜や香料を加えたもの）のグラスを手に坐っていた。数日来、わしは雪や十二月の寒風などという生易しい言葉では言い足りない目に遭い、こうしてトディと勢いよく燃える暖炉の火にありつけるのが夢のようだった。二人して、それぞれ今度の事件を反芻《はんすう》するかのように思いを回《めぐ》らせていた。全く、この地では見たことも聞いたこともない奇怪な出来事だった。やがてウェダーバーン氏は手にしたグラスから目を上げた。「ベル老、小説でしかお目にかかれないような出来事でしたな」

「いかにも、ウェダーバーン殿。徹頭徹尾悪魔の所業としか言いようがありませんでしたな」

氏は持ち前の感じのよい笑みを見せた。並の人間なら見逃すことにも滑稽の種を見いだすのではないかと思わせる笑い方だ。それが一転、わしの顔をまともに見据えて切り出した。「私は、あなたならこの一件を素晴らしい話に仕立てられると踏んでおります。一つ、お書きになってはいかがですかな？」

わしは仰天した。言葉は丁寧だが、弁護士ともあろうお人が、キンケイグの教会の長老に向かってこんなことを言い出すとは、世の中も変わったものじゃ。祈りの文句を唱えるという神意に適《かな》う目的以外で用いる創作の才は、悪魔の誘惑にほかならん。然《しか》るにウェダーバーン氏は、わしが生まれついての物語作家であると仄《ほの》めかし、もつれにもつれた出来事について書けと、けしかけていた。しかも、なにがしかの教訓が得られるわけでなく、ちょっとばかり面白そうな話になるからという理由で！　ぜんたい、ウェダーバーンなる御仁は、必要とあらばいくらでも厳格な態度を取れるのに、どっかしら気まぐれで、この提案も酔狂にすぎた。老いぼれ靴直し風情《ふぜい》には荷が重い、とわしは答えた。

「ほほう、ベル老。教区で牧師と学校の先生に次ぐ物知りは靴直し、という言葉を疑う者はおりませんぞ」

「そして、不信心者だとも言われておりますな。だが物事には押しなべて例外というものがありましてな」ぶっきらぼうに答えてやったが、ちょっといい気分だったことは認めねばなるまい。一つには、氏が『靴直し《スーター》』という古い言葉を使ってくれたからだ。村のウィル・ソーンダースが『肉屋』の看板を下ろして『家内精肉業』——何とも間抜けな響きじゃ——に掛け替えてからも、わしは靴直しで通しておる。もう一つ、氏の指摘が教区の現状を正しく言い当てていることにも満足していた。いや、正しいという以上かもしれん。我々の教区には、学識豊かなジャービー牧師がいるが、学校の教師は長いこと不在で、やっと見つかったと思ったら、やって来たのはつむじ曲がりの若い娘だった。この先生の金切り声ときたら、学校中の生徒が騒いでいてもそれを圧して響く。そんなものを朝っぱらから聞かされたい男などいるはずもない。ミス・ストラカーン——先生の名前だ——は、エディンバラ大学から学位を授かってはいるものの、昔の教師なら当たり前に修めていた学問を身につけておらん。あるとき先生とちょっと話をしたら、プルタルコス（『対比列伝』で有名な、帝政ローマ期のギリシャ人）はラテン語で書いたと考えていたので、わしは慌てて話題を変えねばならなかった。だが、ご本人は満悦至極。大学では論文——先生の言じゃ——を物していて、『視覚教育における映画の補助的役割』という題らしいが、アレグザンダー・ベインの『論理学』やヒュー・ブレア師の『修辞学及び文学講義集』に比肩するものを書いたと言わんばかりに鼻高々じゃ。村のロブ・ユールが「んで、そのシカクキョウイクってのは何です？」と訊いたことがある。先生に口を開く暇《いとま》を与えず、ウィル・ソーンダースが横合いから「スザンナが長老たちに授けてやったありがたいもんだよ（『ダニエル書』の外典にある話で、水浴するスザンナを二人の長老が覗き見する）」と答えよった。教師を侮辱したも同然、分別のかけらもない言い種だ。ほとほと下品な奴じゃよ、ウィルは。

おっと、余計なおしゃべりをしていたら話が進まん。

ともあれ、この一件を教区の誰かが書くとなれば、わしのほかに適役はおらんと承知してはいた。ジャービー師に頼むわけにはいかん。あのお方の学識はもっと高邁《こうまい》な方面で生かしてもらわねば。それに、口幅ったいようだが、わしとて無学というわけではない。『必携良書百選』を通じてジョン・ラボック卿（一八三四―一九一三。イングランドの銀行家、政治家。考古学者、生物学者としても有名でダーウィンと親交があった）に私淑し、はや四十年になる――大学の若い娘たちがそこまで勉強しているか疑わしいもんじゃ。それにもかかわらず、わしはウェダーバーン氏にこう答えた。「ネ・スートル・ウルトラ・クレピダム」（靴直しは靴のこと以外に口を出すな、の意）――これは奇《く》しくも、ローマ人が「関係ないことに鼻を突っ込むな」と戒める言い回しだが、当意即妙の受け答えをしたからといって、わしはいい気になりはせん。忌まわしい日々が終わったことだけで満足しておったからな。

ウェダーバーン氏はわしのラテン語に軽く頷いただけで話を続けた。「ベル老には出だしをお願いしたい。ほかの人たちは後に続いてもらって、めいめいが自分の語りをするという形にしたいんです」

「ご自分も頭数に入れておられるのでしょうな、ウェダーバーン殿」企ての馬鹿馬鹿しさが氏の身に沁《し》むように、強く言った。

「もちろんです」氏は涼しい顔でトディのお代わりを注文した。

わしはまたもや仰天した。しどろもどろになったのも無理はあるまい。「おほん、サー・ウォルターに倣《なら》ってというところですかな？」

「その通り。サー・ウォルターのように名前を伏せておくこともできます。ご存じでしょうが、ロックハート（一七九四―一八五四。ウォルター・スコットの女婿で、スコットの伝記を書いた）は、かの偉大なる魅惑者《ザ・グレート・エンチャンター》自身が大いなる謎だったと記しています」

　わしがロックハートの『サー・ウォルター・スコットの生涯』を読んでいると決めてかかった氏の口調に、幾分いい気になってしまった。ここで虚栄心が頭をもたげねば、わしは固辞していた。ところが、言下に否と答えかけた——嘘ではない！——そのとき、またしてもぴったりのラテン語が頭に浮かんだ。「ウェダーバーン殿、アヴィザンドゥムにいたしましょうぞ」——これは、氏の友人であるエディンバラの判事連中が判決を翌日に持ち越したいときの常套句で、氏も声を上げて笑うしかなかった。我々は、翌日氏が南部へ発つまで結論をお預けにして別れた。

　あくる日、雪の中を鉄道の連絡駅へと氏を送る車を待ちながら、心中を漏らす氏の言葉にわしは耳を傾けた——自分には若い友人がいる（マイケル・イネスのこと）。浮ついた男で、会ったこともない人物や自然の理《ことわり》を超えた出来事に関する荒唐無稽な話ばかり書いており、自分はこの若者を現実に引き戻してやりたいと心を砕いている。たまたまガスリー事件は——半ば自然の理を超えているとはいえ——現実に起きたことであり、我々が各自の語りを素材の形で与え、一部に手を入れるも全体を書き改めるも好きにやらせれば、この物書きに分別というものが具《そな》わるだろう。もちろん——その必要がある——我々の名前はすっかり変えてもらい、話に登場するキンケイグその他の場所や人物が、今でさえ悪名高いというのに、これ以上評判を落とすことにならぬよう注意して書いてもらう。氏はそう話した。

確かに善意から生まれた企てであるし、忌まわしい出来事の中にもわずかながら善果を見つけられると思われた。手短に言うと、わしはウェダーバーン氏に書くと約束した。これから述べるのはラナルド・ガスリーに死がもたらされた顛末《てんまつ》である。詩人ホラティウスの忠告に従い、事件の渦中《イン・メディアス・レス》から始め、それから以前の出来事に戻るとしよう。ウェダーバーン氏の若いご友人がホラティウスなど胡散臭いと考えるなら、好きに変えてもらって構わん。

2

ラナルド・ガスリーが自ら罪深い命を終わらせたという知らせがエルカニー谷の麓《ふもと》に届いたとき、キンケイグの村に悲しむ者はほとんどいなかった。立派な家柄に生まれ、眉に白いものが交じるまで齢《よわい》を重ねながらも粗暴な振る舞いを変えず、わしらが知る限りずっと、カラスのように孤独に暮らしていた。前任の牧師は彼を世捨て人と呼んでいた。もう何年も前、その牧師は慈善活動への協力を仰ごうと谷をのぼってガスリーを訪ねた。一族専用の信徒席がいつも空《から》であることを窘《たしな》めに来たと思ったガスリーは、牧師めがけて錆びついた銃をぶっ放した。犬をけしかけたという説もある。犬じゃなくてネズミだと言う者もいた。このあたりでエルカニーのネズミは、お伽噺のハーメルンのネズミより有名でな。銃だろうが犬だろうがネズミだろうが、とにかくキンケイグ中が大笑いした。それくらいジャービー師の前任者は嫌われていた。牧師が嫌われ者だった以上にラナルド・ガスリーは疎《うと》まれ、憎悪に近い感情を抱かれていた。これは考えてみると不思議だ。前任の牧師というのが、四六時中信徒の家を回っては「どなたかご在宅かな?」と呼びかけ、応える暇《いとま》もあらばこそ、あっという間に入り込み、愚にもつかぬことをぺちゃくちゃしゃべりながら只酒《ただざけ》を期待しているのが見え見えだったのに対し、ガスリーは遠くにいて誰を追い回すでもなかったのだから。実のところ、村人はガスリーという名前自体を嫌っていた。彼はどうしようもないしみったれだった。

　ガスリーのけちん坊ぶりは付近で並ぶ者がなかった。もちろん、けちん坊には事欠かん。ドロチェット川の下流で広い畑を耕しているロブ・ユールは、小金を貯め込んでいるくせに、水車小屋で挽いたカラスムギの粉を家へ運ぶ荷車について歩いては、引き手の若者に「気をつけろ!」とがなり立てる。乾物屋の使う小さなシャベルを持ち、少しでも粉がこぼれたら、泥に落ちた粉でさえ身を屈めてシャベルでこそぎ取っておる。一方、グレンリペットにはフェアバーンという男がいて、こいつのかみさんはリウマチで足が不自由だが教会活動に熱心で、ドルカス会（教会内に設けられた貧民救済の集まり）に通えるよう夫に車を持たせた。ところがこの男ときたら、三月に一度しか車を使おうとせん。かみさんのほうが十も年上なので、あわよくばと、ろくでもない期待をしておるんじゃな。だがロブ・ユールだろうがフェアバーンだろうが、さもしさではガスリーの足許にも及ばん——ガスリーは、ロブが小作人の中では懐具合がいいのと同じくらい、紳士階級の中でも財に恵まれ、しかも若い頃は偉い学者だったと言われているのにじゃ。このあたりに住む者のうち、イングランド人と同じくらい金に汚いと自信を持って言えるのは、ラナルド・ガスリーだけだ。キンケイグの村人は彼の所業に悩まされていた。ガスリーは一帯の地主、土地の差配を任されていたハードカスルという奴がこれまた、倹約だけでなく小作人から搾取する仕事に精を出していた。悪さが過ぎてガスリーが死んでしまったという知らせがキンケイグに届いたとき、多くの者は喜んだが中には悲しむ者もいた。喜んだのは、これでましな地主が来ると考えたからだ。少しばかり先を読める者は、ガスリーが品性下劣なハードカスルを地獄まで——行き先はそこしか考えられん——お供させ、地獄の地主たちの間で倹約と搾取の仕事をさせなかったのを残念に思った。だがハードカスルの首は、生まれてきた子の醜さに母親が悲鳴を上げたときと変わらず、しっかり繋がっていた。しかも警官のローリーの話では、こいつの目つきに主《あるじ》の死を利用して甘い汁を吸おうという思惑が仄《ほの》見えたらしい。ガスリーの死に不審な点がある、ついては州裁判所の判事が直々キンケイグへ来て真相究明に当たると聞いて、村人はハードカスルが逮捕されると予想した。死体に蛮行が加えられたという噂が流れて謎が深まると、教区のおしゃべり連中や間抜け面の年寄りは、ニール・リンゼイという若者が絞首刑になると言い始めたが、そのときでさえ、ハードカスルが一枚噛んでいると考える者は大勢いた。駅長のスピアーズ老は、イングランドの新聞をネタに始終おしゃべりしているがゆえに『思慮深き市民』と呼ばれておるが、ハードカスルは事前従犯でいずれ逮捕されるのは間違いないと、そっちこっちで触れ回っていた。ジャービー師が世話をしている子供向けにエドガー・ウォーレス（一八七五―一九三二。英の推理作家）の本を集め始めてから、スピアーズ老は刑法に詳しくなり、夜ごと〈紋章亭〉で小屋住みの無学な連中を相手に自分の見解をひけらかしていた。連中はソロモンの叡智に接するかのようにスピアーズ老の馬鹿話に聞き入っていた。だが――

おっと、また脱線しておる。

3

今年の冬は厳しかった。十一月十一日、戦勝記念日（第一次世界大戦が休戦になった日）の早朝、カイリー山の向こうに鈍《にび》色の雲が既に集まりつつあったが、雪をいただく山頂は、夜明けの冷たい光を受けてまばゆく輝いていた。やがてあたりは暗くなり、午前十一時、牧師が記念碑の横で戦死者追悼の礼拝を行なっているとき、最初の雪がはらりと落ちてきた。牧師のローブに雪片が載った様子を見て、これは積もるぞと覚悟した。礼拝は中止だと考える者もいたが、牧師は構わず続けた。幾人かはやむなく傘を広げ、ほかの者はショールを体にきつく巻きつけ――ほとんどが戦争で夫を亡くした女たちで、二十年ほど前の出来事に思いを馳せていた――詩篇百二十一篇を歌った。

目を上げて、わたしは山々を仰ぐ……

カイリー山であれ近くの山であれ、山と名のつくものの姿はどこにもなく、まるで詩篇の言葉が目に見えないものへの信仰を歌う比喩とも思える、優しく心に沁む不思議な経験じゃった。やがて雪は激しさを増した。舞い落ちるのではなく一直線に降り落ち、そのため詩篇を歌う人人の声もか細くなり、遠くで歌っているように感じられた。スコットランドの野外礼拝には、心を深くえぐる雰囲気がある。あまりに強く心を揺さぶるので、今ではめったに行なわれない。『厳粛な同盟と契約』(一六四三年、清教徒革命のさなかに議会派とスコットランドの間に結ばれた条約。スコットランドはイングランドでの長老主義教会体制樹立の約束を取りつけた上で援軍を送った)の時代に、嫌というほど行なわれたからな。

霜月《しもつき》十一日が厳しい冬の始まりだった。その日に降りだした大粒の雪は一日で消えると思われたが、しんしんと冷え込んで二週間融けなかった。木々の枝は雪の重みでたわみ震えた。ある日雪が突然融けたかと思うと、今度は大嵐になりよった。またテイ橋が落ちるんじゃないかと心配になるほどすさまじい嵐(一八七九年十二月二十八日、嵐でウォルミットーダンディー間の鉄道橋が列車の渡橋中に崩れる大惨事が起きた)がうなりを上げて谷を駆けのぼり、エルカニー城のおかしな形をした胸壁から大きな鉛板を何枚も剥がしていった。それでも足らんとばかり、雨のあと麦の刈り株だらけの畑からまだ水蒸気が上がっているというのに、黒霜（植物を黒変させる乾いた厳しい寒気）が襲ってきた。

十二月半ばに再び雪が降り始め、子供たちはホワイトクリスマスを期待して顔を輝かせた。毎日やむことなく降り続くのを見て、キンケイグの村の用心深い連中は食糧の貯えを心配し始め、村外れに住んでいる小作人たちはカラスムギを挽いておこうと大慌てで荷車を引いて水車小屋へ向かった。『思慮深き市民』スピアーズ老は、この冬は記録的な寒さになる、カーリングをする連中には打ってつけだとご託宣をくれた。これは、可愛い牛を案じる者にも慰めになった。エドガー・ウォーレスやアニー・S・スワン（一八五九—一九四三。スコットランドのロマンス作家）をたくさん買い込むにしても、そんなものにはカラスムギのビスケットも肥料もやらなくていいからな。

雪はやんでも、次に吹雪《ふぶ》けば村が雪ですっぽり覆われるのは明らかだった。最近は郡にも除雪車は十分にあるが、キンケイグのような辺境へ回ってくるのには時間がかかる。わしらは、ただ坐って無為に過ごすしかなかった。わずかな耕作地しか持たない年寄りは春に備えて鋤《すき》の刃を研《と》ぎ、大きな農場を持つ者は盛大に燃える炉火《ろび》の前に太鼓腹を焦がすようにして坐り、ヘンリー・フォードとかいう粗野なアメリカ人のトラクターカタログを開いたまま舟をこぐ、という具合に。雪のもたらした静寂はわしらの周りに堆積していき、わずかに上空からタゲリが珍妙な鳴き声を雪で覆われた見慣れぬ大地に向けて発し、時々農家のかみさんがニワトリの餌をやりに麦畑に出てくる以外、谷は静まり返った。ホワイトクリスマスの時季には何かを待ち望む雰囲気が漂うものだ。おそらくキリスト降誕の年からずっとそうなのだろう。このときも何かを待ち望む気配が確かにあったと、あとになって思い返す者はたくさんいた。何を待ち望んでいたのかはわからなかったが。畏《おそ》れを抱かせる雰囲気ながらも、どういうものかは誰も言い表せなかった。年寄りのかみさん連中の一人は、牧師が御使《み》いの天使について説教をしていたとき、クリスマスカードに描いてある天使の姿を慎ましやかに思い浮かべようとしていたら、うすのろタマスがエルカニーから雪をかき分け飛び跳ねるようにやってきて、人殺しだとわめき立てる幻を見たそうな。かみさんはクリスチャンらしからぬ幻を見たと考え、人には話さなかった。その一週間後、タマスは幻通りの振る舞いをした。そのご婦人は鍛冶屋のマクラーレンのかみさんだが、駅長のスピアーズ老が宣伝広報と呼ぶ才に長《た》けておるに違いない。

雪が数週間にわたって自然界にもたらした、類を見ない静けさにあっても、人の舌からはそれを補って余りあるおしゃべりが生まれていた。仕事の手が止まると口は噂話に精を出すものだが、エルカニー城については普段に輪をかけてかまびすしかった。村からは遠いもののエルカニー城は何といっても地主の居城、加えて最も近い紳士階級の家なので、牧師館から何マイルも離れていることも手伝って、根も葉もない噂の種になる。城主がスコットランド一の愚図で物静かな一族だったらよかったのにと思うことがある――実際はそうではなかった。人々の注目を集め叫び声を上げさせるかと思えば陰口を叩かれもする習性が、ガスリー一族には受け継がれてきた。武勇まばゆい一方で、卑劣な裏切りは――見つかったとして――毒々しい色に染まっていた。出生はいつも日数《ひかず》が合わず、抜け目のない嫁取りの陰には陵辱や情事が顔を覗かせ、死に臨んでは暴力や狂気、また尋常でない陶酔が、炎を、あるいは暗い影を投げかけていた。ガスリー一族と同じくらい華々しく彩られた逸話を持つ旧家は多かろうが、その華々しさを現代に至るまで何百年も維持している家はまずない。ガスリー家は宗教改革のはるか以前からエルカニーに住んでいた。読者よ、ここで警告しておくが、やがてわしの話もガスリー一族と共に宗教改革の前へさかのぼる。しかし今は、ラナルド・ガスリーと案山子《かかし》の件に触れるのが、話の舵取りにふさわしいと思う。その一件が噂話の発端だったからじゃ。

ラナルド・ガスリーは金に汚かったが、どれほど汚いかを知る者はキンケイグの村にもほとんどいなかった。口の端《は》に上ったのは、案山子の件そのものではなく、ギャムリー一家への仕打ちだった――あれはガスリーのしみったれぶりを測る尺度にはならん。わし自身はあの男のさもしさが狂気に近いとわかっていた――アメリカに住む彼のいとこたちがガスリーの狂気を証明しようとしたとき以来ずっとだ。思い出したついでに、その話をしよう。

二年ほど前、山高帽の下に狡《ずる》そうな目をせわしなく動かす二人のイングランド人がキンケイグに来て、ガスリーのことを訊いて回った。男たちに〈紋章亭〉で酒をおごり、女たちを甘い言葉で釣り――しゃべりたくてうずうずしているんだから、そんな必要はなかった――子供たちには小銭を与えた。一人は図々しくもわしの店に来て、ガスリー相手の商売で変なことはなかったかと尋ねおった。わしが睨みつけなかったら、袖の下から一ポンド紙幣でも取り出しかねん様子だった。もっとも、ガスリーに「変なこと」があったのを知ってはいた。その一週間前に、ガスリーは編み上げ靴を直しによこした。すり切れた靴紐を何箇所か繋いであったので、わしは新しい紐に替え、古いほうは靴の中に入れて返した。すると次の日タマスが、片手に古い靴紐、もう一方に銀貨を持って支払いに来た――古い靴紐を渡す分として半ペニーを代金からさっ引いて。店の看板に「掛け値なしの現金払い」と大書していなかったら、きっとガスリーは値切ろうとさえしたろう。だが、ガスリーに「変なこと」があると知っているのと、ロンドンから来た密偵もどきに協力するのとは話が別だ。わしは益体《やくたい》もないことを吹き込んで追い返した。しかし話はこれで終わらず、翌週、村に医者が押し寄せる騒動があった。

キンケイグにとっては一大事だ。乗りつけた車に詰め込まれていた医者の一団は、患者の葬式に参列するかのような黒い服とシルクハットの出で立ちで降り立った。三人はエディンバラのモレー・プレイスから、太っちょの間抜け面はロンドンのハーレー街からだという。連中は渋るジャービー師を連れて――兄御《あにご》がモレー・プレイスの医者の同僚だとかで断りきれんかったらしい――谷をのぼり、エルカニー城へ向かった。城で何があったかは、たまたま指示を仰ぎに農場から城へ行っていたギャムリーの口から村人に伝わった。医者どもは城に入ると、小《こ》半時《はんとき》ほど待たされた――ガスリーはその間に、連中が何を探りに来たかを知った。その後は阿鼻叫喚地獄。今回は確かに犬がけしかけられ、名前を聞くだに恐ろしいケルベロス（名前の由来はギリシャ神話の地獄の門を守る番犬。三つの頭と蛇の尾を持つとされる）が先頭を走っていた。城を飛び出し濠《ほり》を越え、医者たちは命からがく、ロンドンから来た医者は、気の荒い犬に――実際はちっぽけな雑種だった――がぶりとやられた尻を手で押さえながら走っていた。ケルベロスに尻の皮をべろんと噛みちぎられていたそうじゃ。車に飛び乗り、連中は一目散に牧師館へ逃げ帰った。太っちょ医者は子守女に尻を叩かれた子供のように泣きわめき、その日のうちに牧師館のサイドボードの横に立って――何しろ坐れないんだから気の毒な話だ――アメリカにいるガスリーのいとこたちに長い報告書を認《したた》めた。曰《いわ》く、ラナルド・ガスリーは温厚で愛情深く生まれついたはずだが、誕生時の心的外傷《トラウマ》のせいで回復不可能なまでに性格が歪んだ。性格が形成される幼少期に粘土遊びをさせてもらえなかったのは残念なことである。砂場で泥のパイを作って遊ぶだけでもよかった。そうすれば現在のような性格にはならなかったと推察されるが、非常に不愉快な性向を持つに至り、加えて深刻な神経障害を患っている。しかし、我々医師を雇ったあなた方と同じで、精神に異常をきたしているとまでは言えない。専門的見地から言って、今後悪化することが十分に予想できるので、あなた方は望みを捨てなくてもよい。一方、快方に向かうこともあり得るし、現状維持ということも大いにあり得る。そう記すと、ハーレー街の医者は去った。ロンドンからの出張旅費として一マイルにつき一ギニー、そして自らの被害に対する賠償金として同じくらいの金額を書き入れた請求書を添えて――だがな、ちっぽけな雑種犬に食いちぎられた肉など、でぶ医者にとっては何でもなかったろう。とにかく、腹を空かしたガスリー家の犬がいい餌にありつこうとしたとて、誰にも咎められん。

アメリカのいとこたちがガスリー家の財産を奪おうとした計略に、しばらくこれ以上の動きはなかった。どうやら以前ガスリーから冷酷な仕打ちを受け、意趣返しを企んだらしい。

こういったことを、わしはジャービー師からほかの話も交えて聞いていた。ジャービー師とわしが教区会を運営しているので、教区内のあれこれについて話すこともあり、エルカニー城の住人たちはたびたび話題に上った。城に住む若い娘、クリスティーン・マザーズのことを牧師はたいそう心配していた。だが、それは後回しにして、今は案山子の話じゃ。わしらは『畑《ボ》お化け《ーグル》』と呼ぶが、イングランド人は『烏威し《スケアクロウ》』と言っておるな。

キンケイグの住人なら誰でも知っているが、ガスリーは近傍の畑の案山子に取り憑かれていた。要するに、おっちょこちょいな奴が棒にズボンを穿《は》かせ上着を着せたときポケットに小銭を入れたままにしたんじゃないか、という考えがガスリーの頭から離れなかった。あれは奇妙な光景だった。地主さまが領地の畑に来て、案山子から案山子へと食屍鬼《グール》のようにうろつき、ぼろ布に手を突っ込んでは、ありそうもない半ペニー貨を探って回る。行ったと思ったら後戻りして、同じ案山子を日に三度も確かめる。地主は完全にいかれていると村人は噂していた。だが、ハーレー街のでぶ医者に言わせると、あれはフランス人が『確かめ癖』と呼んでいる神経症で、気が狂っているのではない。夜中にがばっと起きて、戸締まりをしたとわかっているのに錠を確かめに行くのと同じらしい。厳密に医学的見地から言えば、あの医者は間違っていなかった。

ガスリーは自分の地所ですることを小作人の土地でもやった。あれは密猟ならぬ密両だと言う者もいれば、小作契約では狩猟の権利にポケット漁《あさ》りの権利がついてくるんだろうと言う者もいた。ここが不思議なところだが、ガスリーは自分の財産だけでなく他人の財産も尊重していて、ポケットを漁る目的で小作人の畑をうろつくのは好ましくないとわかってはいた。というのも、石壁や塀の見回りと同じように、案山子詣《もうで》も地主の当然の役目だと言わんばかりに城の畑では堂々と歩き回っていたが、城を離れると、用心して小径《こみち》に十分間ほども佇《たたず》み、大きな目で――村人は、金色のきらめきが宿っていると言っておった――あちこち見回し、注意深く石壁を乗り越え、イタチのように素早く音も立てずに案山子に近づく。こんな馬鹿馬鹿しいことをやらずにおれんのは確かに奇妙だ。親の代まで裸足で歩き回っていた貧しい生まれとはほど遠いのだから、醜怪さがいっそう際立つ。噂に上るガスリーは卑しいけちん坊だが、面と向かえば高貴な生まれであることは歴然としていた。子供たちにからかわれても――家の近くをガスリーが通るとそんなことがあった――ガスリーは子供が目に入った素振りさえ見せず、ましてや、そこらの大人がやるように、殴りかかったり悪態をついたりすることはなかった。目には見えぬ悪魔がいるかのように険しい顔つきを崩さず、大股で去っていった。だから、ガスリーがギャムリー一家を追い出したときには、なおのこと噂が飛び交った。

エルカニー城が建つ場所はもっぱら地勢の堅牢さで選ばれたため、土地は痩せて石ころだらけ、城の農場といってもカラマツの森のところどころにカラスムギとカブが申し訳なさそうに顔を出す、そんな有り様だった。農場管理人《グリーヴ》のロブ・ギャムリーは、成人した息子二人と共に畑を耕し、労働の対価として農場内の家と賃金を与えられていた。年若い後添《のちぞい》との間にも二人の子供を授かった。年がいってからの子供で、ギャムリーはたいそう可愛がっていた。愛らしい男と女の双子だったが、甘やかされたからか手に負えないいたずらっ子だった。あんなことになったのも、二人の他愛ないいたずらが元だ。十月も末に近づいたある日、家から少し離れたところで遊んでいた二人は、地主が隣の畑を歩き回ってあちこち棒でつついているのを見た。それ自体は取り立てて変わったことではなく、二人は地主が何をしているのか知っていた。前方に、双子の父親が前の日に立てたばかりの案山子があったからだ。ちびのジョーディー・ギャムリーは、いかにもいたずら小僧らしい行動に出た。こっそり生け垣をくぐり抜けて案山子の背中に隠れ、案山子の上着の両ポケットに後ろから手を突っ込んで待った。ガスリーがやって来ると、案山子のポケットからジョーディーの握りこぶしが案山子の腕のように突き出され、いたずら小僧はその手をガスリーの目の前で左右に振って、わらべ歌を大声で歌った。

ニケティ・ニケティ、ニック・ナック
さあて、どっちの手にあるかな？

生け垣の陰から見ていたアリスは大笑いした。ジョーディーが囃《はや》し立てながら妹のところへ戻り、二人は揃って一目散に逃げ出した。いたずらを仕掛けたものの、二人はガスリーを、とりわけその邪眼を怖がっていた。ガスリーは追いかけもせず城に戻り、少しばかり金《かね》をつかむと農場へ向かった。ギャムリー宅のテーブルに金を置き、双子を悪党と呼び、双子の母親のことは聞くに堪えん言葉で罵《ののし》り、二十四時間やるからさっさと出て行け、と言った。金で雇われているギャムリーは、従うほかなかった。何も言わずに家の中を動き回って荷造りし――女房の話では、ヒースの荒野で雨ざらしになった羊の頭蓋骨のように真っ白な顔をしていた――潔く出て行った。双子を笞打《むちう》つこともなく、それで女房は怒りのすさまじさを知り、恐れた。夫が笞でぶちのめしたいのはガスリーに違いなかったからな。

ギャムリー一家は、カイリー山の向こう、湖から十マイル離れた場所へ越して、わずかばかりの土地を短期契約で借りた。これから寒くなるというのに気の毒なほど痩せた土地で、又聞きだが、家は雨風をやっと凌《しの》げる程度だった。ギャムリーはいくらかあった貯えで食いつなぐしかなかった。ガスリーの仕打ちはこの上なく恥知らずだと人々は考え、以来その名はキンケイグでさらに忌み嫌われるようになった。老人たちは歴代の狂えるガスリーや血まみれガスリーの陰惨な話に尾ひれを付けて語り、何人かいた陽気なガスリーや善人ガスリーのことは伝えなくなった。ラナルド・ガスリーが邪眼の持ち主であるという噂が蒸し返されもした。邪眼など、カトリック教徒や高地人《ハイランダー》の間にはびこる耳障りな迷信にすぎんというのに。この噂はマクラーレンのかみさん、後々タマスの幻を見たと騒ぎ立てることになるご婦人にはすこぶる好都合だった。家で飼っていた豚がガスリーの邪眼のせいでおかしくなったと、村中の者が何度も聞かされたくらいでな。

4

ガスリー家には、魔法を能《よ》くすると思われた者が過去何人かいた。ジェームズ二世の忠臣だった若きアレグザンダー・ガスリーは、ダグラス家の弁護士ジョン・ロード・ボールウェインに強力な魔法をかけ、王の前に出頭せよという命令を無視させたと言われておる。また別のアレグザンダーは、ジェームズ三世に取り入って出世したコクランという成り上がり者の一人娘と同衾《どうきん》したことを咎められ、メイ島に流されてカモメの卵で飢えを凌ぐ羽目になったが、マントをまとい崖っぷちまで駆けるや、ひとっ跳びでベース・ロック（メイ島の南南西にある小島）に、さらにひとっ跳びでノース・バーウィック・ロウ（エディンバラ近郊のノースバーウィックにある丘）に着地し、日暮れ前にフランスで再び愛人とベッドに入っていたとか。ラナルド・ガスリーが外連《けれん》たっぷりの魔法を使うことはなかったが、少なくとも一族の妖しい伝統を引きずっていたし、妖しげな学問に通じていることは知られていた。時折、野蛮な異教徒であるローマ人の要塞址《あと》に穴を掘ったり、ルーン文字の蒐集や研究に熱を入れたりしていた。魔女が大釜で奇っ怪なものを煮て行なう呪《まじな》いとルーン文字は全く関係がないと知っているのは、教区内では牧師とわしだけじゃろう。確かにラナルド・ガスリーは独特な目をしていたが、それはガスリー一族に受け継がれている特徴にすぎん――ハプスブルク家やスチュアート家の古い肖像画を見るとわかるように、ガスリー一族の男たちも代々よく似ていた――それでもマクラーレンのかみさんを始めとしたいささかおつむの弱い連中に、恐ろしい呪いという突拍子もない考えを植えつけ、豚や牛の心配をさせるには十分だった。

覚えておられるだろう、マクラーレンは鍛冶屋だ。例の医者騒動があってしばらくして――騒動のあと、再び愚かな村人は地主が魔法を使うと考えるようになっていた――エルカニー城でクリスティーン・マザーズ用に飼っていた老ロバの蹄鉄を打つ際、マクラーレンはガスリーと大喧嘩をした。ガスリーが村人と接することはそう多くないが、接するとたいてい言い合いになる。今回のは性《たち》が悪かった。六ペンスか一シリング値切られただけなのにマクラーレンはかんかんになり、クリスティーンはあんたの種だろ、と地主に向かって言ってのけた。無礼な村人なんか相手にしないのがお大尽《だいじん》の器量ってもんなのに、地主ときたら大げさに怒りやがって、とはマクラーレンの言い種じゃ。マクラーレンのかみさんは、その日から地主が自分たち夫婦に恨みを募らせたと思い込んだ。根に持つどころか、ガスリーは気にも留めていなかったとわしは思う。人間性という書物に親しんでいると、ガスリーのような人間は、心中深く隠された一つの物事が頭から離れず、さいなまれ続けているということがわかる。ガスリーの場合、それが昂《こう》ずると周囲のことも念頭を去ってしまう。しかしマクラーレンのかみさんは、ガスリーは機会《ひま》さえあればかみさん宅の豚を邪眼の餌食に狙っていると信じ込んでいた。かみさんにしてみれば、ガスリーはフォース湾（スコットランド東岸）からマレー湾（同じく北東岸）の間で最も邪悪な存在であり、自分の小汚い豚は最も貴《とうと》いもの。だから前者が後者を滅《めっ》しようとするのは当たり前だというのがかみさん一流の頑迷な見方で、ジャービー師、それにマーヴィーとダンウィニーの牧師が話し合って、誰か一人は起きて目を光らせているべきだと言った。かみさんの祖母《ばあ》さまによると、それが邪眼を追い払う最も確実な方法だそうな。

さて、その豚たちは、ロブ・ユールの牡豚に種付けしてもらっていた。豚のことになると前後の見境がなくなるマクラーレンのかみさんは、ネアン（スコットランド北部の海辺のリゾート地）の観光ポスターの旅行客がオゾンを吸い込むようにして、よく豚小屋の囲いから身を乗り出してはくんくん臭いを嗅いでいた。仔豚の誕生をやきもきしながら待っている様《さま》は、豚の腹から皇太子でも生まれてくるのかと思うほどだった。ある日、かみさんが豚のためにオートミール粥《がゆ》をたっぷり煮てやり——どの豚にも二十四分は食べさせるというのが、かみさんの持論じゃ——中庭に持ち出して冷まそうとしたとき、ふと目をやると、ドロチェット川沿いの小径を勢いよく歩いてきたのは、誰あろう地主その人。かみさんは半狂乱になった。さあ大変、ガスリーに睨まれただけで豚ちゃんは跡形もなく消え失せてしまう！　大慌てで粥を豚小屋裏の餌箱に空け、豚をそちらへ追い——粥の匂いに釣られた豚たちは追い立てるまでもなかったが——豚小屋の扉をしっかり閉めた。ガスリーが豚を見てやろうと変な気を起こさないように。しかしガスリーは、教養だけでなく農夫の本能も持っていた。豚の臭いを嗅ぎつけ、かみさんに礼儀正しく声をかけた上でおもむろに豚小屋を覗き込み、よだれまみれになって湯気の立つ粥を貪り食う豚たちの尻を睨《ね》め回した。あくる朝、かみさんの豚はみな死んでいた。孕《はら》んでいる豚に熱々の粥を食わせたらどうなるか、わかりそうなもんじゃないかと道理を説く者もいたが、かみさんは地主の仕業だと言って耳を貸さなかった。教会を避け悪魔とぐるになっている、あの男がやったんだと言い張ってな。ギャムリー一家が追い出されたとき、またぞろこの話を聞かされた。それ以来、キンケイグの村にある考えが根づき始めた。エルカニー城に納まっているのは魔王ルシファーにほかならない、という考えが。

荒れ果てた山の上に人を避けて住む、いかにも魔王の考えそうなことではある。ギャムリーが去って一週間、一家の代わりに農場を仕切るのは誰かと村の者は興味をそそられた。しかし、何の変化もない。地主め、後釜を見つけられないんだ、無理もない、あんな安い賃金ではな、と人々は考えた。ギャムリーが汗水たらして痩せた土地を耕しても、潤うのはガスリーの懐だけだったからな。しかしガスリーが農場管理人を探しているという噂はとんと聞かれず、村人の好奇心はいよいよ膨れ上がった。そんなある日、ダンウィニーの市場へ出かけたウィル・ソーンダースが耳寄りの知らせをもたらした。ギャムリー一家が出て行って二、三日後にガスリー農場の牛が売りに出されていた。もうエルカニーで耕作が行なわれることはない。春になれば羊飼いが雇われ、耕作地は牧羊に転用される。古き良きスコットランドなんてものはすっかりなくなっちまうよ、雷鳥狩りを楽しむ金持ちに高地地方《ハイランド》の狩猟ガイドがおべっかを使うところを見かけるくらいさ。そして、クライド山では羊が何百万頭も腹を空かせてメエメエ鳴くんだよ、とウィルは言った。

ガスリーが何を考えていたにせよ——いろいろ臆測は飛び交った——城の農場は閉鎖され、エルカニーはいっそう孤立した地になった。それまではギャムリーがエルカニー城の出来事を知らせてくれていたが、今やキンケイグに城の噂を運んでくるのは子供と言ってもいい年のアイサ・マードックだけになり、じきにアイサも城から逃げ出すことになる。ここに長くいたら頭がおかしくなって、タマスにお似合いになっちゃう、と言ってな。頭に小さなブリキ箱を載せてアイサが城から戻ったとき、村のかみさん連中は、神に従う天使たちがルシファーの許を去ってきた天使アブディエルを迎えるように迎えた（ミルトン『失楽園』で天使アブディエルは、仲間の天使たちに神への叛逆を持ちかけるルシファーの説得に従わず、その許を離れた）。次から次へお茶が供され、しまいにはアイサの腹に赤ん坊がいると見紛うほどになった。かみさん連中は、第二のリビングストンがアフリカから帰還したニュースのごとく熱心に、アイサの言うことに聞き入った。実際アイサの話は、遠い未開の地を覗き見る趣があった。

さて、そろそろエルカニー城の内情を話す頃合いじゃな。かつて何十人もの家来を抱えていた城の面影はどこにもない。ダリエン計画（十七世紀末、スコットランドによる中央アメリカ植民計画。郷士の子弟も多数参加したが、英王室や近隣の英植民地から援助が受ずけられ頓挫）の失敗でガスリー家が落魄《らくはく》して以来、城は打ち捨てられたも同然だった。十八世紀には一家はズボンを買う金もないほど困窮していた。借金の額と同じくらい高い誇り《プライド》ゆえに土地を手放さなかったからじゃ。ヴィクトリア女王治世の初期に再び財を成したが、壁の補修や道具の補充には金を惜しんだ——ラナルドの吝嗇《りんしょく》癖もある程度は遺伝かもしれんが、ラナルドがオーストラリアから帰国して跡目を継ぐまでは、エルカニーの城主はなかなか豪勢な暮らしをしていた。執事を置き、従者やメイドを揃えてな。城付きの牧師もいて、城住みの子弟にラテン語を教え、教会に通う者には教区で恥をかかないように神様のことを少しばかり教えた。桁外れのしみったれはラナルドが初めてだ。城主に納まると、後日ギャムリー一家にしたように使用人を情け容赦なくお払い箱にした。部屋はあらかた扉に鍵を掛け、鍵のない場所には、ダンウィニーから鍵屋を呼ぶ金を惜しんで自ら釘を打ち込み閉じ切りにした。一ペニーも使わず、誰にも会わず、教会ネズミというよりは大聖堂に棲《す》むはぐれネズミのように、ひっそりと質素に暮らした。

ずいぶん昔の話で、ラナルドがエルカニーの城主になったのは一八九四年だが、今わしが書いている出来事があった時代になっても、事情はそう変わらなかった。クリスティーンを育て上げた乳母代わりのメンジーズ先生は世を去り——可哀想に、優しい女性じゃった——かろうじて家族と呼べそうなのは、ガスリーとクリスティーン、ハードカスル夫妻——翼棟に住み込み、メイドのアイサ・マードックを呼ぶまでもない雑用は夫人が引き受けていた——そして、納屋に寝泊まりし汚れ仕事をやらされていたタマス、それだけだ。若いアイサにふさわしい場所ではなかった。カラマツの森の奥深くに隠れ、大きいだけで昼でも暗く、話し声がこだまする崩れかけた屋敷が、十七の娘に似つかわしいとは思えん。アイサは土曜日にバスでダンウィニーの町へ行くのを心待ちにし、夕暮れに村の小屋の周りで若い男の子たちとはしゃぐのが大好きだった。なぜ城勤めをやめないのか人々は訝《いぶか》っていた。慕っているクリスティーンを荒涼とした場所に置き去りにするのは忍びないからだと言う者もいれば、いや、ギャムリー家の年長の息子たちがいるからだと穿《うが》った見方をする者もいた。あいつらはエルカニーの森を熟知していて、どこに行けば若い娘といちゃつくのにぴったりな柔らかくていい匂いのする落ち葉の絨毯があるか心得ている、それに物を言わせているんだ、と訳知り顔でな。しかしながら、城にアイサを引き留めていたのがクリスティーンであれギャムリーの倅《せがれ》たちであれ、城から逃げ出すきっかけになったのはガスリーその人だと言ったアイサを疑う者はいなかった。

普段アイサが地主に会うことはほとんどなかった。日がな一日ラナルドは高い塔の天辺にある書斎にこもり、森の散歩やドロチェット川で釣りをしに外へ出るときは塔の階段を使った。塔の階段は、自室から城のほかの部分と離れた場所にある裏口へ通じ、裏口の鍵はいつも彼のポケットにあった。アイサがガスリーの姿を目にするのは食事時だけで、それでも十分すぎるほどだった。週に一度、掃除をしにラナルドの寝室まで上がったときには、階上の書斎から、ほかの詩人の作か自作かはわからないが、詩を呟きながら行ったり来たりする足音が聞こえた。

ガスリーは学者だったが、詩人でもあった。何年も前、詩集を出したこともある。黒と黄色の表紙の薄い本で、スコットランドの地主の詩なら当然ロバート・バーンズの系譜に連なるものと考える連中には、嫌悪をもって迎えられた。その頃はわしも若かった。靴直しは古典を少しばかり知っていれば十分だとされることに反撥し、週に一度ダンウィニー文芸協会まで行っては新刊の書評に目を通していた。土曜日にダンウィニー行きのバスが通うようになるずっと前のことで、行きに十マイル、帰りに十マイル歩いた。ロンドンのある新聞の書評を今も覚えている。「ガスリー氏は深淵から収穫を得ようとしている」と締めくくられていた。わしは「収穫を得ようとしている」は不当だと思った。その批評家はガスリーのことを、当時ごまんといた、破滅をテーマに言葉遊びをしている詩人と同類だと思ったに違いない。わしは、ガスリーは真摯《しんし》に詩作に向き合っていると信じていた。わしにも情熱があったのかもしれん。

アイサ・マードックの話に戻ろう。アイサにとって雇い主の顔は食事時にちらっと拝むだけ、声を聞くのは詩を呟いているときだけ、そんな状態がギャムリー一家が去った少しあとまで続いた。ある日、クリスティーンの部屋の前の廊下を掃いていて——いまだに「教室」と呼ばれている部屋だ——ふと振り向くと、ガスリーが睨みつけるようにしてそばに立っていた。すんでのところでアイサは尻餅をつきそうになった。それまで家の中でガスリーに面と向かったことはなく、ぎょろりと見開いた目を向けられることもなかった。前にも話したが、ガスリーはいつも視線を宙に向けて歩いておった。アイサが言うには、そのとき、埃《ほこり》だらけの薄暗い廊下で、ガスリーの目に金色のきらめきが宿った。ガスリーの唇が開かれたとき――エルカニーで城勤めをしていた長い月日、ガスリーはアイサにひと言も口を利いたことがなかった――アイサは自分を呪い殺す呪文が発せられるものと覚悟した。

ガスリーは静かに言った。「城を開ける」

5

そうして不思議な一日が始まった。クリスティーン・マザーズとアイサ、ハードカスルのかみさんとでエルカニー城を開けて回った。蝶番《つがい》の錆びた丈高の鎧戸《よろいど》を力任せに開けると、斜めになった秋の日射しが、四十年間の汚れと腐朽《ふきゅう》――胴枯れ病、白黴《かび》、腐敗、クリスマス・パントマイムの早変わりに使われるような大きな蜘蛛《くも》の巣――の間から飛び込んできた。アイサが見覚えのない部屋の扉を開けると、そこは撞球室《ビリヤード》だった。布をかぶせられた大きなビリヤード台が、屍衣《しい》をまとった怪物、あるいは巨人の死体置場の安置台さながら眼前に迫ってきた。初めて目にするものへの好奇心も手伝い、多少びくびくしながら近寄った。さわったとたん、ぼろぼろのコーナーポケットが崩れ、撞《つ》き球が二、三個音を立てて床に落ち、暗がりへ転がった。アイサは恐怖で喉が絞めつけられるのを感じた。布に覆われた巨大な怪物が生き返って動は危うく剣で串刺しにされかけた。城主が壁から下ろした錆だらけの大剣《クレイモア》を持ち、クローディアス王を捜し回る狂えるハムレットさながらにうろついていた。このとき、ガスリーはいつものようにアイサの頭上を見つめ、剣は上の階に置くべきだなと呟き、剣を持って階段をのぼり、午前中は姿を見せなかった。

昼時分にも驚くべきことがあった。ガスリー家のかつての栄華を物語る暗くてだだっ広い家族用広間で食事をすると、地主が宣言したのだ。音が反響する寒々しい部屋で、その音ですら冷たく湿った空気に半ば消されてしまう。部屋の一方は太い木材を隙間なく並べた壁だが、反対側は回廊で、例によってネズミの合唱が聞こえてくる。シェトランドポニーが二、三頭入りそうな、彫刻を施した大暖炉の前には、虫食いだらけのフランドル風長テーブルが置かれ、一方の端にガスリーが、もう一方に被後見人のクリスティーン・マザーズが向き合って坐った。アイサ・マードックは、異様な成り行きに怖じ気づきながらも、いつもの欠けた大皿ではなく、磨かれてこそいないが銀の皿でウサギのシチューを給仕した。ガスリーは地下のワインを持ってくるよう命じ、埃だらけの壜が数本並べられると、ほかの星から贈られた不老不死の霊薬を前にしたかのように忍び笑いを漏らした。エルカニーで水とミルク以外が供されたことはないんだから、それも当然かもしれん。開栓して中身を確かめるべく、ガスリーはハードカスルのかみさんが持ってきたコルク抜きに手を伸ばした。そのとき急に立ち上がり、ほかの者は回廊を開ける作業にかかれと命じた。

階段をのぼりながら、アイサはクリスティーンに尋ねた。地主さまはどうされたんでしょう、今になって紳士の仲間入りをなさろうというんでしょうか？　クリスティーンにも心当たりはなさそうだった。城でのクリスティーンは夢の中を漂っているようなもので、そのときも心ここにあらずだった。ただし、その夢には情熱が潜んでおった。結局アイサは何もわからぬまま階段をのぼり切り、回廊の扉の前に出た。

エルカニー城の回廊は十七世紀後半の城主が造った。遠い異国との交易を望む気持ちが仇《あだ》となってスコットランド、そしてガスリー家が零落する以前の建造物ということになる。長年イングランド人の間で暮らし、チューダー朝の大建築の様式をすっかり気に入った城主は、エルカニー城の上階を取っ払い、長い回廊を造った。三方を囲んだものの、塔があるのでぐるっと一周にはならなかった。城主の気まぐれをもってしても、厚さ九フィートの塔の壁を貫けはせん。言い伝えでは、回廊を造らせた城主は、息が詰まるような雨の日、気散じに回廊を歩き回りながら運動をしたそうで、その姿はヒバリのように元気だったそうな。ガスリー家の人間にしては、何とも無邪気な楽しみだったと言えよう。

ラナルドの代になってからは誰も回廊に立ち入らなかった。クリスティーンとアイサは扉を一目見て、今後も足を踏み入れる者はないと感じたに違いない。鉄を張ったその巨大な扉こそ、四十年前エルカニー城のほとんどを封鎖した折、鍵屋の手間賃を惜しんだガスリーが自ら釘を打った扉だった。扉を閉ざす際に込められた激しい怒りを想像し、クリスティーンの顔が真っ青になったとアイサは言う。扉に渡した板を脇柱に鉄釘で留めてあったが、斜めに打ち込まれた釘には、オーストラリアのブッシュで斧やハンマーを使い慣れた男の恐るべき力と技倆が見て取れた。エルカニー城を鎧戸と錠で閉じたのは、しわん坊のガスリーが出費を抑えたためだが、ここには別種の情熱が感じられた。四十年前の、いや四十年隠し通したと言うべきか、彫刻家の情熱に類するものが黒いオーク材に深く刻まれていた。

さて、地主はそれまで、時々指図するだけで、自分が惹き起こした騒動にあまり加わっていなかった。アイサの話では、自分が何をやりたいのかわかっていない様子だった。ところが上階に来て、女性二人が回廊の扉の前で途方に暮れているのを見ると、ガスリーはにわかに奮い立った。怒りをあらわにすることはめったになく、いつも冷ややかで尊大に構え、冷酷な慇懃《いんぎん》さを保っていた地主が見せた激しい怒気に、改めてアイサは縮み上がった。「罪」と「死」に守られた地獄の門の前で猛り狂うサタン（ミルトン『失楽園』への言及）もかくやと思わせた。ガスリーは踊り場の窓へつかつかと歩み寄った。下の中庭にいたタマスに、斧を持ってこいと甲高いしゃがれ声で命じ、切れ味を確かめろと念を押す。還暦を過ぎても、ガスリーは自分で使う木は自分で伐《き》っていた。この点は、一八八〇年代にミッドロージアン選挙区（当時はエディンバラ）の人々を騙したグラッドストーンという卑しい男より優れているかもしれん。やがて、間抜け面にぽかんと開けた口からよだれを垂らしたタマスが、斧を持って上がってきた。界隈の木こりが使う斧とは違って、柄《え》が長くわずかに彎曲《わんきょく》している。斧を受け取ると、ガスリーは上着を脱ぎ捨てシャツ姿で仁王立ちになり、「下がっていろ！」と叫んだ。その声のすさまじさにひるんだタマスは、自分の足につまずき、のぼってきた階段を真っ逆さまに転げ落ちた。アイサは悲鳴を上げ、クリスティーンは階段を下りて安否を確かめようとした。ガスリーはオーク材の大きな扉を睨んだまま目もくれない。一瞬ののち、扉に斧が打ち込まれた。火事になった家から逃げる道を作ろうと必死で斧を振るうかのように矢継ぎ早に振り下ろされたが、一つ違うのは斧さばきが並外れて巧みだったことじゃ。斧は軽く素早く打ち込まれ、手際が悪ければ堅いオーク材に聖剣エクスカリバーのごとく食い込んだままになるだろうが、ガスリーは望むところに斧を入れ少しずつ削り取っていくので、斧はいつも軽々と戻った。最初の一撃のあと、扉の向こうで大騒ぎが起こった。回廊ネズミが代々の平和な暮らしを破られ、右往左往し始めたのだ。次の一撃で今度は中庭の犬どもが吠えだし、階段の下ではようやく息を整えたタマスが、地獄の業火に焼かれる罪人ばりの悲痛な叫び声を上げた。階下の台所にいたハードカスルのかみさんは、騒ぎを聞きつけたものの、目がよく見えずおつむの働きも芳《かんば》しくないため事情が呑み込めず、中庭に飛び出すや、何世紀も前に火事や敵襲を知らせるのに用いられた、ひびの入った錆だらけの大鐘を叩いた。いやはや、血まみれのシーツに横たわったダンカン王の亡骸《なきがら》が発見されて以来、スコットランドの城でこれほどの騒ぎはなかったろうて。

ガスリーは周囲の騒ぎにも耳を貸さず斧を振るい続け、扉のあちこちに深い溝を刻んでいく。

一時間ほど経ったとき、汗まみれになったガスリーは水を持ってこさせ、口をゆすいだ。まだ屈服しようとしない扉に再び立ち向かう。アイサによると、ガスリーは顔面蒼白、頰に燃えるような紅い点が現れていたものの、手首は鋼鉄でできているかと思わせ、脚も全く震えていなかった。やがて四時になり、五時を打った。その日最後の陽の光が、舞い上がる埃に曇りながら、すり減った石の階段を忍び足でのぼり、中庭では長く伸びた胸壁の影が黒い鋸《のこぎり》の歯のように城の東の壁を吞み込もうとしていた。六時半、扉は大きな音と共に向こう側へ倒れた。ガスリーはすぐさま階下《した》へ行き、着替えを済ませて夕食の用意を命じた。いつもと変わらぬ一日分の仕事をやり終えた体《てい》で、昼食時に持ってこさせたワインを再び開け、クリスティーンにも勧めた。厳《いか》めしく形式張った物腰は、初対面の客をもてなしているかのようで、エルカニー城の礼儀作法の手本を示すごとく穏やかで品があった。

6

以上がアイサ・マードックが城を出る前日にあったことだ。その夜この若い娘に降りかかった出来事をこれから話そう。クリスティーン・マザーズについても語ることになるし、エルカニーの一件にわし自身がどう関わったかも聞いてもらいたい。

階段にしたたか頭をぶっつけたことが原因か、地主の奇妙な振る舞いに影響されたのかわからんが、タマスがすっかりおかしくなってしまった。タマスは状態のいいときでも油断できない。ほとんど正気に見えることも、全く分別をなくしていることもあった。優しく穏やかな気性が表れているときは頭の働きが鈍いことが気の毒に思えるが、時には地獄の悪鬼のように悪意に満ち、歯をむき出してこちらを睨む。これまでのところ、クリスティーンやアイサら若い娘を怖がらせる所業に及んだことはなかった。雌雄の別がない生物がそうであるように、女性というものが理解できないようだった。アイサは彼を怖いと思ったことは一度もなかった。いつも台所の裏口から食事を渡していたが、ニワトリに餌をやるくらいの気持ちだった。だが、階段から落ちたことがタマスの精神に――ハーレー街のでぶ医者ならもっともらしい名前をつけるじゃろう――ある種の刺激を与えたらしい。その晩、自然の欲求に囚われたタマスはそれをアイサで満たそうとした。夜遅く、ネズミたちの騒ぎよりも大きな物音で目を覚ましたアイサは、月明かりで、窓から部屋に飛び込もうとしているタマスを見た。ひと目その形相を見るやベッドを飛び出し、足が言うことを聞くうちにドアから逃げた。タマスはよだれまみれの口から聞くだに恐ろしい悲しげな叫び声を発して、アイサを追ってきた。

アイサはまずクリスティーンのところへ逃げ込もうと考えたが、興奮して狂暴になったあの男には二人でも立ち向かえないかもしれない、そちらへ誘導するのはまずいと思い直した。廊下の突き当たりまで来て、アイサは迷った。ハードカスル夫妻のいる翼棟へ行くか、反対側に曲がって塔の城主に助けを求めるか。ガスリーを恐れる気持ちは強いものの、この場合、彼のほうがハードカスルよりよほど信頼できる。ハードカスルが自分を盗み見る視線には好色さを感じていたし、何より臆病そうで頼りにならない。アイサは寝間着をしっかりと巻きつけ、塔へ向かって駆けだした。半分ほど行ったとき、ふと思い出して心臓が鷲づかみにされた気がした。ガスリーは夜寝るとき、用心のため塔の階段に鍵を二重に掛ける。塔をのぼって助けを求めることはできない！　アイサは足を止めた。追ってくるタマスの足音は、もうそんなに遠くない。隠れる場所はないかと必死にあたりを見回す。中庭に面した大きな窓越しに、中庭の向こう、城の上階で動く灯《あか》りが目に入った。するとガスリーは塔にはいない、今日開けたばかりの回廊にいるのだ！　アイサは主階段を駆け上がった。気のふれたタマスがまだ追いかけてくるか耳を澄ますのも忘れ、でこぼこの石の階段を一心不乱にのぼった。日曜学校のピクニックで一等賞を取ろうと懸命に走ったときのように。

半分ほど行ったところでようやく、大声で助けを求めるべきだったと気づいたが、そのときにはもう息が切れ、喉からは咳まじりの弱々しいすすり泣きが込み上げてくるだけだった。よろよろと階段の天辺までたどり着き、破壊された扉を通って回廊に入ったとき、アイサは思わず叫んだ。そこには、膝丈のキルトを穿いた真っ青な顔のガスリーが大きな戦斧《せんぷ》を手にして立っておった。よく見るとそれは肖像画で、色あせた額縁に納まった古い絵が月の光に照らされていただけだった。回廊には同じような肖像画がずらりと並んでいた。肖像画じゃなくて本人を捜さなきゃ。きっと角を曲がったあたりにいる――覚えておられよう、回廊は塔の三方を囲んでいた。

アイサは薄明るい回廊を走った。突然すぐ後ろに息づかいが聞こえたので、タマスに違いないと思ったが、地主の姿はまだ見えない。いざとなれば窓から飛び降りる覚悟で、壁際の狭いアルコーブに飛び込んだ。窓は確かにあった。中庭を見下ろす側ではなく、城の裏手に面した窓が。ガラスが半分落ちていて、夜の静寂《しじま》に下からかすかな歌声。タマスが歌う『カラスが仔猫を殺しちゃった』だった。

カラスが仔猫を殺しちゃった――ああ！
カラスが仔猫を殺しちゃった――ああ！
メギーの家の裏口で
大きな猫がお坐りし
どうして死んだと泣いてた――ああ！

聞き慣れたタマスの歌がアイサにはぞくぞくするほど嬉しく感じられ、猫ならぬ彼女自身が思わず泣きそうになった。覗き込むと、タマスがお月さまに向かって楽しげに歌いながら自分の小屋へ戻っていく。月が人を狂わせるというが、その月が突然欠け始めて狂気をぬぐい去ったのかもしれん。いずれにせよ、月を見上げるタマスは、ねぐらに向かういつもの穏やかで優しい表情だった。

再びアイサの背後で息づかいが聞こえた。

地主だとアイサは覚った。きっと回廊で彼から離れる方向へ曲がったから、今になって地主がアイサの背後から現れたのだ。長いこと人の出入りを拒んでいた不気味な場所にガスリーと二人きりでいると思ったとたん、恐怖で心臓が止まりそうになった。タマスに襲われひょっとすると孕まされることになるかもしれない危険は、アイサにも想像のつく恐怖だった。聞いてはいけないと言われても、その手の話はいくらでも耳に入る。しかしガスリーの暗い魔力となると、おおよその形さえ想像できない。形のない不安ほど手に負えないものはない。本能的な恐怖と想像上の恐怖には大きな差があるのだ。

アイサは息を殺してアルコーブにうずくまった。ガスリーが通り過ぎたら忍び足で扉まで行って自分の部屋に逃げ帰り、タマスがまたおかしくなった場合に備えて扉と窓に閂《かんぬき》を掛ければいい。ガスリーはすぐ近くまで来ていた。異様な息づかいが近づくにつれ、あの恐ろしい目が自分を見つけるに違いないと、心底怖くなった。しかしアイサは、正体不明の二つの巨大な物体の後ろにうまい具合に隠れていた。それが地球儀と天球儀だとわかったのはあとの話じゃ。一時期、回廊は図書室として使われ、紳士が図書室に備える類いのものが置かれていた。ガスリーは回廊を閉じる前に、本はほとんど塔に運ばせていた。何といっても大した学者だ。従って棚にはわずかに、ぼろぼろになった背の高い二つ折り判の書物と、大陸風に派手な金飾りを施した小さめの四つ折り判が置いてあるだけだった。ほぼプロテスタント神学の本で、昔キリスト教改革派の中心都市だったジュネーブから取り寄せたものだ。本は傷みが激しく、あたりには朽ちた革の臭いが漂っていた。ガスリーは——神よ、許し給え——信仰に関するものには一顧だに与えない男じゃった。

もちろんこういったことはアイサには何の意味もない。地主が早く通り過ぎてくれて、見られずに扉までたどり着けますように、とひたすら念じた。しかし、ガスリーの様子を窺うと、自分が全く身動きできなくなったのがわかった。地主は五フィートも離れていないところにいる。破れた古いガウンを着て、手には寝室で使う蠟燭《ろうそく》。その灯りは、冴え渡る月光の下《もと》、たゆたう暖かい円になった。回廊の寒さにアイサは身震いしたが、それは薄い寝間着だけでいるため寒さが身に沁みたのか、地主の様子を見たせいか。アイサによれば、ガスリーは教会墓地の大きな墓石に彫られた先祖の像のように見えた。顔色は真っ青、深く陰鬱な物思いにふけって身動きもしない。秀《ひい》でた広い額には、底冷えのする十一月の真夜中だというのに玉の汗が光っていた。じっと佇む様《さま》は彫像かと見紛うほど。深くせわしない呼吸と、いつもより低く据えられた目の輝きだけが、彼を捉えて放さない内なる擾乱《じょうらん》を語っていた。

ガスリーは三十分ほども身動きせずにいたとアイサは言ったが、若い娘が負った重圧を思えば、二、三、四分とするのが妥当かもしれん。ついにガスリーは、アイサのほうへ歩み寄った。

アイサは小さく叫び、今にもガスリーの手が伸びてきて隠れ場所から引きずり出されると覚悟した。目を閉じ、咄嗟《とっさ》に祈りの言葉を思い出そうとしたが、いっかな浮かんでこない――しかし、どうしたことか、肩をむんずとつかむだろうと思った手は伸びてこなかった。代わりに、すぐ横にある大きな地球儀が回りだした。アイサのむき出しの腕を、冷たく滑らかな表面が気味悪く撫でた。再び覗いてみると、城主は恍惚状態にあるようで、鼻先にうずくまっている娘は目に入っていない様子だ。ぼんやりと、そして意味のわからない言葉を呟きながら、錆びた地軸を中心に、自分の手の下に広がる埃まみれの小世界を回していた。キイキイと甲高い音を立てて回る小世界の海洋と陸地は、境目が曖昧だった。もっと早く回したら、月と同じくのっぺらに見えるかもしれない。やがて、地球儀の回る耳障りな音にかぶさって、胸をえぐるようなガスリーのしゃがれ声が聞こえてきた。アイサは恐怖で何も考えられなかったが、言葉ははっきり聞き取れた。

「あいつは必ずやる！　血が黙っていない、だから絶対にあいつはやる！」

それが、アイサがその夜感じた最大の恐怖だった。地主を恐れさせるものがあると考えることが、たまらなく恐ろしい。のちにアイサがキンケイグの村でこの話をしたとき、賢《さか》しら顔の連中は、アイサは自分の恐怖をガスリーに投影したのだと言った。スピアーズ駅長は――『思慮深き市民』じゃ――『感情転移《トランスファード・エモーション》』の事例に間違いないと御託《ごたく》を並べた。しかしアイサは、城主が何かをとても恐れているという自説を枉《ま》げなかった。何週間も経ってから、村人は口々に、そうだったのか、それなら地主が怯えたのはもっともだし、感じ取ったアイサは鋭い、と褒めそやした。駅長など、ずっと前から賢い娘だと思っていたと抜かしおった。

ガスリーはその言葉を口にすると同時に、回廊を行ったり来たりし始めた。だが、アイサと扉との間を離れなかったので、彼女はまだ動けずにいた。ガスリーは、黙ったままでいるかと思うと時々詩を口ずさみもした。アイサの話では、その詩にはスコットランド人の名前がいくつも出てきて、最後には意味のわからない言葉が続いた。たぶん野蛮な外国語か何かよ。自分には全く理解できなかったし、そもそもガスリーがなぜ詩を詠誦しているのかわからない。だが、そんなことはどうでもよかった。ただその歌は、姿を現して城主に立ち向かえと言っているようにも思えた。しかし、物陰からガスリーのおかしな振る舞いをすっかり見てしまったので、今さら出て行ったら、地主はばつが悪くなって烈火のごとく怒るに違いない。そう思ったので、寝間着をきつくかき合わせ――城に上がるとき母親が持たせてくれた良質のフランネルではなく、薄っぺらな安物だった――ガスリーがいなくなるまで寒さに耐える覚悟を決めた。少なくとも、鍵を掛けて閉じ込められる心配はない。扉は粉々になってしまったんだから。しばらくすると不思議なことに、寂しい回廊に取り残された二人きりの仲間だと思えてきて、ガスリーが回廊を去る気配を見せたときには半ば残念な気がした。もちろん本心では、このまま角を曲がってくれれば自由に逃げ出せるのに、と思っていたのだが。そのうちアイサは小さな叫び声を、その晩二度目の叫び声を上げた。不意に寝間着の裾《すそ》をぐいと引っ張られたのだ。見れば、大きな灰色ネズミが図々しくも足許まで来ていた。その目は、想像をたくましくしたアイサに、暗い回廊に並んでいるガスリー一族の肖像画の邪眼を思わせた。しかし今度もガスリーの耳には入っていなかった。自分の内なる暗黒に耽溺《たんでき》している様子で、難破船に乗り合わせたカトリック教徒が祈りの言葉を繰り返すように、例の奇妙な詩を熱心に詠誦している。立ち止まり、アイサの位置からは見えない何かを見つめ、腕を伸ばして蠟燭を頭上に掲げた。詩の詠誦がやみ、沈黙が続く。静寂の中、蔦《つた》が外壁を叩く音やカラマツの森を渡る蕭《しょう》々とした夜風の囁きが聞こえた。やがてガスリーの怒鳴り声が沈黙を破った。時々達者であることを披露しているスコットランド語だ。「これがうまくいかないわけがあるか、え?」次いで、囁くように繰り返した。アイサにはこちらのほうが恐ろしかった。「これがうまくいかないわけがあるか?」

また沈黙が続いた。アイサは緊張のあまり、月の光が背中をくすぐるのが感じ取れるほどだった。ついにガスリーは、内部で何かが壊れたように甲高い割れた笑い声を上げた。アイサは気を失った。

7

気がつくとガスリーの姿は消え、ネズミが数匹アイサの指をかじっていた。痛みをこらえて膝をつき、何とか立ち上がる。丈夫な足に物を言わせて懸命に歩き、恐ろしい回廊から自分の部屋へ手探りで戻った。冷たい水で顔を洗う。震えが来たものの、荷造りする気力が湧き、落ち着いてクリスティーンに短いメモを書いた。そっと台所へ行ってパンを一切れ食べた。寝ずの冒険ですっかり腹が減っていたからな。夜明けと共にアイサは城を出た。洗濯物の籠を運ぶように、頭に荷物の入った箱を載せ、納屋で寝ているタマスに油断なく目を配りながら。湖を回り、カラマツの森に灰色の城が隠れたとき、アイサは本当にほっとした。今となっては気味の悪い場所でしかなかった。エルカニーの山裾を下り、キンケイグへと続く長い沢道に出る。夜が明けきった時分に雪が降りだして歩きにくくなったが、かえって元気が出た。今の自分と昨夜の恐ろしい経験とを隔てる、忘却の白い絨毯が敷かれたように思えたんじゃな。

さもあらん、アイサの話が村中に広まるのに大して時間はかからなかった。前にも話したように、冬は悪天候続きで、暇を持て余していたかみさん連中が話に飛びついた。スコットランドの村に飛び交う噂の例に漏れず、この話も何一つ端折《はしよ》られず、むしろ尾ひれが付いて伝わった。アイサは二体の巨大な偶像の尻に隠れる羽目になり、そこへガスリーが来て素っ裸で祈りを捧げた——その偶像はガスリー自身が野蛮なローマ人の要塞址《あと》から掘り出したもの、祈りの文句は異教のルーン文字の研究を通して知った、という風に。ガスリーではなくタマスが素っ裸になったとする話もあった。アイサの話は椿聞《ちんぶん》だったが、少々刺激が足りんと考えたんじゃな。これだけは言っておくが、彼女自身についてもあれこれ噂されたのに、アイサは落ち着いて慎み深い態度を健気《けなげ》に保った。望まれれば話を繰り返したが、話すたびに少しずつ尾ひれを付けたりはしなかった。付け加えたことが二つだけあって、これは事実なのか想像なのかはっきりせん。夢の中で聞いたように感じたらしいが、ガスリーはアメリカとかニューファンドランドとか叫んでいた。さらに、彼女の頭の中で、これにウォルター・ケネディとロバート・ヘンダーソン、二つの名前が結びついていた。二人がどういう人物かアイサには見当もつかなかったし、それはキンケイグの村人たちも同じだった。ウィル・ソーンダースだけが、湖のほとりに昔ウォルター・ケネディという小作人が住んでいて、だいぶ前にここを離れてアメリカだかニューファンドランドだかへ行ったことを覚えていた。もう一つアイサが気になっていたのは、卒倒し夢うつつだったとき、ガスリーは机に屈み込んで本か書類かを熱心に読んでいた気がするということだった。ただし、それがどんなものかは覚えていない——以上がアイサの話のあらましじゃ。村人は丸一週間、何度も反芻して楽しんだ。わしだとて楽しまなかったとは言わん。噂話には伝染力があるし、雪が深いときには靴直しのところに面白い話はほとんど入ってこんからな。

アイサが城を去って以降、エルカニー谷の上から消息はほとんど聞かれなくなった。最初の雪が融けたあと、二、三度ハードカスルが用を足しに下りてきた。一度などは村の十字路まで来て、電話ボックスにこもった。これを聞いた郵便局長のジョンストン夫人は大いに傷ついた。

国王陛下に守秘義務を厳守する誓いを立てているのに、そういう行動をされると、この郵便局の電話でしゃべったことは夫人が触れ回って筒抜けだと言っているようなものだから、腹を立てるのもわからないではない。もっとも、村人は職業倫理などそっちのけ、お茶の時間に郵便局長から噂を仕入れるのを当然の権利と考えていて、提供できるネタがないと、理不尽にも局長は付き合いが悪いと責めるんじゃがな。ともあれ、駅で働いているジョック・ユールが――この若者は、待合室と勝手に呼んでいる場所を掃いたり、時々羊を貨物車に積み込む手伝いをするほかは一日中のらくらしておる――電話ボックスにいるハードカスルを見かけた。紙に書いてあることを公衆電話の送話口に向かって読み上げていたらしい。察するに、ダンウィニーの交換所を通じて電報を打っていたんだろうて。城の人間がそんなことに金を使うとはな、ヒバリも天《そら》が落ちてくる心配をしなきゃならん、村人たちはそう話していた。

次に起こったことも注目に値する。週の貨物が駅に着いたとき、ジョックはトラックの荷台半分ほどの箱が城宛だと気づいた。マッキーズやギブソンズ、そのほかエディンバラの有名店からの荷だ。年に一度キンケイグに使いをよこしてお茶一ポンドと食塩をひと包み買うだけのガスリーが、いよいよ気がふれたんだと人々は噂した。ジョックはがめつい男なので、地主がそんな具合なら配達賃に半クラウンのチップをせしめた上、酒を勧められるかもしれないぞと考えた。ところが、雪融け道を難儀しいしい谷の上までトラックを走らせたのに、地主は自ら送り状と照らし合わせて荷物を城に入れ、運送料を値切ったので、あながち気が狂ったとも言えん。ジョックは苦労が全く報われなかったくせに、地主をちょっと気の毒に思った。よく眠っていないのか一気に老け込み、おまけに心が引き裂かれたように落ち着きがなかったそうな。ガスリーが大いに悩んでいると聞いて、村の面々はクリスマス・プレゼントをもらったみたいに喜んだ。地主が本当に悩んでいるのなら村人はそれで満足、理由なんぞどうでもよい。もっとも、理窟をこねる者は大勢いたし、それに反駁する者はさらに多かった。駅長は「自分は選言的な仮説の相違（単に二つ以上の仮説の違い）がわかる」と公言して人々の尊敬を得た。読み書きもろくにできない者が小難しい言葉をいかにありがたがるか、まさに驚くほどじゃ。

〈紋章亭〉での話を思い出したから、ちょっと書いておこう。話というより、話に終止符を打った思いがけない出来事なんじゃ。

時々わしはパブの個室に顔を出す。教区の有力者の多くが、時間を持て余した夜など、そこで過ごすのは害のない楽しみだと言っておる。その日はウィル・ソーンダースとロブ・ユールが先客で、しばらくして駅長が現れた。案の定「仮説」を懐にしていた――内部情報とやらを散々出し惜しみしてからひけらかすのが流儀で、この男の政治談義を聞くと、スコッツマン紙やタイムズ紙の編集者と裏で通じているのかと思うくらいじゃ。カウンターの向こうには〈紋章亭〉の主人ロバーツの奥さんがいて、酒の容《い》れ物を手荒に扱い、酒なんか大嫌い、客にだって注いでやるもんか、と態度で示している。ロバーツにとっては頭痛の種だが、自分で蒔いた種だというのが大方の意見。かみさんは結婚前に〈アルコールは血液に有害〉なるパンフレットをロバーツに渡していたんだから、パブの主人なら警告を読み取って然《しか》るべきだ、とな。八百屋の主人、ちびのカーフレーが入ってくるまでロバーツ夫人はひと言もしゃべらなかった。カーフレーは酒を一滴もやらず、個室に来るのはもっぱら噂話が目的で、ロバーツ夫人はこいつに特製ジンジャービールを出す。以前、その壜をカウンターの後ろにずらりと並べて、〈さわやかな泡立ち、しかも体に無害〉という札を下げたことがあった。さすがのロバーツも、どんなものにもふさわしい場所がある、こんな広告札が似合うのは菓子屋だけだと言って、頑として許さなかった。カーフレーは、この情けない飲み物をもらって、ガスリーの噂を蒸し返した。

「ロバーツの奥さん」カーフレーはユール、ソーンダース、それにわしを悲しげに見て口を切った。「この教区には、悪意に満ちたくだらない噂がはびこっているみたいだね」

「おっしゃる通りです、カーフレーさん。地方選択権（主として酒類販売の是非を住民が投票によって決定できる権利。禁酒運動に関連して生まれた）が失敗に終わってからずっとですけどね」そう言って、ロバーツ夫人は空のビール壜をがちゃがちゃいわせて片づけた。

「この部屋の人は慎み深い舌の持ち主らしいが」カーフレーは隅にいるわしらに意地の悪い視線を投げた。「個室の外では無学な田舎者が二、三人、地主のどぎつい噂を流しているみたいだね」

「お可哀想に！　あの方は我慢しなきゃならないことがたくさんおありなんですよ」ロバーツ

夫人は水を飲んだあとの雌鳥《めんどり》みたいに目を天井へ向けた。「あの人たちが地主とクリスティーンお嬢さんを種に話すこととときたら、本当に胸が悪くなるわ」

「恥さらしだ」カーフレーは、ジンジャービールがめっぽう美味《うま》いとでも言うように唇を舐める。「もっと恥ずべきことに、どうやら本当らしいじゃないか。小さい頃から育ててもらったのに、あの娘も可哀想だ。豚を育てるのと同じで、目的は育てることじゃねえ」

こういうことを聞くと、わしは宗教改革の恩恵を疑い、悪徳をあげつらう風潮は長老派教会と共にスコットランドに来たという説に与《くみ》したくなる。しかしジャービー師は違うと言い、わしもジャービー師が正しいとは思う。曰《いわ》く、その考えは間違っている、痩せた土地と小作の短期契約、いつも変わらぬ灰色の空と心まで煙らせる冷たい海霧、そういったもののせいで、人人は神から許された感覚世界の喜びを半ば奪われ、暖炉の前で身を温めながら、人の悪行をそしり、他人の肉欲をひそひそ噂しては己《おのれ》の楽しみにしているのだ――それを聞いて以来、わしは人が好き放題言っても自分は黙っていることにしていたし、今回もそうした。しかしロブ・ユールは、地下室に貯め込んだ銀貨こそ冷たい輝きを放っているが、心は温かく、おまけに気が短い。さらにはクリスティーンが気に入っているので、唾棄すべきカーフレーの餌にまんまと食いついてしまった。「あのお嬢さんに関しては、少し前からでたらめが言われてたな。そいつの旗色が悪くなってきたんで、新しい嘘をこさえるってわけか？」

心得ておいてもらおう、クリスティーンはガスリーの被後見人であり、ガスリーの母の名前をもらっておる。城に来たのはほんの幼子のとき。ガスリーの母親の弟が海外の列車事故で若い奥さんともども亡くなり、その夫婦の子だと説明されていた。今回の一件の舞台となった、雪に閉じ込められ村人が暇を持て余した冬が来るまでは、その話を疑う者がいなかったのは確かだ。この冬に初めて、クリスティーン・マザーズの身の上に関する説明はでたらめで、クリスティーンにとってラナルド・ガスリーは伯父以上の存在だと誰かが言い出した。地主の秘密主義と悪名の高さのせいでただの噂に尾ひれが付いたのだと、数は少ないが良識ある村人は受け止めていた。クリスティーンを学校にやらないのも、外で生ませた娘をガスリーが恥じているからだと人々は噂した。これが、ロブ・ユールの言う少し前からのでたらめじゃ。そして今、ちびのカーフレーが新たな嘘をこしらえた。「ふん。でもガスリーがニール・リンゼイを追い払ったのもわかるじゃないか。若い情婦《いろ》に焼き餅を焼いたんだ。きたねえ奴だ」

ロバーツ夫人はグラスをゆすぎながら言った。「じゃあ、あの娘は自分の子じゃないの？」

カーフレーはちょっとためらってから、用心深くわしらに向き直った。「ただの噂だよ」そう言って日曜学校の飲み物を覗き込み、くすっと笑った。

ロバーツ夫人は勘弁してよとばかりに舌を鳴らし、自分のカップにお茶を注いだ。いつも手許に大きなティーポットを置いていて、個室に入ってきた者に振る舞おうとする。しかも無料《ただ》で。これにはロバーツがたいそう腹を立てていた。『思慮深き市民』の駅長はくどくどしゃべり続けた。全くだらしのない時代だ、離婚裁判の詳報を伝える新聞がなくなったのは本当に残念だ、イングランド人のふしだらな生活のおぞましい実例を読むこと以上に人を正道に導くものはない、ところでガスリーのことだが、保護者の義務感で娘として育てたのではなく、妾《めかけ》にするのが目的だったと考えるのは、同じくらいおぞましいのではないか？

駅長の言葉にカーフレーは再びくすっと笑った。ふんふん言ったり、ため息をついたり、仄《ほの》めかしたりもしたので、ようやく駅長もカーフレーが何を言いたいのかわかった。イングランド人のふしだらな生活についてどれだけ多くを読んでいようとも、駅長は真っ当な人間なので、その考えには本当にショックを受けて、厳しい顔でカーフレーを見た。「君は、二通りの育て方が互いに相手を排除する排他的命題ではない（つまり、実の娘を妾にする目的で育てた）と言いたいのか？」

八百屋のカーフレーが駅長の言葉を理解したかどうか疑問だが、ロブ・ユールがどういう人間かは思い知ったはずじゃ。ロブはつかつかと近づいてカーフレーの手からジンジャービールのグラスを奪い、中身を注意深くロバーツ夫人の葉蘭《はらん》の鉢に空けた。「カーフレー、今さら無害な飲み物を飲んでも無駄だ。どんなものも手遅れだろうよ。お前の体を巡っているのは血じゃなくて毒さ」

これで険悪な状況になったかというと、違った。八百屋のカーフレーはロブ・ユールから喧嘩を買える男ではない。かっとなる気概すらない。それでも居心地は悪かったろう。売り物のしなびたキャベツみたいに青くなったり黄色くなったりしていると、駅長がこれは法的には示《じ》威《い》行動になるかもしれんとか言い出し、ロバーツ夫人は、侮辱されたと感じるときによくやっているが、スプーンでティーポットの中身を猛烈にかき回し始めた。ここを潮時と見たか、それまでわしと同じく口を出さずにいたウィル・ソーンダースが話題を変えた。「ありゃあ、葉蘭を見てみろよ」

例の無害な飲み物のせいで本当に枯れるとは思わんが、ウィルの話し方や気の毒な鉢植えの植物を指さす様子が、たった今枯れたばかりのような印象を与えた。わしは自分の年齢や教会の長老という立場にそぐわしい程度に笑った。ロブも釣られて大笑い。ロバーツ夫人はいよいよ侮辱されたと感じ、狂ったように手を動かしたので、スプーンがティーポットに当たってかんかん鳴り、自身も腹痛を起こした七面鳥みたいな声を出した。無害なジンジャービールは、夫ロバーツと、自分が輿《こし》入れしてしまった酒類販売業という巨悪に対する戦いのシンボルだったんじゃろうな。明らかに夫人をなだめ気を逸らしてやろうと考えたウィルが「ロバーツの奥さん、あんたの世界地図を見せてもらえんか。ニューファンドランドがどこにあるか知りたいんだよ」と大きな声で言った。

ロバーツ家の息子は二人とも船乗りで、自分たちの行き先がわかるように大きな地図をくれていた。ロバーツ夫人はこの地図がたいそう自慢で、ささやかに一パイントのビールを注文して生活の糧を与えてくれる男たちには反感を持っていても、この頼みには抗《あらが》えなかった。部屋を出て行き、すぐに地図を抱えて戻ってきた。おっと、ティーポットにお茶を淹れ直してな。

わしらはみんな——侮辱されてくよくよしている八百屋のカーフレーを除いて——地図を見

に集まった。ニューファンドランドはアメリカにあるのかな？　とウィルが尋ねたので、わしは、カナダと同じくアメリカ大陸にあると思うが、南か北かは自信がないと答えた。するとウィルは、ガスリーのいとこたちはアメリカのどこに住んでいるんだっけ、ほら、いつだったかガスリーは気が狂っていると証明しようとした奴らだよ、と訊いてきた。

ロバーツ夫人は機嫌を直し、葉蘭についての軽口も忘れ、みんなにお茶を勧めた。ロブ・ユールが、いや結構、代わりにビールをもう一杯もらうよ、と言って金を出したときも、嫌な顔はせずに注いでやった。夫人は、地主を悩ませていたのは何なのか、アイサが聞いたニューファンドランドやアメリカという単語が発せられたのはなぜか、ウィルが閃いたと思ったらしい。わしは、そんな感じは受けなかったが。

ウィルは、ガスリーが城を開けた理由がわかったと言って説明を始めた。いとこたちは、ガスリーがあまりに物惜しみし孤独を好むことを理由に、精神病院に入れようとした。また同じ企てがありそうだと聞きつけたガスリーは一念発起、自分は正気で気前がいいと示そうとした。わざわざワインを開けてクリスティーンに勧めたのも、あのお嬢さんを証人にしようという魂胆だ。いとこたちの名前は知らないが、きっとケネディかヘンダーソン、つまりガスリーが回廊で叫んだのを聞いた気がするとアイサが言った名前だ。これを聞いた駅長は、素人の推理は本当に興味深いと述べ、ロブ・ユールは、そうかもしれないが事実を知っておいたほうがいい、と言った。ウィル、お前はアメリカにいるガスリーのいとこの名前を知らないだろうが、俺は知っている。ただのガスリーだよ。ガスリー家の息子たちがオーストラリアへ行ったとき、俺はほんの子供だったが、父親が言ったことを覚えている。二人はアメリカへ向かうことになっていたんだが、それをやめてオーストラリアにしたのは、アメリカには父親の兄の息子たちがいて、両家の間に悪い血（不和のこと）が流れているからだ、とな。

「それみろ、やっぱり『血』じゃないか！」ウィルが叫ぶと、八百屋のカーフレーはぴょんと跳び上がった。自分の血が流されなきゃ収まらないのか、と思ったのかもしれん。ロバーツ夫人はスプーンを手に戸惑ったような表情を浮かべていた。ウィルは自説を補強しにかかった。

「あの夜、ガスリーは血がどうしたこうしたって独り言を言ったんだよな？　あの男が考えていたのは、アメリカの親戚の敵意じゃないのか？　あいつらはガスリーを厄介払いしようとしたし、またやるかもしれないだろう？」

　駅長は、それは大いにあり得ると言った。それまでカウンターの隅から睨みつけていたちびのカーフレーも、我慢できなくなって話に加わった。「だけど、エルカニーのガスリーに敵意を持っているのはアメリカのいとこだけじゃないだろう？　ニール・リンゼイもいるぜ。ほら、あの色黒の若い男。昔のことを根に持って、自分も自分の一族も未来永劫ガスリー家とは敵《かたき》同士だ、と信じている奴だよ」これに対して駅長は、ガスリーが頭のおかしい国粋主義の若者のことで悩むとは信じがたいが、あらゆる可能性を探るのは悪くない、と評した。

「城の回廊を見てみたいもんじゃな」とわしは言った。

みんながこっちを見た。口数が少ないほど、いざしゃべったときによく聞いてもらえるというのがわしの持論じゃ。「あの夜ガスリーが詠誦していた詩のことも、知りたいもんだ」

みんなはさらにまじまじとわしを見つめ、駅長は、どうしてガスリーの詩が出てくるのかわからないと評した。

「わからんだろうな」駅長がよくやる秘密めかした言い方で答えてやった。

ロブ・ユールは、ちょっと笑ってからわしに訊いた。じゃあ、あのときガスリーが何を考えていたかわかるのか？　地主がエルカニー城を開けたのはアメリカのいとこを恐れたからだっていうウィルの考えは合ってるのか？

「アメリカのいとこがガスリーを悩ませているとは考えにくいし、その逆もまずなかろう」とだけわしは答え、パイプを叩いて葉を捨て立ち上がった。

読者よ、傲慢には天の裁きが待ち構えておる。個室の扉の前まで行ったとき、突然扉が勢いよく開いたので、わしは飛び退《の》いた。運転服を着た見慣れぬ若い婦人が入ってきた。「お邪魔かしら？」と尋ねたものの、邪魔だとは微塵《みじん》も考えておらん。まっすぐカウンターへ歩いて、きびきびと、しかし親しげな口調でロバーツ夫人に話しかけた。「郵便局長さんが見つからないんだけど、捜している時間がないの。申し訳ないけど、これを電話で伝えていただけない？　それにシェリーをお願い」そう言うと、娘はポケットから紙を一枚と金を出した。

わしらがみな、頭が二つある仔牛を見るようにしていたのは間違いない。しかし彼女は意にも介さずカウンターを向いて立っている。ほっそりした若い婦人で、どことなく仔細ありげだ。部屋を出て行ったロバーツ夫人がダンウィニーに電話して電報を打ってやっている間、静かにシェリーを飲んでいた。それからわしらのほうを向いて、ちらっと、しかし注意深く視界に収めた。トーマス・クックの旅行ガイドで星二つのものを見る感じじゃな。ロバーツ夫人が戻ってきて釣りを渡すと、ありがとうと言ってあっという間に出て行った。三十秒後には、車が走り去る音が聞こえた。まるでインバネス（スコットランド北部の都市）のこっち側で止まるつもりはなかったのに、とでも言うように。

いっとき沈黙が続いた。アメリカとニューファンドランドのことを話していた折も折、アメリカ娘が入ってくるとは何という巡り合わせか。誰もがそう思った。ダンウィニーの映画館へ行った者なら、今のがまさに映画に出てくるアメリカ娘だったことは疑いようがない。ロバーツ夫人はカウンターに立ってグラスを磨いていたが、その目の輝きは、単に彼女にとっての罪の証《あかし》であるビールを拭き取る喜びに由来するのではなかった。みなが知らない事実を知っているということを、夫人はよくよく心得ていた。

すぐにロブが水を向ける。「ロバーツの奥さん、あの娘さんが頼んだのは電報なんだろう?」

「ええ」それだけ言って、手にしたビールグラスにハーッと息を吹きかける。

「今晩の宿を予約したとか?」

「そうかもしれないし、そうでないかもしれませんね。他人が口を出すことじゃないでしょ」

清廉《せいれん》な人物の見本でございますとばかりに答えたロバーツ夫人は、カーフレー専用の無害な飲み物をロブがぶちまけたことを根に持っていた。しかし、話したくてうずうずしてもいた。二、三分間、悪魔の顔から黒さを拭き取ろうとするようにせっせとグラスを磨いていたが、とうとう自ら切り出した。「全く、びっくり仰天ですよ」

今度はカーフレーが聞き出そうと試みる。彼のほうがうまくやれるのは、わしらにもわかっていた。「奥さん、電文に変わったところがあったんだね？」

「やっぱり、そうかもしれないし、そうでないかもしれないとしか言えません。どうしてもって言うんなら教えますけど、宛先はロンドン、電文は『重要な情報を近々入手』でしたよ」

ウィル・ソーンダースが立ち上がり、扉の近くにいたわしに追いついた。「それじゃ、カーフレーの言う『悪意に満ちたくだらない噂』の材料にはならないな」

「そうかもしれないし、そうでないかもしれません。でもこれだけは言っておきます。ベルさんは、送信人の署名に興味をそそられると思いますよ」夫人は磨いていたグラスをどんとカウンターに置き、ティーポットをかき混ぜようと背中を向けた。

「送信人？」わしは困惑しておった。

「そうですよ、ベルさん。あの娘さんはガスリーと署名したんです」

8

さて、あとは、この本をまとめるエディンバラの若き作家なら、さしずめ「ミス・ストラカーンの証言」とでも名づけそうな事柄が残るだけになった。その次にいよいよクリスティーンの話に移ろう——読者はきっと、クリスティーンをこの物語のヒロインと考える。覚えておられるかな、ミス・ストラカーンは『視覚教育』に関する論文を書いた学校の先生だ。なかなか自分にふさわしい題材を選んだと思う。先生は生まれついての覗き屋で、他人のことを知りたがり、どこにでも突っ込む鼻と鋭い目の持ち主だった。好奇心から、キルドゥーンに住む伯母さんを訪ねるのにわざわざ遠回りをすることにした。

毎週末、ストラカーン先生は自転車で伯母さん宅へ行く。かなり貯め込んでいる老婦人となれば、足繁く通って世話したくなるのも当然。たいていの場合、先生はダンウィニーへ通じる本街道を走り、トンプソンの農場で道を曲がる。キルドゥーンはそこから荒れ地を越えて二、三マイルの、寂しい集落じゃ。夏の間、先生は時々「放浪者の誘惑」と呼んでいるものに勝てず、谷をのぼってエルカニーを過ぎ、がたがた跳ね回る自転車で丘を下りた。羊飼いが通う小径に突き当たったら、道なりに進んでマーヴィー谷を通る乗馬道に出る。骨の折れるルートだし、一番よい季節でも相当危険な道だ。ギリシャ人の言う「運動選手の理想」に夢中らしい先生は、確かにタフだし筋張っている。しかし、今年の初雪が融けるとすぐエルカニー谷をのぼった理由が「放浪者の誘惑」だけとは信じられん。エルカニー城の出来事について噂が飛び交っていた時期だからなおのこと。「放浪者の誘惑」ではなく「タマスの誘惑」だと抜かす者もいた。正気の若者から誘惑される見込みはないから、タマスがさかったのはすこぶる魅力的な話だろうと言ってな。だが、動機なんぞどうでもいい。とにかく先生は、十一月最後の週末、エルカニー谷をのぼった。

ドロチェット川の緑色の川面にはカイリー山からの雪が舞っていた。モミの木は静かに雪融け水をしたたらせている。時折、風が吹いて木々を揺らし、ぬかるみの中おんぼろ自転車を漕ぐ先生の行く手にぱらぱらとしずくを降らせた。谷の頂上付近、カイリー山にとってはまだ裾のほうだが、そのあたりまで来たとき、はるか東、湖の向こうから嵐が近づいてくるのが見えた。雪融けと共に発生する大嵐じゃ。雪をかぶった黒い木々に囲まれた湖は暗く物憂げで、秘密を宿しているかのよう。ずっと東のほうで水面が乱れ小さな波が立ち、またたく間に湖面全体が震えだした。波頭《がしら》に泡が生じ、続いて揺れ動く泡だらけの湖面を大きな影がいくつも駆け回り、湖はさしずめ嵐による光と陰の狂騒を呈した。やがて大風が吹いてくる。湖を滑走してきた風は斜面を駆け上がり、頭《こうべ》を垂れた木々の枝を捉えて放り投げ、冷たいしずくを一斉に降らせた。暗い空には嵐の雲が集まりつつあり、カイリー山を囲んで勝利の雄《お》叫《たけ》びを上げている。

先生が山道をたどってキルドゥーンまで行こうとしていたのなら、その光景には気持ちが挫《くじ》けたろう。だがな、先生の目がエルカニーに向いていたのなら、嵐はむしろ渡りに船じゃ。数マイル四方に人家はなく、エルカニー城と、その下方、カラマツの森にひっそりと佇む、今は無人の農場があるだけ。だから、自転車に乗っている先生から何もかも吹き飛ばす勢いで嵐が襲ってきたとき、いつもの道を通り過ぎてエルカニー農場の小屋へ向かおうとした。

半分くらいまで近づき、荒涼とした場所に、鎧戸が下りた窓と空っぽの牛舎という侘《わび》しい光景が風雨をすかして目に入ったとき、斜面の向こうから、気の急《せ》いた幽霊のような、白くてほっそりした若い女性が急ぎ足でやって来た。すぐにクリスティーンだと気づき——こんな人里離れた場所にほかの若い娘がいるはずもない——先生は、農場のそばで自分を見つけたクリスティーンが、親切にも嵐の中を迎えに来てくれたのだと考えた。手を振って呼びかけたが、声は口から出たとたん風に吹き飛ばされる。それでも、おんぼろ自転車を懸命に漕いで近づいた。しかしクリスティーンの目に入っていないとわかり、先生は激しいショックを受けた。クリスティーンは少年のような細長い脚で斜面を斜めにのぼり素早く遠ざかった。この嵐に薄い毛織りの服しか着ておらず、その服もぐしょ濡れで、歩くたび身にまとわりついていた。ストラカーン先生は、彼女のことがとても心配だったと言っていたが、きっと自分の身も少しは心配したに違いない。何しろ嵐に遭って自分はエルカニー城に迎え入れてもらう必要があり、ギャムリー一家が去った今はクリスティーンだけが頼りだからな。先生は道端に自転車を放り出し、クリスティーンを追って駆けだした。正面に回り込んで呼びかける。「ミス・マザーズ、ねえ、ミス・マザーズ、外に出るには生憎《あいにく》の天気だと思いませんか？」

ここまでやればまさか聞こえないはずはないが、案に相違して、クリスティーンはお構いなしに歩き続ける。先生はびっくりして立ちすくみ、侮辱されたと思えばいいのか心配すべきかわからなくなった。クリスティーンは夢遊病なの？　エルカニー城と地主の毒気に中《あ》てられておかしくなったの？　そのとき先生は心臓が口から飛び出しそうになるほど驚いた。頭上でうごめく黒雲を一閃《いっせん》の稲光が引き裂き、クリスティーンの内にあるガスリーの姿をはっきり映し出したからじゃ。エルカニーに関する噂話が胸が悪くなるほど醜悪な一因は、この娘にガスリー一族の特徴が見られないことにあるが、今カイリー山をのぼらんと脇目も振らず歩いているクリスティーンは、視線を宙に据え、真っ青な頬に燃えるような紅い点を浮かび上がらせて、祈りを唱えるごとく詩を詠誦するごとく唇を動かし、まるで何かに取り憑かれた様子だった。ここを通りかかったガスリーに誰かが勇気を奮い起こして声をかけたとしたら、今のクリスティーンと同じ反応が返ってくるだろう。

読者のご賢察通り、ストラカーン先生の発見は、噂話と偏見に凝り固まった人物が嵐という非日常的な状況で抱いた幻想だとして、法廷では相手にされないかもしれん。しかし先生はその発見に強く打たれ、もはや呼び止める気にはならなかった。クリスティーンが異様な足取りで猛り狂う嵐の中に消えていくのを、黙って見ていた。改めて状況を考えた先生は途方に暮れたに違いない。風はいよいよ勢いを増し、もうじき夜になる。雪まじりの雨が容赦なく叩きつけ、「運動選手の理想」もオリンピック大会一つ分くらいずぶ濡れになってしまった。以前ギャムリーの奥さんからお茶をご馳走になった家に誰も住んでいないことは承知していた。クリスティーンが狂ったようにさまよっている今、城にいるのは、ガスリーとタマス、あの嫌なハードカスルとよぼよぼのおかみさんだけだ。何の不安もなくキンケイグの学校で想像していたときには暗い古城の秘密に胸が躍ったが、今は全く食指が動かない――氷雨《ひさめ》に打たれて呆然と立ち尽くし、「放浪者の誘惑」に屈して回り道をした我が身の愚かさを、臍《ほぞ》を噬《か》む思いで嘆く姿がまざまざと浮かぶ。しかし後悔など、身を隠せる石壁や乾いたわら束ほどの役にも立たん。駅長なら「先生には三つの選択肢の違いがわかった」とでも言うだろう。ここにとどまるか、クリスティーンと同じく歩き続け、崖から転げ落ちて首の骨を折るか、何とかしてエルカニー城までたどり着き、およそ歓待は期待できないガスリーを頼るか。そのとき先生は、城がどんなに恐ろしい場所で、優しいアイサ・マードックがいかに辛い城勤めをしていたか身に沁みた。それでつい、このまま歩いてマーヴィー谷を目指そうと決心しそうになった。しかし、どこか良識が訪れ、先生はおんぼろ自転車を取りに戻ると、村のかみさん連中が恐れおののくガスリーとその邪眼、剣と回廊に立ち向かうことにした。

その決心は城の農場の前までは持ちこたえた。先生は思い出した。ギャムリー一家が住んでいた家の広い屋根裏《ロフト》でジョーディーとアリスが寝ていたこと、そして二人のいたずらっ子が牛舎の裏からロフトに続く外階段で遊んでいたことを。きっとギャムリーさんは、ちびちゃんたちのわら布団を置いていったに違いない。ロフトに上がれれば、朝まで気持ちよく眠れるわ。幸い、放浪者やスコットランドの山間《やまあい》を歩き回る際に必携のチョコレートも持っているし。先生は自転車を牛舎に入れ、濡れて滑りやすい上にぐらぐらする、石造りの長い外階段をのぼった。その先の扉には掛け金が下りていなかったし、思った通り、わら布団が敷かれたままだった。身を切るような寒さと垂れ込めた嵐雲を経験したあとでは、すこぶる快適そうだ。エルカニー城の薄気味悪い人たちと一緒にいるより、ここにひとりでいるほうがいい、先生はそう考えた。

薄い雨外套《マッキントッシュ》は役に立たず、肌までぐっしょり濡れていた先生は、薄暗いロフトの奥で服を脱ぎ始めた。先生の話では、一糸まとわぬ姿になりかけたとき――もうお気づきだろう、キンケイグのゴシップには裸がつきものじゃ――ロフトが真っ暗になった。風のせいで扉が閉まったと思って戸口のほうを振り向くと、暗くなりつつある外光を背に男の姿が恐ろしい影絵となって浮かび上がった。ただ男というのではない、その痩せた姿は――ラナルド・ガスリーその人だった。

さあ、先生はアイサ・マードックと大差ない状況に陥った。エディンバラの若き作家が、同じ状況の使い回しはいささか退屈と思うかどうか、わしにはわからん。しかしストラカーン先生にしてみれば退屈どころの話ではない。悲鳴を上げ、自分が驚いたのと同じくらいガスリーをびっくりさせる……はずだったが、そうならなかったのは、ガスリーが扉をバタンと閉めて外から大きな閂を掛けてしまったからじゃ。ガスリーには部屋の奥にいる、水のしたたるバテシバ（水浴しているのをダビデ王が見そめた女性。『サムエル記』にある）が見えなかったし、見えたとしてもダビデ王と同じ反応はしなかったろう。何しろガスリーは、嵐から家屋を守ることしか頭になかった。一分後、水音を立てて外階段を下りていく足音が聞こえた。

気を取り直すと、状況はそう悪くないと思えてきた。ガスリーさえいなくなってくれれば、だが。逃げる希望がない囚われ人というわけではない。落とし戸から一階へ下りることはできる。一度も使われた様子がなく梯子《はしご》もないが、いざとなれば、教育大学で「運動選手の理想」を叩き込まれた経験を活かして、服とわら布団でロープ梯子を作って下りればいい。下りさえすれば好きなときに窓から出られる。先生は濡れた服をもう一度着た。近くにいる男に対してできる精一杯の用心に。

確かにガスリーはまだ近くにいた。ロフトの薄い床越しに、階下を歩き回る足音が聞こえた。きっとあんな風に回廊を歩き回っているのだ。先生はふと、地主は嵐の中わざわざ城からここへ来て何をしているんだろうと訝《いぶか》った。誰かを待っているのか。そう思ったとき、応えるようにガスリーが大声で叫んだ。「入れ！」

返事はない。宙に向かって叫んだか、あるいは相手が驚き言葉に詰まったか。再び地主の声。嘲《あざけ》るような調子だったとストラカーン先生は言う。

「入ったらどうだ！」

再び沈黙。やがて、ガスリーの嘲りに応えるかのように、扉が勢いよく開く音がした。沈黙のあと、またガスリーの声。さっきとは打って変わった静かな口調で、ロフトの破れた床越しにかろうじて聞き取れた。

「やはりお前か」

濡れた服のせいか、その言葉に込められたもののせいか、びしょ濡れの靴を履いた先生は身震いした。しかし読者の期待通り、既に穿鑿《せんさく》好きの鼻がぴくぴく動き始め、鋭い目は暗闇を見渡し、盗み聞きの得意な耳を当てるのに具合のいい破れ目がないか探していた。やがて訪問者の声が聞こえてきた。若く力強い、挑みかかるような声に、先生は聞き覚えがなかった。

「クリスティーンはどこにいる？」

「ニール・リンゼイ、今日お前がクリスティーンに会うことはない。今日だけじゃない、これからずっとだ。私がお前たち二人のことを知ったからにはな」

相手はニール・リンゼイなのか。ストラカーン先生にとってニール・リンゼイは、自分と同じエディンバラ出身で半分イングランドの血が混じっているというだけで、単なる名前にすぎない。しかし、リンゼイがクリスティーン・マザーズに求婚すればただでは済まないとわかるくらいには、二人のことを理解していた。下ではまさにひと騒動持ち上がりかけていた。

「クリスティーンはどこだ、ガスリー」

繰り返し問うたことも、呼び捨てにしたことも、リンゼイが小作人の倅であることを考えるとかなり挑発的だ。しかしながら、そうしても許されるだけの因縁が自分とガスリーの間にあることを、リンゼイは承知していた。その因縁はのちに語ろう。先生は耳を床に押しつけ、静かに答えるガスリーの冷淡な声を聞いていた。「たまたまクリスティーンの後をついていくと、お前の手紙を見つけたのが目に入った。彼女を家に帰らせ、代わりにここでお前を待っていたのだ。私の読みは当たったらしいな。何か言うことはあるか？」

「彼女はあんたの指図は受けない」

「お前がクリスティーンにつきまとうつもりならそうはいかん」

先生は成り行きにわくわくした。耳をそばだてると、リンゼイが城主に詰め寄るのが聞こえた気がした。だが、どうやら若者は自制したらしく、注意深く抑えた声がした。必死さが漂う。

「あの人と結婚したいんだ、ガスリー」

「だめだ」

「彼女だって同じ気持ちだ」

「だめだ」

「僕たちは結婚するんだ、ガスリー。あんたには止められやしない」

「止められないはずがあるまい、ニール・リンゼイ」

「どうやって？」

「クリスティーンは未成年だ。お前だって知っているだろう」

「それは時が解決してくれる。もう一つ訊きたいことがある」

「ほう、何だ?」

「クリスティーンはあんたの何に当たるんだ?」

二人は無駄な言葉は一切費やさずに互いの懐に入ろうとしていた。先生は天にも昇る心地だった。疑われもせず快適にロフトに納まって、キンケイグのかみさん連中が集う場でアイサ・マードックの話もすっかり色あせる話を聞いている。先生はチョコレートに手を伸ばし、煙草に火を点ける危険までは冒せないことを残念に思った——女性が嗜《たしな》むものではないとされる習慣じゃがな。再び床に耳を当て、ガスリーがどう答えるか聞き漏らすまいとした。

先生はエルカニー谷の冬を甘く見ていた。それまで鳴りを潜めていた嵐が、一瞬ののちに猛り狂い始めた。風はうなり——自然界では本で読むほど頻繁には起こらん——さっきまでの雪まじりの雨は叩きつける奔流に変わり、機関銃のような音を立てて屋根に降り注いだ。こうなると、ガスリーとリンゼイが肩を組んで『蛍の光』を合唱したって、あるいは——こっちのほうがありそうだが——殺し合いを始めたって聞こえやせん。先生は心から二人の身を案じた。本当に心配性じゃな、ストラカーン先生は。

だが杞憂とは言えなかった。二、三分経って嵐がしばらく収まったとき、怒りにかすれたリンゼイの声が聞こえてきた。「もう一度言ってみろ——」

ガスリーが答える。「結婚しようがしまいが、まだ手遅れでないにしてもだ、クリスティーンは決してお前の子供は産まない」

その言葉が終わると同時に平手打ちの音が聞こえ、リンゼイが動揺したように低い声で言った。「申し訳ない――許してくれ、あんたは僕の祖父くらいの年なのに。我々の家の間に『悪い血』(前出、不和のこと)があるとはいえ――」

「後悔するぞ」ガスリーが言った。

古いメロドラマじみたこの台詞が、先生の耳にした最後の言葉になった。嵐の小休止が終わり、突然吹きつけた風でどこかの扉が開く大きな音が轟《とどろ》いた。てっきりピストルの音だと思い、我慢できないほどの恐怖を感じた先生は、「人殺しいっ!」と叫んで立ち上がった。

下にいる二人には思いも寄らぬ邪魔が入った。リンゼイは逃げ出し、冷静さを保っていたガスリーは、何事かとあたりを見回した。たぶんすぐに外へ出て外階段を駆け上がったのだろう。先生が馬鹿な真似をしでかしたと気づいて震えだす前にもう、ガスリーはロフトに入って先生を睨んでいたんだから。「マダム、何かお困りですかな?」

相対《あい》しているのは、悪意たっぷりの皮肉と慇懃な態度を装うイングランド流のガスリーだと知っても、慰めにはならなかった。むしろ、さっきまでリンゼイが相手にしていた、過去の領主たちよりずっとスコットランド人らしいガスリーのほうがましだった。先生はいくらか泣き声になって――あくまで想像だがな――答えた。「ああガスリーさま、私はキンケイグの学校で教師をやっている者です。自転車でこちらを通りかかったとき、嵐に見舞われまして――」

「光栄ですな」影絵になって戸口に立つガスリーが、先生に会釈した。「この農場を避難所に使っていただいたようで。何か叫んでおられたようですが、我が家のもてなしはお気に召しませんでしたかな？」

影絵になっているのに、ガスリーが目を細めるのがわかった。丁寧な言葉に潜む鋭い棘《とげ》にも先生の気力は挫かれた。「ガスリーさま、ネズミです。ネズミにびっくりしてしまいました」

「さようでしたか。ネズミには悩まされておりましてな。ちょうど今、一匹始末しようとしたところです」

恐ろしい言い種に血も凍る思いの先生は、気力が萎《な》え、坐り込んで泣きたい気分になった。実際、泣き声になっていたんだろう。というのもガスリーの次の言葉が、「興奮しておられるようだ。もう少しましな休息所《アサイラム》にお連れいたそう」だったからじゃ。聞いたとたん精神病院《アサイラム》を連想し、混乱した頭で一瞬タマスに引き渡されると考えた先生は、できることならガスリーの横を走り抜け、嵐だろうが何だろうが外へ飛び出したくなった。しかし地主は、サミュエル・リチャードソンの小説のサー・チャールズ・グランディソンのように、わざとらしい恭《うやうや》しさを示しながら進み出て彼女の手を取り、舞踏会の場から誘《いざな》うようにロフトから連れ出した。外に出て、先生はまた驚いた。ペッパーズ・ゴースト（板ガラスと照明技術を用いて幽霊を見せたり消したりする劇場の演し物）のように真っ青なガスリーの顔に平手打ちの痕がくっきりついているのが、夕闇の中でもわかったからじゃ。湖の入江を回り城へ向かう間、地主は片手で自転車を押し、空いたほうの腕を、彼女がバクルー公爵夫人(スコットランド貴族、初代バクルー公夫人)ででもあるかのように貸してくれていた。しかし先生の耳には、彼が最後にリンゼイに言った「後悔するぞ」という文句がこだましていた。城に着くと、ガスリーは茶番に飽きたのか、ハードカスルのかみさんを呼んで「今夜この若い女性が泊まるから部屋を用意してさしあげろ」と命じ、先生には素っ気なく頭を下げただけで去ってしまった。ひどい一日に起こったどんなことよりも、先生は「マダム」から「若い女性」に格下げされたことに傷ついた――だが「若い」と言ってくれたことには感謝してもよかろう。ただし、ガスリーが先生を見たのは暗くなってからだと言い添えねばならん。

あくる朝ちらっと見かけたのを除いて、先生がガスリーの姿を目にすることはなかった。先生は夜明けと共に起きた。ネズミが夜通し騒いでまんじりともできず、また前夜の食事があまりに粗末だったので、ちゃんと起き出す前にもう、ネズミに盗られなかったチョコレートをかじる羽目になった。嵐は収まっていたので、すぐにでも城を離れたかった。考えあぐねた末、自転車を押してキンケイグまで歩いて戻るのが最善だと判断した――道がぬかるんでいて自転車に乗るのは無理だろうし。そこで、魔法使いの婆さんを思わせるハードカスルのかみさんに頼んでパンと糖蜜を分けてもらうと、嬉しくてたまらないようにさよならを言って、エルカニー谷を下り始めた。湖がエルカニー城のすぐ近くまで腕を伸ばすあたりで道は険しさを増す。昔はそこから城の濠に水を引いておった。そこにガスリーがいた。怒れる朝日がカイリー湖から顔を出すのを見下ろし、太陽の戦車からメッセージが届くのを待っているかに思えた（ギリシャ神話の太陽神ヘリオスは四頭立ての馬車で空を駆け、地上の出来事すべてを見ている）。突然ガスリーは両腕を広げたまま空に掲げ、太陽にすかして血潮を確かめるかのようにじっとしていた。薄気味悪い仕種を見て、ガスリーが時々古代の異教徒の偶像に祈りを捧げているという噂を思い出した。先生はガスリーと顔を合わせないように、最初の角を曲がってカラマツの森を通った。数マイル行けばエルカニー城はすっかり見えなくなるが、あの日アイサ・マードックがそうだったように、最初の一マイルは一度も止まらずに歩き続けたろう。少なくとも先生は戦利品を持ち帰った。これほど長い間噂になるネタがエルカニー谷からもたらされたのは初めてだった。

わしを除けば、以上が悲劇の前に村の人間が聞いたラナルド・ガスリーの最後の消息となった。ストラカーン先生が城に泊まったのは十一月二十八日の夜。十二月十日、大雪が谷をあらかた覆って閉ざしてしまう直前、クリスティーン・マザーズはわしと話しにやって来た。

9

クリスティーンがキンケイグの村まで下りてくることはめったになかった。日曜の教会を除くと、村の楽しみと言えば、男たちが〈紋章亭〉でビールを飲むか、かみさん連中が台所で噂話をするか、若者が娘を追いかけて夜中にわら山の間を駆け回るくらいのものじゃ。ガスリーはクリスティーンがジャービー師の説教を聴きに行くのを禁じていた。ガスリー自身、村の教会を等閑《なおざり》にし、牧師のことはなおさら疎《うと》んじていた。着任していくらか過ぎ、教区内のことがわかってきた頃、ジャービー師はエルカニー城まで行って地主と話をした。そのときジャービー師は、クリスティーンお嬢さんをこんな寂しい場所で育て、心ない噂話の的にするのは残念だと言った。前の牧師のときと違ってガスリーがジャービー師に犬をけしかけなかったのは、師が学者であることを尊重したからだと思う――前にも言ったが、ガスリー自身も学者だった。前の牧師は説教壇で声を張り上げるしか能のない人間で、説教もお粗末なら教義についてもろくに知らなかったから同情する気にはならん。ガスリーはジャービー師の言うことを聞くには聞いたが終始冷淡で、話が終わると、やはり冷ややかな態度でお辞儀だけして送り出した。それ以後、道端でジャービー師とすれ違ってもガスリーは挨拶もせん。もちろんガスリーが教会へ行くことはなく、クリスティーンとハードカスル夫妻もそうだ。タマスに至っては、気の毒に「小教理問答」というものが世に存在することすら知らんのではないか。

クリスティーンがキンケイグに来ることはめったになかったと言ったが、めったにないその機会というのは、靴直しのユーアン・ベルを訪ねるときだ。わしはクリスティーンを幼い頃から知っておる。ガスリーが雇った最初の乳母がわしの妹の娘だったんじゃ。当時、城には小馬に引かせる馬車があり、クリスティーンが幼かった頃、まだ少しは優しかった地主は、好きなだけ馬車に乗るのを許した。二人はよくユーアンおじさんに会いに来てくれた。本当の姪と同じように、クリスティーンもわしをおじさんと呼んでな。妻も子供もおらんわしは、クリスティーン・マザーズを可愛がった。クリスティーンが少し大きくなると、メンジーズ先生という、優しくて気の弱い、育ちのよい女性が雇われ、風変わりで孤独な環境で教育を施すことになった。それからもクリスティーンは時々わしに会いに来て、城での悩みを話したり、世の中のことについて質問したりした。年頃になり、自分の生活が、復讐の念に憑かれた父プロスペローと共に孤島に住むミランダ（シェークスピア『テンペスト』の登場人物）と同じく奇妙なものであることに気づくと、心の奥深くに秘密を抱え、次第に沈みがちになった。時々は会いに来たが、話すことはなくなって、背を丸めてテーブルに坐り、靴作りに使う革の端切れの匂いを嗅いだり手ざわりを確かめたりしていた。まるで、生《なま》の力強い存在から活力を得ようとするかのように。最近は前ほど頻繁に来ることはなくなった。たまに来ると、わしの顔をじっと見て今にも打ち明けそうになるが、結局は心を閉ざし、その日あったありきたりなことの話になってしまう。夢見るように坐り、革の端切れをもてあそびながら、高原のヒースのつぼみが開き始めるごとく、自然にそして抗《あらが》いようもなく、娘から一人の女性に変わっていった。ストラカーン先生が、不運な若者の名前をキンケイグの村に告げるずっと前に、わしはクリスティーンに何があったか知っていたわけだ。

　さて、ガスリー家とリンゼイ家との経緯《いきさつ》を話しておこう。ピトスコッティの『年代記』（スコットランド語で書かれた最初のスコットランド史）にあるより少し詳しい程度にな。なに、じきクリスティーンのことに戻る——わしはスコットランドの封建主義について論文を書いているわけじゃないんでな——一応警告しておくが、しばらく話は宗教改革より前の時代にさかのぼる。

スコットランドの高地地方《ハイランド》では人々の組織は氏族《クラン》単位で、それが枝分かれし、各々氏族長の血縁に連なる族長をいただく形じゃ。低地地方《ロウランド》では事情が異なり、単位は家《ファミリー》だ。家《ファミリー》は規模が大きくなり広がっていくものの、氏族《クラン》が持つ結束力はめったに持ち合わせん。そのため、家《ファミリー》の団結力を維持しつつ他の家《ファミリー》と同盟することが、低地地方《ロウランド》の領主が目指すところとなる。領主同士が婚姻や契約でまとまっている地方は、安全で強力だった。

ガスリー家がエルカニーの自作農にすぎなかった頃、マーヴィーのリンゼイ家は一大勢力を誇っておった。家長は王から男爵位を与えられ、領地はマレーとスペイの間、無教養なフランドル人のイネス家に隣り合うところまで広がっていた。ジェームズ三世の幼少期、スコットランドがまこと無法で不実な地だった頃に、ガスリー家はリンゼイ家と人手を都合しあう契約を結んだ。時の当主もラナルド・ガスリーという名前だったが、今なお残る契約書でアンドリュー・リンゼイに誓約した。「良心と理性が命じる限り、争いにおいて、協議において、援助と物資の供給、領地の維持と防衛において、常に彼のために、彼と共にあり、その親族、友人、主張と共にあることを誓う。この最も厳格な形での友愛の契約は、我々の主権者たる国王陛下への忠誠のみを例外として、他のいかなる友愛の契約にも勝る」とな。リンゼイ家が富に物を言わせてどんな甘言を弄《ろう》したのか、あるいは権力を笠に着てどんな圧力をかけたのかわからんが、この契約は五年の長きにわたって犯すべからざる誓いを強《し》いた。しかし、国王に関する文言は、もっともらしいが空疎なたわ言にすぎん。こういった人員都合の契約は、国王の権力に対抗するために結ばれるものと決まっておる。

実際、この契約が国王に対して行使されることになった。リンゼイ家はハントリー伯爵に対して同様の忠誠の契約を結んでいて、ある日アンドリュー・リンゼイに伯爵から書簡が届いた。伯爵のいとこガイト侯がエディンバラに召喚され訴追されることになった。侯の生命を守るため、即刻リンゼイと家来はセント・ジョンストンに参じ我と共にエディンバラへ駆けつけるべし、と書かれていた。そこでリンゼイはラナルド・ガスリーとその家来をマーヴィーに呼び、リンゼイとガスリーの一族郎党が共にセント・ジョンストン——今のパースじゃ——へと馬を走らせた。伯爵と合流し、大挙してエディンバラに駆けつけ数で威圧し、国王の法廷をガイト侯に有利に導く計画だった。その折アンドリュー・リンゼイは、よんどころない用事を口実に一日出発を遅らせ、エルカニーまで早駆けしてラナルド・ガスリーの妻を寝取った。

一年と一日、ガスリーは堪《こら》えた。その後、手勢を集めてマーヴィーを急襲、家来に囲まれ油断しきっていたアンドリュー・リンゼイを捕えた。自領に連れ帰ってアンドリューの好色な指を切り落とし、首に砂時計をぶら下げて家に帰した。リンゼイ家の面々に、自分たちは契約の切れる一年と一日を待った、ガスリーは誓言《せいごん》を違《たが》えないと知らしめるために。そしてアンドリユー・リンゼイは死んだ。

　これがリンゼイ家とガスリー家の不和の始まりじゃ。両家に起こった対立を事細かに話しても、うんざりさせるだけだろう。時代が下るにつれ、ガスリー家の勢いは増し、リンゼイ家は衰えた。そして「殺戮時代」（一六八〇―八八年。スコットランド王を兼ねていたイングランド王の、長老派教会支持者に対する徹底的な迫害と虐殺の治世）にリンゼイ家は破産した。スコットランドの名門リンゼイ家からマーヴィーのリンゼイ家の名前は消え失せ、ダンウィニーから来た商人がマーヴィー塔の廃墟から、ニューウィンドの石を全部とカウゲートの石を半分切り出して運び去った。過去の恨みを忘れず許すことを知らないガスリー家の人間は、マーヴィー谷へ狩りに行くたび笑い声を上げた。

　リンゼイと名のつく者は、この地にまだ大勢いる。ほとんどは何の由緒もない小作人だが、自分を名門リンゼイ家の子孫と考えても不思議はない。だから宿怨がよみがえり、リンゼイ家の者はガスリー家の人間を紳士階級の面汚しと考え、ガスリー家のほうでもリンゼイ家の者に甘い顔は見せなかった。双方にくすぶる仮借ない敵意は、思い込みの強い者の内で時に憎しみの炎となって燃え上がり、残虐な行為へと走らせた。もちろん、リンゼイ家の人間がエルカニーのガスリーに仕えるのは不名誉なこととされていた。若きニール・リンゼイがクリスティーンに出会う前、ラナルド・ガスリーにことさら苦い感情を抱いていたのは、自分の父親がかつてガスリーの妹アリソンに仕えたことを恥辱と解したからだ。ここでアリソンについて話さねばならん。何しろ、変わり者揃いのガスリー家の中でも飛び抜けて風変わりだった。タマスはアリソンの子供だという噂もある。父親は誰かわからんが。

ラナルドは四人兄妹だった。長男のジョンには二人の息子がいたが、カイリー湖で溺れ二人とも命を落とした。父親の目の前でな。ジョンは子供を亡くして寂しく生き、最終的にラナルドが跡目を継いだ。それ以前に、次男のイアンと三男のラナルドは、スコットランド教会を嫌って未開のオーストラリアへ渡っていた。愚かなだけでなく不信心だと人々は噂した。イアンが野蛮なオーストラリア人の手にかかって殺され鍋で茹《ゆ》でられたという恐ろしい噂が届いたときも、キンケイグの村で驚いたり悼《いた》んだりする者はほとんどいなかった。ただ一人の女きょうだいアリソンは、ラナルドより二十は若かった。父親が年を取ってからの子で、母親も子供をもうけるにはふさわしくない年になっていた。アリソンはまさにガスリー家の人間で、黒い髪に黒い目、そして取り憑かれていた。対象は空を飛ぶ鳥で、不思議なことに鳥のほうでも彼女の許に集まってきた。昼は頭の周りを飛び、夜は夢の中でさえずる。アリソンは鳥の姿を求め、鳥のことをもっと知ろうとスコットランド中を歩き回った。鳥に関する本を書き、ついには山の上にぽつんとある羊飼い小屋に移り住んだ。粗末な小屋の内も外も鳥の糞《ふん》で真っ白だった。風の噂によると、鳥の言葉がわかるようになったと言っていた。鳥は天国のことを教えてくれるらしいと言う者もおれば、いやアリソンが話すのは地獄のことばかりだと言う者もいた。ニールの父ワット・リンゼイは、狭い耕作地は兄たちで手が足りていたし、鳥が好きで扱いに慣れてもいたから、昔からの因縁を措《お》いてしばらくアリソンの従者を務めた。アン・アイリン湖を泳いでいって、スコットランドでは長らく見つからなかったミサゴの巣の写真を撮ってやったこともある。アリソンは、夫を持たぬまま、中年に達した頃に小屋で亡くなった。ニール・リンゼイがガスリーに対して激しい敵意と共に戸惑いを覚えるのは、死んだ父親がガスリー家の者に仕えたことを恥じていたからだ。

クリスティーンから聞くまで、わしはニール・リンゼイのことはほとんど知らなかった。遠く離れたマーヴィーの耕作地に兄弟と一緒に住んでいたニールは、そのあたりに先祖がマーヴィー塔を築いたと考えていた。ニールは、両親や兄弟に逆らってでも知識を求めようとしたようだ。リンゼイ家の者にとってはごみに等しい、本から学ぶイングランドの知識をな。どんなに働いても楽にならない、時の流れを相手にした心が折れるような負け戦を続けた挙げ句、リンゼイ家は小作農に転落してしまったのだから無理もない。百年前だったら、あるいはせめて五十年前なら、ニールは相応の教師を見つけて大学へ行く準備をし、麦袋をかついでアバディーン大学に入学して学問を修めただろう。しかし、駅長が言うところの「教育の進歩」により、彼のような若者が勉強を続けるのは難しくなった。学問の道では曲がり角ごとにどうでもいい知識が試験され、修了証を得ない限り先に進めない仕組みになったんじゃ。ニール・リンゼイの知識は断片的で一貫性がなく、想像力を駆使して得たもので、学問をしたくてたまらないのに機会が与えられないことを悔しく思う者の知識だった。彼のような若者は、紳士階級の子弟に許される自由で気ままな学び方ならずっと先まで進めるが、標準過程から次の標準過程へと少しずつ進む公立学校のやり方は、独立不羈《ふき》の性格が災いして向いておらん。そういった輩《やから》が叛逆者になるものだが、実際ニールは、スコットランドは再び自由になり独立すべきだと訴えるスコットランド民族党の連中とつるんでいるという噂があった。ウィル・ソーンダースによれば、アイルランド人のためのスコットランドなんて計画――ウィル曰《いわ》く、どうせ民族党は俺たちをクライド川で粗野な連中に引き渡してしまう――に見るべきものはない、しかし植民地の公平な再分配には大賛成だし、今度はイングランドをスコットランド人に返してくれてもいいだろう……おっと、また脱線しておる。クリスティーンから聞いた、ニールと出会った経緯《いきさつ》をお話ししよう。

ヨハネ祭の日（六月二十四日）、孤独なクリスティーンは、サンドイッチを持ってエルカニー谷を越えマーヴィー谷へ出かけた。素晴らしい朝で、ふわりとした雲が頭上を流れ、左手のずっと先では、隠れて見えないカイリー湖岸でさっきまでシギが鳴いていた。時折、雁《がん》が羽を漕ぐようにして空を渡っていく。きっと、はるか彼方の海まで行くのだ。夜のほとんどない長い一日が始まったばかり、そう考えたクリスティーンは、これまで行ったことのない、雪の残るカイリー山の頂上へ行ってみようと考えた。谷を半分下り、その頃は名前もほとんど知らなかったリンゼイの耕作地を過ぎ、葉脈だけがレースのように残っている去年のカエデの落ち葉と、重なって弾力を持ったカラマツの針状の落ち葉が交じった広い農園を抜けた。松林を通り、まばらに生えたナナカマドを過ぎると、カイリー山のむき出しの尾根が目の前に現れた。左手にはカイリー湖の面《おもて》が銀色に輝き、背後の波打つ丘の向こうに、キンケイグの村から立ち昇る青い泥炭の煙が見えた。小川の水がチョロチョロ流れる音が聞こえる。頂上の雪が融けて山肌を伝い、このあたりで雪融け水の伏流となっているのだ。下の牧場では羊が震える声でメエェとのんびり鳴いている。タゲリの声がひっきりなしに聞こえた。クリスティーンは昔、タゲリの鳴き声を自分の泣き声とそっくりだと思っていた。はるばるヒースの野や岩場、がれ場を越えてくると、一方に峨々として山が連なり、もう一方にはダンウィニーの先に広がる農地が見えた。まだ青い麦畑が、そこからは見えない海まで明るく輝きながら続いている。

午前中いっぱいかかって、クリスティーンはカイリー山の頂上にたどり着いた。その一歩一歩が、自分を後戻りできぬ運命へ導くとは知らずに。夕暮れに城へ戻るまでどんな人間に出会うかもわからず、もし事故にでも遭ったらどうなるだろうと考えた。誰にもカイリー山にのぼるとは言わなかったので、こんな高いところまでは捜しに来ないだろう。しかし恐れはしなかった。頂上は目の前だし、自分の足なら大丈夫、そう思いながらクリスティーンはごつごつした岩棚を横切っていた。七、八フィート切り立っているけど、下は柔らかいヒースの茂みじゃないかしら。そのとき、男の姿が目に入った。

少し離れた下のほう、岩肌が大きく露出したあたりに立っていた。青いシャツを着て古びた灰色のズボンを穿いた、美しい顔立ちの若い男で、紳士階級とも庶民とも取れる。根が生えたように動かない。あんなに動かないなんて、あの人が調べている花崗岩に彫られた像のようだわ、と考えたとき、男の手が動き――その繊細な手つきに、クリスティーンはなぜか心を動かされた――風雨にさらされた岩を撫でた。大昔この地に住んでいたピクト人も、加工前の石とできあがった石器とをあんな風に優しく撫でたに違いない。

クリスティーンはひとり城で育てられたため、若い男をほとんど知らなかった。わしは彼女をミランダに喩《たと》えたが、ニール・リンゼイはさしずめフェルディナンド（『テンペスト』でミランダの恋人になるナポリ王子）ということになる。クリスティーンはしばらく彼を見つめていたが、そっと通り過ぎようとした。しかし、いざとなれば思いもかけぬやり方で我々の人生に介入する自然の摂理が働き、自慢の健脚を捉えられたクリスティーンは、ヒースの茂みまでの危険な七、八フィートを転がり落ちた。初めて会う若者の頭上に落ちたくて仕方なかったかのように。

たちまち傍らにニール・リンゼイがいた。落下する音を聞きつけ、豹《ひょう》のようにひとっ跳びで駆けつけたに違いない。クリスティーンは気が顚倒《てんとう》し、地面がぐるぐる回りヒースの茂みに背中を押されているのを感じた。二度押された気がした。一度目は確かにヒースだったが、二度目は若者の腕に抱え上げられたからだった。目を開けると、若者は驚いた顔で彼女の目を覗き込んでいた。「怪我しなかったかい？」妹を気づかうような口調だった。大丈夫です、と答えると、手足をそっと動かして本当に大丈夫か確かめるように勧め、優しく付け加えた。「気をつけなくちゃ。気持ちのいい日にカイリー山まで来たのはこんなことをするためかい？」クリスティーンは声を出して笑ったが、彼のほうは冗談を言ったのをすっかり忘れたように真面目な顔になって、再びクリスティーンの目を、まるで恋人がするように覗き込んだ。

　これが二人の出会いだった。ニールはクリスティーンを山頂へ連れていき、彼女は夏に雪で顔を洗った。山歩きと雪の刺激で大胆になったクリスティーンは、ニールに山の上で何をしているのかと訊いた。彼はぷいと顔を逸らして赤くなり、暗い表情を浮かべた。彼は『グランピアン山脈の地質』という本を持ち歩いていた。一人でこつこつ勉強し、本に書かれていることをよく知っていた。大事にされはしたものの孤独で風変わりに育てられたクリスティーンは、自分も知識を得るのに苦労したと感じていたので、彼の話を飽かず聞いていた。初めて会う若者が、小作人特有の無口な特徴を顔に刻み、地主の令嬢に向かって、こんなに熱心に、こんなに注意深く、繊細な手つきを硬い花崗岩から彼女の心に移し、その輪郭に沿って這わせるように話すのを、不思議なことだとは感じなかった。山を下りマーヴィー谷が見えてきたときに初めて、彼は恥ずかしそうな素振りを見せた。とっくに口にしているべき質問が今になって浮かんだことに戸惑ったんじゃ。僕はニール・リンゼイ、君は？　彼女が名乗ると、目の前にいるのが、エルカニーのガスリーと一つ屋根の下に住む、娘とも噂される女性だと知り、彼女を見る目つきに不可解な表情が浮かんだ。クリスティーンは、リンゼイ家とガスリー家の因縁を知ってはいたが、自分たちの世代には何の関係もない、不快で愚かな昔話だと考えていた。しかしクリスティーンの名を知ったニールの顔にはまず血がのぼり、それからゆっくり引いて、日焼けした顔がついには真っ青になった。罵声がクリスティーンを驚かせたが、ニールは彼女をしっかりと抱きしめた。

その瞬間から、クリスティーンはどうすることもできなくなった。人に知られないように逢瀬《おうせ》を重ね、そのたびにクリスティーンの気持ちは高ぶったり沈んだりさまざまに揺れ動いた。ニールを口にすることも、しないこともあったが、自分は永遠に彼のものであるとわかっていた。ニールも気分にむらがありはしたものの、二人がその下で最初に会った岩のように固い決意を変えなかった——君は僕と結婚する、二人でカナダへ行こう。向こうには学問好きのいとこがいるから、僕に向いた仕事を見つける手助けをしてくれるさ。

これが、クリスティーンが重い口を開いて打ち明けてくれたあらましじゃ。さんざっぱらためらい、話しだしたかと思うと何度もつっかえたのには、若い娘の恥じらいも当然あった。しかし、大きな理由はエルカニー城で感じていた圧力だろう。ガスリーがあの調子では、彼女が神経質になり、ニールとの信頼関係以外、この世に信じられるものはないと考えたのも無理はない。ガスリーはニールを絶対に認めなかった。農場の家でニールと会って以来、ガスリーは悪魔と化した。無口になり、激しい怒りをたぎらせていた。一方、ニールも頑《かたくな》だった。ガスリーにすさまじい反感を抱き、鬱《ふさ》ぎ込むとリンゼイ家が大昔にこうむった仕打ちを思い出し、クリスティーンも耐えられないほど敵意を膨らませた。何か月も思い悩むうち、ニールには母から受け継いだ高地人《ハイランダー》気質がはっきり表れてきた。その気質に染まっていくニールを見るのは嫌だったが、クリスティーンは農場での出来事からほどなく、行動の時が来たと悟った。ニールは若きロチンバール（スコットの物語詩『マーミオン』に登場する騎士。望まぬ結婚を強いられる恋人エレンを式場から助け出す）のように、エルカニーを急襲しクリスティーンを連れて密《ひそ》かに結婚できる場所へ逃げるつもりだった。ただしニールは二人でカナダへ渡る金は貯めたが、それ以上は一ペニーもない。クリスティーンは秘密裏に事を運ぶ気にはなれず、本能的に反対だった。ガスリーの魔力には正々堂々と闘うことでしか打ち勝てないと感じていたのだ。しかしわかってはいた。ニールがどうしてもと言うなら、自分は共に行くだろう。私は彼にとってそういう存在でありたい。それが愛の力だと思うから。わしが「本当にニールと結婚したいのかね、クリスティーン？」と愚にもつかぬことを訊くと、からかうように見て、「どうしようもないの」とだけ言った。

となると、その選択をめぐって話すのは無駄だ。手を貸してやるほかない。クリスティーンはまずこう尋ねた。「ベルおじさん、ダンウィニーに弁護士さんはいる？」

昔ダンバーという弁護士がいた。今は息子が仕事を引き継いでいる、確か名前はスチュアートだ、とわしは答えた。なぜそんなことを尋ねるのか訝《いぶか》しくはあったが、訊かずにおこうと思った。長椅子の端にちょこんと腰を下ろしていたクリスティーンは、立ち上がって店の小さな窓まで行き、再び雪に覆われ始めた村をぼんやり眺めた。「書類があるはずなの」静かに、外を見たまま言う。「証書よ」

わしは答えた。そりゃあるだろうとも――弁護士の事務所に書類が置いてないようでは、不都合というだけでは済まん――しかし、お前さんはガスリーの被後見人で、しかも未成年だ。

おまけにガスリーがああも常軌を逸しているとなると、ガスリーは何も言わないし見せないだろう。クリスティーンに証書を見る権利があるかどうかすら、わしにはわからん。望むなら、スチュアートという若い弁護士のところへニールをやることもできるが、年寄りの忠告じゃ、時機を待つがよい。ガスリーが今の事態に慣れれば、ガスリー家もリンゼイ家もロミオとジュリエットごっこをやめるべきだと悟るかもしれん。そもそも、カナダへ行くという漠然とした希望しか持たない小作人の倅が、金持ちの地主の被後見人に結婚を申し込むんじゃ、一度や二度こっぴどく拒絶されるのは覚悟の上じゃないかな、と。

しかしクリスティーンは首を横に振って「そんなことじゃないのよ」と言うと、革の端切れを取り、表面の皺《しわ》を撫で始めた。きれいな額に刻まれた悩み皺を写し取ろうとするかのように。

「最近伯父さまに会った？」

「この一年は会っておらんな」

「でも噂は聞いているでしょう？」

「お蔭さまでまだ耳は聞こえるんでな、クリスティーン」

彼女は微笑んでくれた。「そうよね、キンケイグにはいつも噂が流れてる」ちょっと口ごもって、「伯父さまが——気が狂ったという噂はどう？」

あまり心配そうなので、わしは靴型の前を離れ、そっと抱きしめてやった。そんなことは長年したことがなかった。「心配せんでいい。お前さんが生まれるずっと前から悪口を言われとるんだからな。雷鳥《らいちょう》やカラスムギの話もしない、日曜にさも信心深げに教会に通うふりもしない地主は、村人からこき下ろされるものと相場が決まっておる。ガスリー家はマルカム・カンモー（マクベスを討ち取り、のちにマルカム三世として即位したスコットランド王）の時代から悪口を言われつけとる」

彼女が小さく笑い声を上げたので、少しは慰めになったかと思ったが、笑い声の調子には引っかかった。今度はわしが窓まで行って外を眺めた。

背後でクリスティーンが耳慣れない硬い声で言った。「伯父さまは本当に気が狂ったの」

10

クリスティーンは地主に忠実だった。しかも、多くの困難を耐え忍ばねばならない場合でも、厳しい闘いを強いられるときも、忠誠を失わない女性なのだ。そういう娘がガスリーについてそう言ったのは驚きだった――自分の考えの根拠として、呆れるしかない逆説を持ち出したからなおさらじゃ。ガスリーの気が狂ってしまったと確信したのは、なんと、普通の人と同じ金の使い方をするようになったからだという。「伯父さまはご自分を痛めつけているの」

エルカニー城に長く暮らした者でなければ彼女が言うことの重みが十分にはわからんだろう。最初の徴候はギャムリー一家を追い出したときにあったらしい。ギャムリーとは四半期か一年り出すのをクリスティーンは見た。エルカニーでは緊急時にしか使ってはいけない金だ。とても不思議なんです、と彼女は言った。だって金貨は伯父さまのおもちゃだから。

わしは耳を疑った。案山子《かかし》の一件のような情けない振る舞いからガスリーのさもしさを知ってはいたが、まさか本に出てくるような、そんな風にわかりやすいけちん坊だとは思ってもいなかった。「坐って金貨をじゃらじゃら手に取って眺めたりするのかね？」

「そうなの。古銭学と呼んでいて、私にも少し教えてくれました。ベルおじさん、フェリペ五世の頃のスペインの四ピストール金貨を見たことあります？　ジェノヴァ二十三金は？　ジェームズ五世のスコッチキャップ金貨はどう？　ムガル帝国のコインは？　あれを見たら、守銭奴になるのも悪くないわと私も思ったくらい。伯父さまは積み上げたギニー貨やソブリン貨をさわるのも好きなの。その金貨をギャムリーさんにあげたのよ。それでわかるでしょ？」

それでわかるのは、気が狂ったことではなく、ギャムリーを一刻も早く農場から追い払いたかったということだ。ガスリーの金貨の病が昂《こう》じているなら、それをひとつかみ農場管理人にくれてやるのは、クリスティーンの言う通り、自分を痛めつけるに等しい。わしの頭に少しの間、マクラーレンのかみさんが見た幻影のような一枚の絵が浮かんだ。ガスリーが暗い塔に坐っている。手許に守銭奴を印象づけるもう一つの小道具、ちびた蠟燭を置き、わしらには知ることができない何かの象徴である金貨を、指ですくってはもてあそんでいる。時々クリスティーンを呼んで古銭を愛でろと言うのは、貪欲なせいで追い求めずにはいられない不合理なものに、合理的な裏づけを与えて安心したい気持ちの表れかもしれん。わしはニール・リンゼイがどんな若者かほとんど知らんが、クリスティーンと出会ったことをありがたいと感じた。村人がガスリーの目に見ていた金色の輝きに似た金貨のきらめきは、むしろ『ガスリーと塔』の絵全体をさらに暗いものにすると思えたからじゃ。

「それでわかるでしょ?」クリスティーンは繰り返し、さらに言う。「でも、このごろ金貨で遊ばなくなったの。代わりにパズルをするのよ」

わしは仰天して彼女を見た。言ったことに驚いたのではない。そもそもパズルが何のことかわからん。声の調子と、次第に色濃くなる緊張の表情を心配したんじゃ。エルカニー城を包み込む恐ろしい雰囲気に影響され、その力をどうにも表現できずにいるのは明らかだ。「パズルじゃと?」わしはすっかり困惑していた。

「伯父さまはエディンバラのお店にいろんなものを注文なさったの。そんなに買い込むのもやっぱり不思議。もう、軍隊に包囲されてもへっちゃらなくらい食糧や備品が貯まったわ。中には、見たことも聞いたこともない高価なものまであるの。大きな箱には本がいっぱい」

「地主の本好きは今に始まったことじゃないぞ、クリスティーン」

「そうね、でも絶対に買ったりしなかったわ! これまでは見向きもしなかった種類の本もたくさんあるの。医学書よ。塔の上の部屋で、毎晩医学書を読んでいるの」

その恐ろしい光景が見えるような気がした。ガスリーは本当に気が狂ったのか？　クリスティーンはそう考えているし、ハーレー街のでぶ医者もその可能性を指摘していた。自分で徴候を感じ、本で病状について知り治療法を探そうとしているのか？　「クリスティーン、それは精神に関する本かね？」わしは穏やかに訊いた。

質問の意図を理解してクリスティーンは首を横に振った。「私が見たのは違うわ。オスラーという人が書いた一般医療の本、フリンダーズという人が書いた放射線医学の本、リチャーズという人の心臓病に関する本――」クリスティーンは顔をしかめて言葉を切った。記憶をたどって難しい用語を思い出そうとしている。城で何が起こっているのか懸命に考えているのが痛いほどわかった。

ガスリーの奇行については理由の見当もつかないので、わしは話を戻した。「それで、パズルというのはどんなものじゃ、クリスティーン？」

「ジグソーパズルっていうんです。ご存じ？　型録《カタログ》を見て安く買ったんだと思うわ。激戦地の絵柄を完成させていくの。ドイツ軍の兵隊さんの頭はどの辺だろうと首をひねっていると、あとで、胴体から吹き飛ばされて左上の隅っこに収まるってわかるのよ。完成すると『マルヌの戦い』という絵になるんだと思うわ。伯父さまは私に手伝わせようとするの。戦車や手榴弾やルシタニア号の沈没について私が学びたいことなんかないのに。もしかしたら、伯父さまなりに私の教育の仕上げをしているのかもしれないけど」

クリスティーンの声には面白がっている響きがあった。しかし、クリスティーンがこんなに辛辣《しんらつ》なことを言うのは聞いたことがない。パズルは馬鹿馬鹿しい楽しみかもしれんが悪さはせんよ、とわしは言ってやった。

クリスティーンは半分じれったそうに、半分失望したように、美しい髪をさっとひと振りした。「そんなものに金貨の代わりをさせているのよ。わからない?」

わしはしばらく、フクロウのように真ん丸な目で彼女を見つめていたに違いない。それからようやくわかりかけてきた。金貨はガスリーの心の奥深くに隠された何かの象徴だと、自分でも考えたではないか。

しかし、そのときにはもうクリスティーンの気持ちは別のことに向いていた。「ベルおじさん、アイサ・マードックはどうしてお城を出て行ったのかしら。何か聞いていません?」恐れていた質問じゃった。最近のクリスティーンは悩みの種を数知れず抱えているのに、タマスのことまで心配させねばならんのか。しかし、タマスがさかってアイサに向かっていったことを知らないとすれば、警告しておいたほうがいいかもしれん。そう考えていたら、クリスティーン自身が問題にけりをつけた。「タマスのことだけ?」

「理由の一つはそうだが、もう一つある。あの娘《こ》は城の回廊に隠れる成り行きになって、伯父さんが詩を呟いたり誰もいないのに話しかけたりするのを聞いてしまったんだ。アイサは怖がりでな。ところでクリスティーン、伯父さんがウォルター・ケネディとかロバート・ヘンダーソンと付き合いがあると聞いたことはないか？」
今度はクリスティーンがフクロウのような目でわしを見つめた——が、ほんのいっときで、すぐに晴れやかな笑い声を上げた。耳に快い可愛らしい声だった。「あらあら、ユーアン・ベルおじさん、あなたこそ、ジェフリー・チョーサーとお付き合いはないの？」にわかに元気が戻っていた。クリスティーンは悩みが消えたようにぴょんと立ち上がって、小さな店の中を行ったり来たりし始めた。手を後ろで組み、目は宙に据えて、ラナルド・ガスリーその人のように。そして詩の詠誦が始まった。

哀れ、死神は貪り食いぬ
博雅《はくが》のチョーサー、詩人の華を
ベリーの僧正にガウアーともども
死の恐怖、我をさいなむ《ティモル・モルティス・コントゥルバット・メー》

ダンファームリンにて死神はブラウンを捕えぬ
ロバート・ヘンリソンと共に、そして
サー・ジョン・ザ・ロスを腕《かいな》に抱きぬ
死の恐怖、我をさいなむ

クリスティーンはここで向きを変え、再び笑った。それからは本来の真面目で優しい声に戻って詠誦を続けた。

貴《たっと》きウォルター・ケネディ師は今
死の臥所《ふしど》に横たわる
かくなれるはまこと悲哀の極みなり
　死の恐怖、我をさいなむ

わしは思わず手にしていた突き錐《ぎり》を置いて叫んだ。「そうか！　詩に出てくる名前じゃ」
クリスティーンは頷いた。「ウィリアム・ダンバー（スコットランドのチョーサー派の詩人）が病に臥《ふ》したときに詠んだ詩です。伯父さまが回廊で口ずさんでいたのもね――もしかしたら伯父さまもご病気なのかしら」それからもう一節詠誦した。

死神が我が同胞《はらから》ことごとく奪いしからは
我ひとり生命《いのち》長らえるとも思えず
必ずや我も次の餌食にならん

死の恐怖、我をさいなむ

詠誦を終えると、クリスティーンはわしの隣に来て坐った。最前の悩める娘に戻っていた。

「ダンバーの『詩人たちへの挽歌』は、詩人が一人また一人と亡くなって、自分の死期も近いと知ったときに詠まれたものよ。伯父さまは最近よく口ずさまれるの。アイサもこれを聞いたに違いないわ」

ガスリーの詠誦にはスコットランドの名前がいくつも出てきたあと、意味のわからない外国語が続いたとアイサは言っていた。なるほど、ダンバーの詩か。となると、アイサが半ば気を失っているときに聞いたケネディもヘンダーソンも、詩の残響だったわけじゃ。わしにそれだけの頭があれば、謎は自力で解けた。ダンバーの詩なら昔から読んでいて、現にスモール博士による研究者向けの優雅な版が我が家の棚に収まっておる。クリスティーンにチョーサーがどうのとからかわれずに済んだものを。

その日、クリスティーンとの話はこれで終わった。柱時計を見やると帽子を取り上げ、そそくさと辞去し雪の中を歩いていった。その急ぎ方から、城へ帰る途中でニール・リンゼイと待ち合わせているのだと踏んだ。話はとりとめがなく結論も出ないままに終わり、エルカニー城の薄暗い部屋や崩れそうな廊下で何が起こっているのか知らないわしは、暗闇に取り残され手探りでもがいているようで、居心地が悪かった。あたりがすっかり暗くなっても、鎧戸を下ろさず〈紋章亭〉へも出かけず、ずっと長椅子に坐って考えていた。何かが頭に引っかかっていて、ひとりになりたかったんじゃ。

ニール・リンゼイの態度には合点がいかん。家族のしきたりを破り、見知らぬ土地で新規蒔き直しを図ろうとする一方で、ガスリー家に対する宿怨に凝り固まっているとは。ガスリーに至っては、さらにわけがわからん。学者であり詩人でもあった男が——学者も詩人も、時間や変化、万物の性質に考えを回《めぐ》らせるのが本分なのに——昔のリンゼイ家に対する偏狭な憎悪に囚われておる。貧しい小作農に落ちぶれた今のリンゼイ家が、ラナルド・ガスリーを金持ちの典型——恵まれた暮らしをしていながら、スコットランドのおめでたい人々から搾り取り、さらなる困窮に追い込んでいる元凶——と見なし、その怒りに遠い昔の恨み辛みを重ねる、いかにもありそうなことじゃ。しかしそれがガスリーにとって何ほどのものか。財物に囲まれ安閑と暮らしていける金持ちが、貧乏人のありふれた妬《ねた》みをなぜ気にする？　自分の娘に小作人の倅が結婚したいと言ってきたら、家柄と広大な地所を誇る男は普通どうする？　まともに取り合うものか？

クリスティーンは、ガスリーがすっかり気が狂ったか、そうなりかけていると考えておる。キンケイグの村人はずっとそう考えてきた。今になってクリスティーンが同じように考えたからといって、こちらが悩むのも妙な話じゃ。問題は、村人は少しでも面白いと思えば馬鹿げたことでも噂にするが、クリスティーンは違うということだ。分別のある優しい娘で、言葉を正確に用いるようメンジーズ先生とガスリーに躾《しつ》けられた。そのクリスティーンが地主を評した言葉が嘘や出まかせのはずがない。彼女の感情には説得力のある裏づけがほとんどないからといって、わしは気が楽になるわけではなかった。

アメリカのガスリー一族から連絡がなかったかと訊くのを忘れていたことを、ふと思い出した。ひょっとすると、あの連中がガスリーを悩ませているのか――先だっての晩〈紋章亭〉に現れた、物に動じない若い女性はその一人かもしれん。というのも、ここ数か月地主が続けている奇妙な振る舞いは、クリスティーンとニール・リンゼイの件だけでは説明がつかんからじゃ。ギャムリー一家を追い出したこと、エディンバラの店への注文、城を開けたときアイサ・マードックが家族用広間や回廊で見聞きしたこと、いずれもクリスティーンに求婚しているのが誰かをガスリーが知る前で、そもそも求婚されたことさえ知らなかった。わしは、ガスリーが医学書を読むようになったこと、板から切り出した木片のパズルに興じていることを考えた。また、長らく放置されていた回廊の扉を斧で叩き破り開放したこと、その回廊を歩き回ったこと、ストラカーン先生が見ているとも知らずにカイリー湖を眺めていたことを考えた。その間ずっと、死の危険に直面しているかのような口調でクリスティーンが発した「伯父さまは本当に気が狂ったの」という言葉が耳について離れなかった。こういったこと全部に当てはまる構図を探していると、ガスリー自身がスコットランド詩人のラテン語のリフレイン――死の恐怖、いや自分自身の死の恐怖にさいなまれているという――を叫ぶのが聞こえた気がした。

わしは奥の部屋へ入り、本の埃を払って、そのページを開いた。

詩人たちへの挽歌
　病の床に臥して

かつて健《すこ》やかにして愉快なりし我も
今や恐ろしき病に冒され
この身は萎《な》え弱り果てぬ
　死の恐怖、我をさいなむ

そして、スコットランドの亡き詩人たちへの百行の挽歌を最後まで読んだ。

死を癒やす薬はなく
死に臨む覚悟こそ望ましけれ
死してのち再び生を得んと願う
　死の恐怖、我をさいなむ

11

厳しい冬だった。エルカニー城での悲劇の序幕となった出来事をこうして振り返ると、ストラカーン先生を足止めした大嵐になすすべもなかった人々の姿、黒霜の降りた長い夜に見られる星をちりばめた枯れ木のように、突拍子もない恰好のまま深く記憶に刻まれた人々の姿を思い出す。彼らの物語は、降っては融ける雪のカーテンによってひと幕ひと幕区切られながら、避けられぬ運命へと急展開した。『思慮深き市民』の駅長は、大雪にもかかわらず運よく新聞が手に入った日には、雪でぬかるんだ道を〈紋章亭〉までやって来て、スコットランドが大変なことになっている、大雪が何度も降り今年は記録的な冬になりそうだとフリート街（ロンドン中心部。新聞社が多い）の連中が書いている、と告げたものだ。ウィル・ソーンダースは、駅長のほうがよっぽど記録的だぜ、と茶々を入れた。本当にウィルは口が減らん。毒舌を控えないと物騒なことになりかねん。

クリスティーンが訪ねてきた日、鉛色の空が割れ、既に雪をかぶっていた山々に細雪《ささめゆき》が降りだした。エルカニー谷も、うねりながら広がる麦畑も、厚い綿帽子にすっぽり覆われ、神が天使の軍団をお創りになる前の天上の大理石の床のごとく、清らかに静まり返った。クリスマスに向けて、染み一つない聖霊たちの歩みのように日々が白く静かに過ぎてゆく、そんなときわしは、谷の上のエルカニー城はどんな様子だろうとしばしば考えた。消息が聞けるとは思わなかった。タマス以外に、深い雪を越えて行き来できる者はいない。噂では、タマスはお伽噺に出てくる怪物のように、雪が降ると不思議な力を帯びる。若い頃わしは毎週、冬でも夏でもダンウィニーの文芸協会へ本を読みに通ったが、冬ともなれば雪深い道を何マイルも歩くのは大変なことだった。今はキンケイグとエルカニーの間を歩こうとは思わん。だからタマスがキンケイグに現れたときには心底びっくりした。

戦いながら混沌の闇をくぐり抜けてきた『失楽園』の悪魔さながら、タマスは疲労困憊《こんぱい》していた。実際、異界からの訪問者を思わせた。前日の十二月二十二日、ダンウィニーから雪の悪路を抜けて車が到着し、カイリー湖畔で大きな催しがあると伝えた。カーリング参加者が数百人、特別列車を仕立ててやって来るという。しかし二十三日になっても誰も現れず、その先も現れる気配がなかった。キンケイグは世界から孤立し、エルカニーはキンケイグからも切り離された。タマスだけが、こうしてわしの家の戸口に来て、ドラゴンが炎を吐くように、よだれまみれの大きな口から真っ白な息を吐き出していた。

悪戦苦闘してようやく村にたどり着いたタマスより、まだしもドラゴンのほうがわかりやすく話したに違いない。タマスは大声でまくし立てるだけで、さっぱり要領を得ない。家の中に入れと言っても聞かず、わしに手紙を押しつけると、待てと声をかける暇《いとま》も与えず雪道を跳ねるように帰っていった。手紙がクリスティーンからだとわかったとたん、わしはタマスのことを忘れ、奥の部屋へ行き暖炉のそばで読み始めた。

ユーアン・ベルおじさん

先日は馬鹿みたいに妄想じみたことをまくし立ててしまいました。お許しください。もう安心です。ちょっと不思議な成り行きですが、もう心配ないと思います。あとはクリスマスまで待てばいいんです！

今朝、伯父さまが、珍しく機嫌のよいご様子で私の部屋にいらっしゃいました。私のためにハードカスルに火を入れさせたばかりの暖炉の前に立って、「一番大きなジグソーパズルが完成したよ」とおっしゃいました。それから、きっと心ここにあらずといった私の様子に気づかれたのでしょう、突然、優しくおっしゃいました。「あの男でないとだめなのか、クリスティーン？」私は「はい」とだけ答えました――前からそのことを、その気持ちはどうしようもないことを伝えていたからです。すると伯父さまは、「あの男と行くがよい」とおっしゃったのです。

なぜだか、体が震え言葉が出ませんでした。ひょっとしたら伯父さまは最近頭が混乱していて思ってもいないことを口走っているのではないかと、私の病んだ想像力が恐れたのかもしれません。でも、伯父さまは「あの男と行くがよい」と繰り返されたのです。それから厳しい口調になって、これは不名誉なことだ、行くのなら二度と城に戻ることは許さん、と。お前に渡す金がある、あの男にはクリスマスに迎えに来てもらってカナダへ向かえ、婚礼は出さんし結婚の通知もしない、とも。それに——忘れたいと思うことをここで繰り返すのはやめます。すぐに忘れられるでしょう。

ですから、これがお別れの手紙になります。ユーアン・ベルおじさんのことは忘れません。私は幸せです。幸せなのに、怖いとも感じています。嫌な予感がするんです。まるで——私ったら馬鹿みたい！　私には理解できないことがあるとしても、ニールと行くんですから気にしません。

雪がこんなにひどいのに、タマスが使いに出され——手紙を出しにだと思います——谷を下ることになっています。無事だといいけれど。タマスにこの手紙を託します。そうでないと、おじさんに手紙を出せるのは私が遠くへ行ってからになってしまいます。そしたら、手紙より先に私の噂が山ほど届くでしょう！　さようなら、ユーアン・ベルおじさん。

クリスティーン・マザーズ

追伸　私はニールと一緒にいて安全ですし、

ニールには私がついていますから安心してください。

これでクリスティーンとはお別れか——キンケイグから遠く離れたところへ行ってしまうと

考えると、心が沈んだ。本当なら祝福せねばならんのに。その夜、わしはクリスティーンの手紙を何度も読み返した。だが、沈んだ心はどうにも変わらず、しまいには火の消えかけた暖炉の前で眠ってしまった。わしも年を取った。夜中に寒さで目が覚め、またラナルド・ガスリーの詠誦が耳によみがえった。

死の恐怖、我をさいなむ

次の三日間、わしは心配でたまらなかった。

12

タマスが来た二十三日水曜の晩、村でちょっとした騒ぎがあった。雪で道路が通れなくなったと思われてからだいぶ経ち、薄暮が積雪に灰色と銀色の影を投げかけた頃、小さな箱形自動車がどこからともなく現れ、雪をかき分け、のたくるように村へ入ってきた。大方、ダンウィニーに通じるノース・ロードから逸れて、道を探すうちに村まで来たんだろう。村人は窓からちょっと覗いただけ。あの天気じゃ外に出る気にならんので無理もない。たった一人、ワッティ・マクラーレンという子供が、お茶の時間に抜け出し、朝のうち友達と作った雪だるまを見ようと外に出ていた。そこへ車が止まった。若い女の人が乗っていた、とワッティは言った。南へ行く道はこれでいいのかしらと訊かれたので、答えてやった。すると、ワッティの言葉を取り違えたか――これはこれでありそうなこと――あるいは、いたずらっ気を出してわざと違う道を教えたか――実はそうだと、あとでワッティはびくびくしながら白状した――とにかく、車はぶるんと吹かし小刻みに揺れると、後輪が雪を捉えるのにちょっと時間はかかったが、右に曲がりエルカニーのほうへ谷をのぼっていった。

　その頃マクラーレンのかみさんは――読者はもう彼女の分別に大して期待はしておられんだろう――ワッティがいないのに気づいた。かみさんの子供というのが、ウィル・ソーンダースの言葉を借りれば、豚のお手本になるくらい、たくさんおる。かみさんがワッティを捜しに出ると、車の赤いテールランプがちょうど丘の最初の隆起を越えて見えなくなるところだった。それと同時に警笛のラッパが轟き、時々宗教的気分になる――といっても噂話をするときに限るが――マクラーレンのかみさんはお告げの天使を連想した。クリスマス間近だし、時宜に適《かな》っていることは否定できん。それは別の車のクラクションだったがな。今度のは家ほどもある大きな車で、運転席には痩せっぽちの若者が乗っていた。こっちの車はタイヤにチェーンが巻いてあって、さっきの車より雪道をうまく走れそうだった。小さな車の後をついてきて、同じく道に迷ったに違いない。わしの知るところでは、若者はマクラーレンのかみさんに、ロンドンへ行く道はこれでいいかと尋ねた。しかし鍛冶屋のかみさんは、もう言うまでもないな、モンテ・カルロへ行く道を訊かれたのと同じで、正しく聞き取れるはずもない。勝手に変換して、小さい車はどっちへ行ったかと訊かれたものと思い込み――これまたウィルの言い種だが、若い男は若い娘の尻を追いかけるものと考えるのがマクラーレンのかみさんじゃ――笑顔で谷へ向かう暗い道を指さした。大きな車はうなりを上げてエルカニー城へと走り去った。大方の者は、二台とも城に着くことはないと考えた。それに、戻ることもできまい、と。お察しの通り、八百屋のカーフレーは、今夜は二人して人の来ないエルカニー谷で互いのエンジンを温め合えばいいのさ、と下卑《げび》た冗談を言った。

それ以降、キンケイグにはどんな知らせも届かなかった。二十三日の夜、風が強くなり、降る雪を横なぐりに運んでいった。外套のように覆われた地面に、雪のかけらが居場所を見つけて積もるのを、妬んで阻《はば》むかのようだった。次の日は一日中風が吹いて、雪をあちこちに飛ばし吹きだまりを作った。クリスマスの朝には風がやんだが、雪は時々音もなく舞っていた。わしが朝早く教会のそばを通ったとき、ジャービー師が好んで行なう早朝礼拝の鐘の音は降る雪で音がくぐもり、ほとんど聞こえなかった。

クリスマスは教会の祝祭だと認める少数の村人が礼拝に出ていたとき、またタマスがやって来た。わしは、鐘の音よりもはっきり、最後の雪だまりを越えてくるタマスの叫び声を聞いた。

タマスの主人、エルカニーのラナルド・ガスリーが死んでしまった、と恐ろしい訃報をもたらす声を。

さて、読者よ、わしはここで、行方定まらぬ、たどたどしいペンを擱《お》こう。次にお読みになるのは、大きな車に乗っていた若者、イングランド人のノエル・ギルビイがロンドンの恋人宛に認《したた》めた書簡になろう。諸君には、物語が終わる前に改めてお目にかかる。

ノエル・ギルビイの書簡

十二月二十四日

I

愛しいダイアナ

ヴィクトリア女王に倣《なら》って「高地地方《ハイランド》における生活の記録」を綴《つづ》る。もしかしたら「低地地方《ロウランド》における死の記録」になるかもしれない。何しろ、生き残れる保証がないし、どこにいるかさえわからないんだ。あなたのはただの当て推量でしょうと、ここでのガールフレンドは言うけど。そうさ、ガールフレンドがいるんだ。驚嘆に値する、魅力的で、ちょっと謎めいたアメリカ人女性。僕たちはスコットランドのどこかの城にいる。封建領主のしきたりにのっとって今にも家令に喉を切られそう、そんな雰囲気の。城の家令はハードカスルという、いかにもな名前だ。きっとダンプカスル（じめじめ城）やコールドカスル（冷え冷え城）、クレージーカスルなんて手下がいるんだぜ。お目にかかってはいないけど。おっと、クレージーカスル夫妻の子供たちだって忘れちゃいけないな。それにね、僕たちは――つまり僕とガスリー嬢だけど――もうじきサラセンの騎士たちに襲われそうな予感がする。サンズジョイ、サンズフォイ、サンズロイって名前さ（いずれもスペンサー『妖精の女王』に登場するサラセンの騎士）。スコットランドにサラセンの騎士は場違いじゃない？と君は言うかもしれないが、ひどい一夜を明かしたばかりなんだ、多少の筆の乱れは大目に見てくれなくちゃ。

クリスマスに間に合わないからって怒らないでほしい、ダイアナ。僕が悪いんじゃないんだ。いいかい、聞いてくれ。言い訳代わりに何もかも話すから。面白い話になることだけは請け合うよ。

僕はこの時季に叔母の屋敷に滞在するのは御免だと思って、キンクレーを後にした。知ってるかい、あそこのホールには気の滅入るような牡鹿の首がずらりと並んでいて、鼻先から氷柱《つらら》が垂れ下がっているんだ。昨日の朝早くに逃げ出して、道は悪かったけど昨夜のうちにエディンバラに着くつもりだった。あそこなら、まあまあのホテルがある。今夜にはノースロードを走ってヨークに着き、君とのクリスマス・ディナーに悠々間に合うようにロンドン到着となるはずだった――電報に打ったようにね。

だけど目算が外れた。雪が半端でなく深いんだ。除雪車がずっと動いている高地地方《ハイランド》でさえ、予定より大幅に手間取った。軽くランチは食べたよ、どこでだったかさっぱりわからないけど。その居酒屋の主人め、今の時間ですとご夕食ですかな？　とか訊くんだぜ。食べ終わる頃にはもう、エディンバラでのディナーがちらついていた。だから急いだ――でも道ばっかりはどうしようもない。クイーンズフェリー（エディンバラ北西。フォース湾を渡るフェリーが運航していた）でウィリアム・ヌイール号に乗らないとスターリングを回ることになって遅刻は必至。で、僕がどうしたと思う？　車を止めて地図を眺め、この道ならずっと早く着けるんじゃないかと考えてしまったんだ。ああ！

選んだ道は間違っていなかった、と思う。何もかも雪が悪いんだ。チェーンを着けて時速四十マイルくらいで快調に飛ばしていたら、急に車の頭が沈み、お尻が跳ね上がった。大型ボートが波と波の間に落ちるみたいにね。水じゃなくて綿《わた》みたいな感触だった。三ヤードも行かないうちに、時速四十マイルから急停止。揺れも震えもしない。それがスコットランドの雪だ。スイスの雪なんかとは衝撃の性質が全く異なる。まあそんな話はいいや。で、何が起きたかというと、スコットランドによくある真ん中が隆起した橋（きっとユリウス・カエサルが残したものだ）を上って下りたところで向こう側の雪だまりに突っ込んでしまった。

ありがたいことに道の先にはノースブリトン人《スコットランド人》の一団がいて、彼らの言う「畜生たち」に干し草を運んでいた。親切にも彼らは「畜生たち」を連れてきて僕の車を引っ張り出してくれた。それで僕は来た道を戻った。その出来事のせいで、二時間とお礼に渡した十シリングの浪費――G嬢の言葉を借りれば――をした。

もうすぐG嬢が登場するよ――僕は再び時速四十マイルで飛ばし、発展中の町ダンウィニーに出た。僕はガソリン《ペトロール》を入れに、G嬢もガソリン《ガス》を入れに立ち寄り、同じホースで給油した。もちろんレディ・ファーストで。知っての通り、僕の車は大きいから小さな車と一緒になるのはいつも気まずい。G嬢は素早く値踏みするようにこっちを見て、「世間知らず！」という感じで睨んできた。それで僕は、おとなしく彼女の後について町を出た。そして――彼女が南へ行く道をてきぱきと尋ねるのを聞いて――ますます控えめに後に続き、右へ二つ目の道を採った。生憎《あいにく》、彼女は道を間違えたんだ。

でも、彼女の運転は達者だった。道は狭く――教えてもらった道にしてはやけに狭いのが変だった――僕は追い越さずにいた。十マイルほど行って道を折れ、名も知らぬ寒村に入った。そこで彼女を見失った。既にあたりは暗くなりかけていた。もちろん、いい気はしない。最後の数マイルは僕たちのほかに車の跡がなかったから、僕はほぼ確信していた。スコットランドのど真ん中で道に迷ったことをね。僕は車を止めて道を尋ねることにした。村には人気《ひとけ》がなかった――麗しのオーバーン（ゴールドスミスの詩『寒村行』に登場する廃村）もかくありなん、さ。一軒ずつ戸を叩いて回る覚悟を決めたとき、突然魔法で現れたように一人の老女がそばに立っていた。僕は地図をひっつかんで「お尋ねしますが、ここはどこですか？」と尋ね、そのあとは自分で調べればよかった。なのに、南へ行く道を訊いてしまった。ひょっとするとロンドンへの道と言ってしまったかも。疲れていて、ついいつもの癖が出たんだね。信用できそうな人だったし、さっと指さしてくれたから、君の忠実な大馬鹿者は、何のためらいもなく前方の小屋の間を曲がって走りだした。

一マイルくらい行ったところで、G嬢のテールランプを見つけた。おめでたいにもほどがあるけど、僕はそれを見てしばらくは勇気づけられた。ワシントンで三等書記官だったかをやっている、いとこのティムが言うには、アメリカ人てのは素晴らしく優秀な国民なんだってさ。ティム自身はものすごい例外だろうな――でも、優秀説はちょっと怪しくなってきた。

要するに、僕はまた道に迷っていたんだ。二、三マイル進むうちに確信した。二フィートもある深い雪の中、雪だまりに突っ込んだりタイヤを取られたりしながら、G嬢について進んだ。Uターンする場所があったらしたさ。でもそんな場所はなかった。道路というより細い踏み分け道みたいだったし。何より驚嘆すべきG嬢が前を走っていた。どうやって進んでいるのか不思議だったが、僕より困ることになりそうだった。僕の車なら車中でひと晩過ごせもするけど、彼女の車じゃそうはいかない。知っての通り勇敢な紳士である僕は、騎士の本分を果たすべく従った——で、いつの間にか彼女の車に乗り上げてしまった。

乗り上げたとしか言いようがない。そのときまでに六マイルくらい後ろについて走っていた。ヘッドライトで彼女の車の轍《わだち》がわかったので、時たま見かける道標《どうひょう》じゃなく轍を頼りに進んでいたんだ。そのとき、隆起橋で起きたのと同じことが起こった。というか、起こりつつあった。車首が沈んで後部が跳ね上がり、恐ろしい衝撃を感じた。続いて静寂。やっとショックから立ち直ったら、馬鹿丁寧な女性の声が響いた。「どなたか存じませんが、どうもご親切に」G嬢の声だった。

シビル・ガスリー——もうフルネームくらいは知ってもらうべきだな——の車は道を外れ、土手を乗り越えて横倒しになり、本人は車から這い出した。そこへ僕のロールスロイスが続いたわけだ。ちょっと高い位置にね。つまり、彼女の車の上にガシャンと乗っかった。ひっくり返らずには済んだが、僕は運転席で呆けたようになっていた。危うく彼女を殺してしまうところだった。こんなときはどう振る舞うのがふさわしいか考え、気づかうように「お怪我はありませんか？」と訊いた。彼女は「もちろん、気分はとっても傷ついたわ」と答え、いくらか陽気な声で、「もし車が火事になっても、雪がこんなにたくさんあるから安心ね。雪で消せるでしょう？」

幸い、火事にはならなかった。僕の車の左右のフロントフェンダーにそれぞれ腰を下ろして――僕の車は彼女の車に楔《くさび》を打ち込んだようにめり込んでいた――僕たちはラジエーターで手を温めながら善後策を考えた。シビルは――素敵な娘《こ》だよ――言った。私たち二人が最後に通った村はキンケイグっていうの。前に一度通ったことがある。引き返すことさえできればパブだってあるわ。そうしない？

理に適《かな》っているよ。僕を値踏みするようなさっきの目つきは気に食わないけど。雪の中で僕は「世話知らず《パピイ》」から「アルプスの守護聖人聖ベルナール」（それぞれ「仔犬」と「セントバーナード犬」にかけてある）に昇格したらしい。車の探照灯の光ににじり寄って、僕にしちゃ珍しく責任感があって真面目そうに見える顔つきをした。

午後のあいだ雪は降ったりやんだりだったが、あたりが暗くなっていることを除けば視界は良好だ。僕は遠くの灯りを見つけてもいた。灯りであることは確かだ。「あの家へ行く。スーツケースを持っていたね？」

シビルは僕にくらっときた――そう思わないか？　ヒーローはぶっきらぼうな話し方をする

もんだ。それに、僕が言ったことは間違いじゃない。少なく見積もっても村まで六マイルはあるが、灯りのほうは二マイルと離れていない。夜間に正しい距離は推測しにくいんだけど。君だったらこんなときに疑ったり議論を始めたりするかい、ダイアナ？　シビルは車の残骸に飛び込み、小さなスーツケースを持ち出して言った。「ヒエロニモよ、とぼとぼ歩きださねばならぬ時が来た（トマス・キッド『スペインの悲劇』より）」学識ある好ましい女性じゃないか――ちっとも名前負けしていない（シビルは古代の地中海世界で予言能力があるとされた巫女）。

灯りは家屋の存在を示していて、それは取りも直さず避難できるということだ。進んでいくうちに灯りが見えなくなるのが心配だが。僕は探照灯を点けて大きな木を照らした。こうしておけば、何かあってもここまでは戻れる。そうして僕たちは出発した。そのときにはもう、驚嘆すべきシビルは無傷の懐中電灯を手にしていた。本当に予言能力があるみたいで気味が悪い。

そのあとは、まるで『世界最悪の旅』（チェリー・ガラード著。アムンゼン隊に遅れて南極点に到着し、帰路全滅したスコット隊の悲劇を描く）の小型版だ。暗く、寒く、雪また雪。道すがらシビルが発した唯一の言葉は「これこそ雪よね」だった。僕たちは、雑誌『パンチ』クリスマス号の挿絵のように、変てこな恰好で何度か雪の中に倒れ込んだ。雪が何かを仕掛けたりしないって思うだろう？　でも、雪は意思を持つかのようにうねり、僕たちを打ちのめすんだ。

丘が隠すのか木々に隠れたかわからないが、灯りを見失うと心配になった。灯りが宙に高く上がり始めたこともあり、二マイルではなく二十マイル先の山の天辺に灯《とも》っているのかと不安にもなった。さらに五十ヤードほど進むと、灯りの周りの闇は、空の黒さよりも艶《つや》がないことがわかった。大きな塊の輪郭が見えつつあり、数秒後には正体がわかった。目の前に高い塔がそびえ、天辺あたりに灯りがぽつんと灯っていたんだ。

「チャイルド・ローランド、暗き塔に来《きた》り（シェークスピア『リア王』のエドガーの台詞を表題にした、ロバート・ブラウニングの詩）」と僕は言ったけど、あからさますぎて、さっきのヒエロニモには及ばない。だから、びっくりはしたものの、突如轟いたすさまじい犬の吠え声にかき消されたのはありがたかった。しかしあからさま病が感染《うつ》ったシビルが「レオライン卿は金持ちの男爵で――（コールリッジの詩『クリスタベル』より）」と言った。

「歯のないマスチフの雌犬《ビッチ》を飼っていた――」と僕が続ける。

「どれがそう《ウィッチ》？」シビルの険しい声。

「失礼、何だって？」

「ビッチじゃなくてウィッチって訊いたの」

「じゃあ、調べてみよう」

状況を考えると奇想天外で間抜けな会話、と君は言うだろうな。実際にその瞬間、駄目出しするみたいに灯りが消えてしまった。でも犬は吠え続けた。

シビルがしおらしく僕の手を探ってきた。「ギルビイさん」――その頃にはお互い自己紹介は済んでいた――「ちょっとだけど怖くなったわ」で、僕はしっかり握り返した。言っとくけど、下心丸出しの意味ありげな握り方じゃないぞ。そして、さっきから続けている簡潔な物言いで、灯りが消えたのが三十分前でなくてよかったとだけ言った。するとそれに応えるように、僕たちの左側、さっきより下に灯りが現れた。再び消え、次に右側のさらに下ったあたりに見えた。誰かが螺旋《らせん》階段を下りているんだ。

二、三歩前に出て懐中電灯で照らした。目の前にある建物はかなり大きいとわかり、元気が出た。こんな夜だもの、紳士なら手厚く迎えてくれるに決まっている。懐中電灯を下に向け、僕たちは庭を抜けてきたのか、馬車道沿いに来たのか確かめようとした。思わず小さく叫んでいた。僕は真っ暗な断崖の縁《へり》に立っていたんだ。シビルが「濠《ほり》よ」と言い、僕の持つ懐中電灯に手を添えて左のほうを照らした。「こっちが吊り上げ橋ね」彼女はわくわくしているようだ。今度は僕がちょっとだけ意気阻喪した。こういった城のことは嫌というほど知っている。ホールに飾られた狩猟の獲物の鼻先には氷柱が下がっているんだ。この手の城から今朝逃げてきたばかりだというのに。「幽霊の出る部屋で寝るのは嫌かい？」と尋ねると、シビルは「私、霊的能力はないのよ、ギルビイさん」と手短に答え、「ほらあそこ！」と言い足した。

向かって右、地面に近いあたりに小さな灯りが現れた。濠の端に沿って目を凝らすと、橋がもう一つあるのがわかった。今度のは吊り上げ橋じゃない。橋を渡った先にある裏木戸とおぼしきものが、入るのは遠慮しろとばかりに一インチだけ開いていた。僕たちは雪をざくざくと踏みながらその橋を渡る。近づくにつれ、犬の吠え声は甲高くなったが、木戸の隙間から見える蠟燭の灯りは一インチから全く広がらない。仕方なく僕はノックした。紳士とは似ても似つかぬ声ですぐに返答があった。「お医者の先生かね?」

人違いをしているらしい。僕は蠟燭の光が漏れる隙間に向かって「僕たち二人は、車の事故に遭ったんです」と説明した。このくらい言っても噓にはならないと思ったし、努めて哀れっぽい声を出した。でも逆効果だったようで、扉が閉まった。

シビルはひと言「なによ!」と言った。僕の悪態は書かずにおくが、それを口にしていると事態に進展があった——鎖がガチャガチャいう音がしたんだ。シビルが言った。「幽霊よ!」

ダイアナ、君も同意してくれるだろう、知らぬは幸せと女性に思わせておけばいい時代は終わった。だから僕は言った。「犬だよ」

物騒な状況はすぐ改善に向かった。紳士とおぼしき人物の声が聞こえ——門番の無作法を咎めたんだと思う——扉が勢いよく開き、その声が言った。「どうぞお入りください」

僕たちは、スーツケースを抱え、まるでホテルに入るみたいに入っていった。迎えてくれた人物は、シビルの手からスーツケースを引き取り、年を重ねた立派な人物にしか出せない、厳《いか》めしい鄭重《ていちょう》な口調で言った。「エルカニー城へようこそ。ガスリーと申します」

アメリカ人らしい、魅力的な口調でシビルが答えた。「まあ、偶然ですね! 私もガスリーというんです」

エルカニーのガスリー氏は、シビルをちらりと見やった。蠟燭の灯りが目に一瞬きらめいた。「さすれば、もてなしにはなお熱が入るというもの。まずは部屋と暖《だん》を差し上げねばなりませんな」

すべてが型通りになされ、わざわざ書き連ねるまでもない。（愛しい、愛しいダイアナ！）とだ。気が狂っている、僕はその印象を、マッドハッター並みにいかれた居城を実際に見る前から感じ取っていた。

蠟燭の灯りで不規則にきらめく目が最初にこちらを見たとき、彼の目の何かが気になった。ひょっとすると、ガスリー氏が単に数学者かチェスプレーヤーであるということかもしれない。というのは、その目つきに、見えないグラフに僕たちを座標として割り振ったり、駒にした僕たちを見えないチェス盤に置いたりしているような、変な感じを受けたからだ。ひょっとするとの繰り返しになるけど、自分がチェスの歩《ポーン》になったような気がしていたのかもしれない。雪の中を延々歩かされたあとだからね。まあ、第一印象の理由が何であれ、その感じは強くなるばかりで、犬のことでも拍車がかかった。

普通の飼い主なら、冬の間、猟犬をいい状態に保つように努める。ところがここの犬は――部屋と暖にたどり着くまで、二頭ついてきた――飢えているんだ。こんなこと、地方に屋敷を構える紳士の家ではまずない。愛想のない犬たちが――あいつら、まだ庭で吠えている――門番の意図通り僕たちにけしかけられなかったことを、心から神様に感謝したよ。あのあと、僕はたいそう親切に迎えてくれた門番を捜してあたりを見回した。少しの間、エルカニー城主しかいないのかと思ったけど、すぐに見つけたよ。あの悪党、城主の陰に隠れていた。前にも書いたハードカスルだ。小銭を奪うために僕たちを殴り倒すぐらいのことは喜んでやりかねない男だが、なんと、地主の差配人であると仰々しく紹介された。差配人というのは代理人みたいなもので、広大な領地の切り回しに雇われることが多い。だから、地主の差配人が執事と下男を兼ねているのは奇妙だし、当の地主がひどく貧乏に見えるのも変だった。

エルカニー城はすごく変わったところだ。僕たちが歩いている間にも、内部を風が吹き抜けた。ただでさえ居心地がよくないのに、冷たい夜風のせいで不快さがいっそう身に沁む。外の風を一とすれば城の中は二十くらいの風が吹いているんだ。最初に通った長い廊下でも、まともに風が吹きつけて、すり切れてぼろぼろの絨毯が小刻みに波打ちながら押し寄せてきた。夢の中で海の上を歩いているみたいだった。廊下にずらりと並んだ窓はあちこちガラスが割れていて、横なぐりの風に乗った雪が吹き込んでいた。風はまた別の風につかまり、僕たちのいる階段を薄気味悪く舐めるように吹き上がっていく。その階段というのが、中世フランス職人によるものと思われる、透かし彫りの格子細工の大きな手すりが付いた、美しい石造りなんだ。踊り場ごとに、後肢《あとあし》で立ち上がった石彫りの怪獣がガスリー家の家訓らしきものを二頭で支えていた。『虎に触るるなかれ』。シビルが「ぞっとしないわね——でも見事だわ、薄気味悪いけど」と囁いた。奇《く》しくも、同じことが僕たちをもてなす地主にも言えた。背が高く、痩せていて、人を寄せつけない。立派な顔立ちで、口許や目尻には、深い——何かに憑かれたような、と書きそうになった——皺が刻まれている。後ろ姿でさえ近寄りがたい雰囲気を醸す老人だ。僕たちは今、後ろ姿を拝むことしかできず、風のうんと強い上階の廊下を歩いている。喉切りハードカスルが、スーツケースを持って陰気な足音を立ててついてくる。誰とも出会わなかった。慌てて逃げるネズミが一、二匹いただけ。やがて、扉が二つ向き合った場所に出た。ガスリー嬢は右手の部屋を、ギルビイ殿は左手の部屋を使われるのがよかろう、そう言ったあと地主は敷居で立ち止まり、僕に尋ねた。もしや、ホレイショ・ギルビイ殿のご縁者かな？　僕はホレイショ大叔父の話が出ると、どんなときでも嬉しくなってしまう。世紀末の悪《あ》しき生活の師、そして下手くそな詩作の師だった、素晴らしい大叔父だよ。すかさず、ええ、お気に入りの大甥《おおおい》でしたと答えた。するとガスリー氏は、興味を示しながらもさほど気乗りしない様子で僕を眺め、かつて作品の交換をした、と呟いた。僕は思う。きっと彼は詩人なんだ。エルカニー城がカナリアの籠のわけはないし、このあたりのフクロウが美しい韻律のライバルになるとも思えない。だから僕はこう結論づけた。チェスプレーヤー的な目つきで僕を見たとき、地主は単にギルビイと韻を踏む言葉を探していたんだと。
シビルに割り振られたのは、なかなかいい部屋だった。意外にも、客用寝室としてすぐに使えるようになっていた。戦《いくさ》ができるほど広いベッド、雪をあざむく真っ白なシーツ——快適さを示すのに雪という連想はいただけないか——すべてがきちんとしていたが、茶色い紙で補修してある窓ガラスは玉に瑕《きず》だ。一方、僕の部屋は見事なまでに破綻していた。薄暗い天井からネズミが動き回る音が聞こえ、埃だらけの床では大っぴらに走り回っている。ベッドには掛け布団もないのに――勘弁してくれ！――ネズミの先客がいた。エルカニーの風は、どういうわけかここではゆっくり動き、部屋中で渦を巻きながら荘重なサラバンドを踊っている。目にしているものが信じられないと言わんばかりに、ガスリーが部屋を見渡したことは言っておく。「ハードカスル」彼は大声で命じた。「かみさんを呼んでこい」

ダイアナ、ついにハードカスル夫人登場だ。ハードカスル夫人だよ、ミス・ダイアナ・サンズ！　夫人をまじまじと見ていることは気にしないでくれ。この老婦人はほとんど目が見えないんだと思う。美女と呼ぶにはほど遠い。ハードカスルはどう見ても五十を超えていないんだから、明らかに老齢年金目当てで娶《めと》ったに違いない。でなきゃ、夫人がサーカスの「髭《ひげ》のある女」の見世物で金を貯めたか。その表現が残酷だと言うなら、ルネサンス期の紳士然とした詩人が魔女をどんな風に描写したか思い浮かべてくれ。あとはそれで事足りる。考えてみれば、スコットランドの大地主ガスリーこそは魔法使いで、手飼いの魔女が一人二人いてもおかしくないか。ほかの地主もそうだと言うつもりはないが。でもハードカスル夫人は親切な人だよ。もたもたして何でもいっぺんでは済まないけど。火を熾《おこ》し、熱いお湯を運び、タオルを用意し、という具合にね。石鹼まで持ってこようとしてくれたんだ――台所で使っているやつだろうな。およそ快適とは言えないベッドで使う寝具もどっさり運んでくれた。それを確認したガスリーは一礼し、夕食は九時、そのときにまたお目にかかる、と言って立ち去った。

言葉通りに僕たちは顔を合わせた。さて、いよいよ君にもクリスティーンを紹介するよ。どんな女性かまだはっきりしないが、彼女は彼女でガスリーと同じくらい人目を惹く。ガスリーの姪らしい。人目は惹くけれど、それはかりそめの魅力かもしれない。どういう意味かって？ 昨夜、風変わりな夕食の席に列《つら》なる彼女は、美しさの際立つ、器量のよい女性だった。しかし、それよりも絶対的に美しいのは、美しさの際立つ、並の器量の女性なんだよ。君は美の絶対度のレースで脱落する心配をするには及ばないよ、ダイアナ。君は優勝候補だ。間違いなく。

村娘みたいなはにかみ屋で、シビルのアメリカ風アクセントと絶妙に響き合う柔らかなスコットランド訛りで話す、きれいな娘。古風な淑女の礼儀作法と物腰を身につけた、全く世間ずれしていない、控えめで内向的な娘。それがクリスティーンだ。夕食の席で見たとき、スコットランドのミランダだと感じ、その印象はどんどん強くなった。最初の素晴らしいシーン、プロスペローの言うことに従順に耳を傾けているけれど、心は彼方に遊び、嵐の海を越え、運命が彼女の物語を紡いでいる場所に強く憧れる、あのミランダなんだ。描写がロマンティックすぎるとか突飛だとか思ったら、僕がこれを、魔法使いの城で空が白み始めた時分に書いているということを思い出してほしい。

天井の高いホールに入ると――階段もそうだけど、エルカニーが実際よりもずっと大きな城だと思わせるのは、このスケール感だ――とてつもなく大きなテーブルの端に魔法使いの地主が坐り、もう一方の端にクリスティーン。シビルと僕は両側に分かれてぽつんと坐り、暖炉の小さな火では誰ひとり暖かくない。いっそみんなで暖炉の中に入り、燃えさしのような心細い火を囲めば、ずっと快適だったと思う。悪漢ハードカスルは退《さ》がっていて――ハードカスル夫妻は翼棟に住んでいるらしい――よぼよぼのハードカスル夫人とクリスティーンが給仕をした。エルカニー城の使用人は著しく少ないという印象がこれで裏づけられた。実際、城のどこを見ても、信じがたい貧しさと病的な倹約の跡があった。例えば夕食は、たった一本のか細い獣脂蠟燭を頼りに進んでいった。常に半身が影に沈んでいるので、ガスリーはいよいよ腹黒く、クリスティーンはより美しく、シビルはなお謎めいて見えた――シビルが謎めいて見えることはもう話したっけ？　このあたりの地主は新貧困層のひときわ顕著な例である、という事実を僕が受け入れかけた頃、ハードカスル夫人が最初の皿を持ってよろよろと入ってきた。ダイアナ、信じられるかい？　キャビアだったんだよ、銀の皿に載った。

こんなときノースブリトン人は「仰天《スカナー》」って言葉を使う――夕食全体が等しなみに驚きの連続だった。まるで、町の大金持ちのガスリー家が、中世の居城の廃墟に来て豪勢なピクニックをしているみたいだった。きっと僕は、今にも崩れ落ちそうなホールから贅沢な食べ物の缶詰へ、缶詰から痩せこけた犬たちへ、犬たちからエルカニーの地主ガスリー氏へと目を移し、きょろきょろしていたんだと思う。困惑を隠せなくて。というのはクリスティーンが、ちょうど彼女の伯父がホレイショ・ギルビイの大甥に見せたのと同じ、わずかに面白がっているような表情を浮かべて僕を見ていると気づいたからだ。想像するに、礼儀正しいイングランド人の若者が、目下の奇妙な状況をいかにうまく――あるいはいかに下手くそに――切り抜けるか見守っていたんだ。

見当がつくだろうけど、愉快な食事ではなかった。ガスリーは時々僕たちに言葉をかけたり質問したり気を遣っていた。車の状態はどうだ、このあたりに友人はいるのか、その友人は僕たちがエルカニーへ来たことを知っているのか等々。だが、だいたいは黙って放心したように僕たちの頭上を見つめるか、目を細めてチェスプレーヤーの視線で僕たちを眺めるかだった。僕はその目つきがどんどん嫌になった。シビルは気づいていたと思う。シビルも独特の目つきをしているから、その目でガスリーに仕返しを企んでいるように感じたんだ。とにかくシビルはガスリーを注意深く観察していた。社交上の会話を主に担っていたのはクリスティーンで、無難に務めていた。しかし彼女だってあのミランダの目を、やがて来るものを待ち望んで大きく見開いた目を持っている。ほかでもない、彼女の目のせいで僕の注意は時計の音に釘付けになった。

音の主はホールの大きな床置き時計《グランドファーザー・クロック》だった。ホールと同じくらいの年代物、大きな音で――ご想像通り――奇妙なほどゆっくり時を刻む。巧《うま》い役者は、ただ待つことによって生じる強烈な緊張《サスペンス》を観客に伝えることができるよね。それを時計がやっているんだと僕は突然気づいた。言い換えると、次第に募る、悲劇が迫っているという不安を血も通わぬ古いからくり仕掛けに投影していたんだ。疲労と空腹のせいだ、そう自分に言い聞かせ、僕は缶詰のプラムプディングとたっぷりかかったブランデーソースに手をつけた。だけど、威嚇《いかく》するような時計の音がどうにも耳を離れない。クリスティーンがホールからシビルを連れ出した頃には、僕は催眠術にかかったみたいになっていた。時計が不意に長針と短針をにゅっと伸ばして「眠りはないぞ、マクベスは眠りを殺した！」（シェークスピア『マクベス』第二幕第二場）と叫んだとしても、僕は怯えるにせよ驚きはしなかっただろう。君だって認めてくれるよね、僕は暗示を受けやすいけど、何にでも大騒ぎをする馬鹿じゃない。固唾《かたず》を呑んで何かを待っているのはエルカニー城であり、僕はその震えを感じていただけなんだ。

そのうち、頭が冴えてきた。張り詰めた雰囲気の単純かつ合理的な説明を思いついたんだ。城のどこかに重病人がいる。裏木戸を用心深く開けたハードカスルが、僕たちに医者かと訊いたじゃないか。彼らは、大雪の中を往診してくれる医者を待っていたんだ。僕らが医者じゃなかったことにはがっかりしたろう、入念に隠してはいたけどね。この見方への反論は二つしかない。一つは、悪巧みをしているかのようにハードカスルが木戸をほんの少ししか開けなかったこと（単にあいつの性格に由来するのかもしれない）。もう一つは、容体がそんなに差し迫っているなら、シビルと僕に医学の心得はないかと尋ねるのが筋であること（もっとも、僕たち二人は若すぎると思ったのかもしれない）。この考えはものの五分で、木っ端微塵になった。食事を終えて全員が席を立ったとき、ガスリーが言ったのだ。「ギルビイ君、雪のためにしばらく滞在願うことになるかもしれんが、我が家の質素な暮らしぶりを大目に見ていただきたい。

下働きの若者を除いて、ここには私と姪とハードカスル夫妻しかおらんのだ」

マザーズ嬢――クリスティーンのこと――にまでご迷惑をおかけして申し訳ありません、というようなことを僕はもごもごと述べた。するとガスリーは未開封の葉巻の箱を取り出し、蓋を開けて勧め、「よく我が城へおいでくださった」と重々しく言った。

そのとき僕は一瞬平静さを失った。何の裏もなさそうなその言葉が奇妙な作用を及ぼしたのか、あるいは卑劣漢ハードカスルが――それまでは扉の陰にへばりついていたらしい――ヒエロニムス・ファン・ボスの描く汚《けが》らわしい悪魔よろしく、よろよろと出てきたせいかはわからない。奴はそこで待っていたように見えた。ひょっとすると毎晩この時刻に用事を言いつかるしきたりなのかもしれない。すぐにガスリーは有無を言わせぬ口調で命じた。「ハードカスル、リンゼイという若者が来たら中に入れてやれ。この雪だからどうなるかわからんが。もう一度会ってやるつもりだ」

ハードカスルは猫背気味の背中に回していた片手をゆっくりと出し――僕はてっきり剃刀《かみそり》だと身構えたね――無精髭《ぶしょう》の生えた顎を、主《あるじ》の言葉を疑うように撫でた。そして「どうか信じてもらいてえ、旦那さま、あいつは食わせもんだ」と言った。スコットランドの素晴らしい小説に登場する家来特有の無骨な忠誠心を見せようとしていると僕は思ったね。

「何だと、貴様？」城主は足を止め、暗がりでもそれとわかるあからさまな悪意を込めて差配人を睨んだ。

「ニール・リンゼイは良くねえことを企んでいやす」

主を案じる家来の言葉も――ほかにも意図があるのかもしれないが――厚い氷に閉ざされた城主の心には届かないようだった。冷たく「リンゼイなら塔に通して構わん」と言い放った。

「では参ろうか、ギルビイ君、お嬢さん方」

僕たちは部屋まで歩いた。僕の反応は次第に鈍くなってきていた。ガスリーは、ハードカスルの予言者めいた物言いに見た目ほど冷静だったわけではないんじゃないかと思い至ったときには、廊下を半分ほど過ぎていた。僕自身は確実に心を動かされていた。今の出来事は僕が探し求めていたものを差し出していた。エルカニー城の雰囲気を僕は緊張《サスペンス》と呼んだが、恐怖《フィアー》と言い換えてもいい。それにしても誰が恐れているんだろう、そして何を？

そんな考えを回《めぐ》らせていたとき――とっととベッドに入って眠らなくちゃだめでしょう、と君に叱られそうだ――跳び上がるほど驚いた。ガスリーが「恐怖」と口にしたからだ。正確にはラテン語で「ティモル……」と。小声だが、はっきりと呟いた。「ティモル・モルティス・コントゥルバット・メー」

一目で、ガスリーが僕の存在を忘れているのがわかった。この老人は気が狂っている、と考えたことを思い出した。天井近くに目を据え、廊下を大股で歩きながら、城主は暗誦を続けた。

死神はトラネントのクラークを奪いぬ

ガウェインの冒険を紡ぎし詩人を
そしてサー・ギルバート・ヘイを滅ぼしぬ
死の恐怖、我をさいなむ

死神はブラインド・ハリーとサンディ・トレイルを
死をもたらす雹《ひょう》を降らせ斃《たお》せり
パトリック・ジョンストンも逃れること叶わず
死の恐怖、我をさいなむ……

ダイアナ、君はこの半分も気味の悪い場面に出くわしたことはないと思う。謎めいたスコットランドの紳士が、風のすさぶ荒れ果てた廊下を、ダンバーのすさまじい哀歌を詠誦しながら歩いている光景ときたら。

死神は、ロウル・オブ・アバディーンと
高貴なロウル・オブ・コーストーフィンをも連れ去りぬ
なんぴとも両名に優ること能《あた》わず
死の恐怖、我をさいなむ

角を曲がると、風の吹き方が変わって言葉を流し去り、囁き程度にしか聞こえなくなった。同時に蠟燭がぱっと燃え上がり、この暗い城に来て初めて地主の顔がよく見えた。誓ってもいい、その顔には死の恐怖が刻まれていた。

曲がったあと、廊下は際限なく続くように思われた。かなり歩いてからようやく僕とガスリーはある扉の前で止まった。シビルとクリスティーンはもう扉の内側にいた。ガスリーは不動の姿勢で、詠誦のリズムだけが変化していた。今、喜びと思われる表情を浮かべて、その扉を、あるいは扉の向こうを見つめていた。それから――そっと――声を上げた。

おお、我がアメリカよ、我が新大陸《ニューファンドランド》よ！（ジョン・ダンの詩『エレジー十九番』より）

もう一度言わせてくれ、『仰天《スカナー》』した。次に起こったことにもね。手が扉の掛け金にかかったとたん、ガスリーの意識が再び僕に向いた。穏やかに微笑み、「半時間ほど、この部屋で姪と過ごすことにしておりましてな」と言った。廊下を歩きながらずっと詠誦していたことは全く覚えていないらしい。言い換えると、人格乖離《かいり》の典型的症例のように思える。二人の異なるガスリーがいて、おどけ芝居で双子が交互に顔を出すみたいに隠れんぼをしている――犬に餌をやらず、窓を直そうともしない、けちん坊なガスリーAと、缶詰のキャビアを客に出す気前のいいガスリーB。教室と呼ばれるこの部屋でクリスティーンとシビルに合流してからも、この考えを突き詰めていた。ハードカスルが僕たちに医者かと尋ねたことの、また別の解釈だ。ガスリーが軽い狂気の発作に襲われ、家内《やうち》はこっそり医者を引き込もうとしていた、というものだ。まあ、ぱっとしない考えだとは認める。でも、悪漢ハードカスルの言った「お医者の先生かね？」が僕を悩ませていた。エルカニーに秘密があるとしたら、それを解く鍵はあの問いをどう解釈するかにあると僕は信じている。

ダイアナ、とりとめのない話を面白いと思って読んでくれていたら、きっと君はここで、ねえちょっと待って、と口を挟むだろう。「ガスリーは危険なニール・リンゼイを待っている。ハードカスルは謎の医者を待っている。きっとその二人は同じ人物なのよ——ニール・リンゼイ医師《せんせい》は、必ずしも医者だからという理由で来る必要はないでしょう？　例えば、あなたの可愛いクリスティーンの、歓迎されない求婚者というのはどうかしら？」

この素晴らしい着眼について、君を満足させられる合理的説明はできない。恋人はニール・リンゼイに恋人がいる——今は彼しか目に入らない——それには全く同感だ。クリスティーンかもしれない。あるいは、ハードカスルの「お医者さま」かもしれない。だが、この二人が同一人物だという説には、どういうわけか承服できないんだ。あの厭《いと》わしいハードカスルが二人について話す声の響きが、違うと言っている。いずれ時が来ればはっきりするだろう。

ここで時間についてひと言。今は十二月二十四日、木曜の朝八時。君への手紙を書くのに三時間半かかっている——蠟燭を何度も点け直した時間も含めて。何しろ、風はますます強くなるし、この部屋ときたらアイオロス神（ギリシャ神話の風の神）の神殿みたいなんだ。大きな風が天井に体当たりしてくるし、赤ちゃん風は十六世紀イタリア絵画のプット（赤ん坊のような天使の像）ばりに床ではしゃぎ回り、ベッドの下で可愛い声を上げる。昨夜暖炉の火を熾《おこ》してもらったことはもう記憶の彼方で、今はとんでもなく寒い。僕は窓のそばに坐って——部屋のほかの場所より寒いわけでもないんでね——羽布団で作ったイグルー（イヌイットのドーム型住居）のようなものに入っている。朝食が待ち遠しい。外では降り続ける雪を強い風が吹き飛ばしている。この調子じゃ、何日もここから逃げ出せそうにない。でも昨夜、エルカニーの下働きの若者が雪中移動について奇蹟的能力を持っていることが話題になった。だから、ここに閉じ込められたとしても、彼を通じて君に電報を打つ道はある。もう夜明けからだいぶ経っているはずだが、視界は利かず、空は鉛色のままだ。窓から見えるのは、ぼんやり渦を巻く白一色の世界。ただ、左の真ん中あたりに黒く輝くものがあって、僕はこの二十分ばかり、あれは何だろうと考えている。まるで熱い鉄の表面で雪が融けているみたいだ。きっと水面だ。湖が凍った腕を城の近くまで伸ばし、うなりを上げる風が凍った水面から雪を吹き飛ばしているんだろう。

　生き物の気配がない。そして朝食の気配も——だから昨夜のことをもう少し記しておく。クリスティーンが勉強した教室は——彼女はエルカニー城をほとんど出たことがないらしい——今では、家具の少ない快適な隠れ家のようだ。ミラノの優雅な思い出の品を少しだけ飾った、、美しいフランドル風の飾り箪笥《だんす》とインドの鳥の絵が何枚かある。私室を除けばエルカニー城の標準的照明は蠟燭二本だが、これらの絵にはもっと上質の照明がふさわしい。ガスリーと僕が遅れて部屋に入っていったとき、クリスティーンとシビルは暖炉の前の低いスツールに並んで坐り、打ち解けかけていた。二人は立ち上がり、シビルの視線はまともにガスリーを捉えた。クリスティーンは戸惑ったようにシビルを見ている。食べたり飲んだりしないで、どうやって間を持たせればいいのか僕は悩んだ。

僕たちは型通りの作法に活路を求めた。僕は自然とクリスティーンの相手をすることになり、すぐに冒険多き今日という日の始まりを特徴づけていた陽気な気分を——そうだったよね、ダイアナ——取り戻そうと懸命になった。普段のクリスティーンは、冬の夜に突然エルカニーへ放り込まれた若い男の話し相手を渋る女性ではないと思うし、そんな男性を軽口でからかい、陽気な気分を盛り上げる機知や思いやりのない女性ではないと思う。僕は愛想のよいほうだと自負している。若い女性には年に何十人と会うし、そのうちの五、六人とは興味深い個人的関係を構築できる。そういうことはすぐに見抜けるものだろう? クリスティーンはそんな女性だった。はにかみ屋だが、十分ほども話せば僕たちは理解し合えるはずだった。自尊心を傷つけられた様子が手紙ににじんでいるのに気づいたかい? 彼女は魅力的だ。だけど、抜け目のない公爵夫人がパーティーの席で難しい政略を練る一方で、三十年も経てばそこそこ重要な役職につきそうな、ふらりと現れた若者に魅力を振りまいている図を想像できるかい? 想像できたら、クリスティーンの印象をほぼ正しくつかんだことになるよ。ほっそりした田舎娘でありながら、人の気持ちを逸らさない古風な物腰を身につけている。クリスティーンがここでどんな風に育てられたのか、好奇心に身を焼かれそうだ。要するにだよ、僕はありったけの手練手管で気を惹こうとした。彼女はほどよく興味を示し、ふさわしいだけ面白がり、過不足のない言葉を挟み——でも、その間ずっと、僕がいることに気づいてさえいなかった。これが自尊心を傷つけられた理由さ。

繰り返すのも嫌になってきたが、クリスティーンは待っていた。世界がもっと若かったときに女の子たちが待っていたようにね。間違いない、恋人を待っていたんだ！

ガスリーもやはり待っていた。何を待っていたのか、見当もつかないが——もしかしたら、トラネントのクラークやリーのサー・マンゴウ・ロカートの幽霊と待ち合わせているのかもしれない。だが、ある意味、有能なクリスティーンよりも、彼はもてなし役をそつなくこなしていた。無口さは影を潜め、シビルとの会話をリードし、時には礼儀正しく耳を傾け、シビルを愉快な気分にさせた。彼の狂気は、エルカニー城主として自分が負うべきものをわきまえていることが原因かもしれない。たまたま二人のほうに目をやると、ガスリーがシビルに別室から持ってきた骨董品の入った箱——中身はほとんど金貨と金のメダル——を見せていた。クリスティーンは僕の視線が逸れたのをきっかけに、二人のところへ僕を連れていった。こう考えるのは嫌だけど、僕と差し向かいで話すことにうんざりしたのかな。

ガスリーはシビルに小さなメダイヨンのようなものを渡した。「これが何かおわかりかな?」

階段の踊り場にいた怪獣が刻まれているので、僕はすぐにわかった。ガスリー家の紋章だ。シビルは受け取って大事そうに検《あらた》めたが、何も言わなかった。

「我が家の紋です。お嬢さん《マイ・ディア・ヤング・レディー》、我々は縁続きではないかと、ふと思いましてな」

もちろん、ガスリーは、「お嬢さん《マイ・ディア・ヤング・レディー》」という言葉を用いて何ら違和感のない老人だ。にもかかわらず、僕は何となく、その穏やかな呼びかけが——逆説的に——質問を棘《とげ》のあるものにした気がした。

意外なことに、シビルは堰《せき》を切ったように話しだした。「ガスリーさま、もしそうだったらどんなに素晴らしいでしょう! 父はスコットランドと繋がりがあることを誇りにしていました。私だって、自分がこのお城のような古くてロマンティックな場所とご縁があったらとても嬉しいです。このお城はたいそう由緒があるのでしょう?」

クリスティーンのせいでシビルへの称賛に影が差すと思っちゃだめだよ、ダイアナ。シビルは素晴らしい女性だけど、鬼火のように捉えどころがない。このとき僕は目を見開いてシビルを見た。ガスリーが穏やかに仄《ほの》めかしたことに対する反応が、ちょっと嘘くさかったからだ。僕の目は広がったけど、ガスリーは目を細めて、シビルの質問に律義に答えた。「さよう、確かに古い。十三世紀の基礎も残っている」それから注意深く付け加えた。「アメリカに我が家の親戚がおります。我が一族は、遠くの枝にも目配りは忘れんものでしてな」

「ガスリーさま、素敵ですね！　その人たち、きっとエルカニーを訪ねたいと思っているでしょう」

「まだ訪問は受けておりませんな」そのとき、ガスリーの顔に微笑がよぎったように見えた。「少なくとも、私の知る限りでは」少し間があった。「しかし一、二年前、彼らは送り込んできました――友達をね」

クリスティーンは僕のそばにいたわけではない。だから僕は直接感じたのではなく、感じ取ったのだ。彼女が震えるのを。素早く振り返って見ると、さっき彼女の伯父の顔に僕が認めたのと同じ表情が浮かんでいた。恐怖が。

ガスリーは待ち、クリスティーンも待っている――だが、同じものを待っているのではない。ガスリーは恐れ、クリスティーンも恐れている――やはり、同じものを恐れているのではない。これがつまり、僕の心を捉えて放さないもの、不安と呼んでもいいものだ。ダイアナ、これがエルカニー城の謎なんだ！

シビルは家族のことには触れたくない様子で、ガスリーも最初の穏やかな仄めかし以上には立ち入らず、子供時代の思い出へと話題を移した。妙だ、と僕は思った。年老いた地主がエルカニーでの楽しい思い出を客人に語る図は微笑ましいが、彼の根本にある寡黙さとどうにも相容れない。やがて彼はシビルにも子供時代の思い出を話すよう仕向け、僕は、ははあ、また家族のことに探りを入れているな、今度は囮《おとり》を使った狩りの要領だ、と眠くなりだした頭で考えた。だが、彼の興味関心は、家族のことにとどまらず幅広い領域にわたった。その態度はアメリカ社会史の研究家のようで、二十年くらい前のアメリカの流行や社会風潮に興味津々だった。シビルがオハイオ州シンシナティの出身であることは僕にも推測がついた。その言葉には不思議にも催眠作用があるみたいだ。シンシナティ、オハイオ……シンシナティ、オハイオ。美しく眠たげな下降調のリズムを繰り返すうちに、僕は眠ってしまっていた。やがてびくっと飛び起きた。

いつの間にかガスリーは消えかかった火の前に移動していて、小さな薪《まき》を手に立っていた。必要以上に薪を焼《く》べたくないんだと思う。ためらっている伯父に、クリスティーンが声をかけた。「伯父さまは、心が二つに分かれているみたい」

驚くことでもないわよ、君はそう言うかもしれない。そのときガスリーの手を離れた薪が熾《おき》火《び》に落ちた小さな音にも及ばないほどの。でも、その言葉には、僕がクリスティーンに吐き出してほしいと願った鬱憤《うっぷん》が詰まっていたんだ。僕にはわかる。彼女はその言葉に絶望的な状況すべてを込めて、それによって、一瞬の機知の閃きが与え得る残酷な安らぎを得ていたんだ。ガスリーの心が何に関して二つに分かれているにしろ、それはクリスティーンにとってとても重要なことなんだ。

よく使われる言い回しだが、「そのあとのことは何も覚えていない」。僕たちはもうしばらく部屋で話していた。シビルと僕はベッドで眠ることを切に望み、ガスリーとクリスティーンは正体の知れないものを待っていた――きっと、廊下に響く足音とか夜半の叫び声とか、切迫したものに違いない。しかし十時半になる頃には謎に対する興味も薄れ、再び大きな階段をのぼって自分用の部屋に案内されたときは本当に嬉しかった。

その夜の恐怖について、詳《つまび》らかに書くのはやめておくよ。今、ハードカスル夫人が部屋を覗いて「朝食は召し上がるかね?」と言ってくれたとあってはなおさらだ。昨夜はネズミどもがこっちにも夕飯をよこせと騒がしかった。もっと小さな害虫の類いも同じさ。エルカニー城に関する僕の混乱した話に厳しい評価を下す前に、お願いだから、あいつらがもたらす不快な影響を考えてみてくれ。二、三時間しか寝ていないんだ。目を覚ましたのだって、こいつは食えるだろうかと斥候《せっこう》ネズミが僕の足の指を勇敢にかじったせいか、それとも、窓のそばの雪をかぶった蔦《つた》にとまったフクロウのせいかわからない。いつもだったらフクロウは大好きさ。でもエルカニーのフクロウは強烈すぎる。何種類いるのか鳴き声で数えてみた。憂鬱や絶望を伝えてホーホー鳴くのは同じだけど、少なくとも一種類、変わった鳴き方のがいた。甲高い声を長く延ばして、トゥーイーと鳴くのには血が凍ったよ。時々犬の遠吠えが合いの手を入れる。狼じゃないと信じるのが難しいような吠え方で――ひょっとすると狼男かもしれない。魔法使いの城主に呪いをかけられたんだ。そして、常に風が吹いている。穏やかな天気の日も、エルカニーは風の囁きに満ちているだろう。嵐になると、城内に大声が轟き、意味不明の言葉を叫び続ける。今日の午前中に逃げ出すよ。そうすれば今日遅くにはエディンバラに着くだろうし、明日早朝の汽車でロンドンへ向かうことができる。

信じてくれ、ダイアナ、君の恋人はこれから英雄的努力を始めるよ。

ノエル

2

クリスマス・イヴ　夜

脱出叶わず。いまいましいが、ブリザードのせいで世界から孤立している。ベースキャンプの近くで足止めされた南極探検隊の心境だ。村は――キンケイグというそうだ――極地でのほんの一行程《こうてい》、つまり九マイルくらいしか離れていないのに、状況は絶望的だ。普通の雪なら道路の目印になる道標も、ほとんどが雪に埋もれている。家を一歩出たら、強い風とやむことのない雪が真っ白なカーテンのように包み込み、右も左もわからなくなってしまう。一時間ごとに吹きだまりが深くなる。その分危険になっているということだ。我らが驚嘆すべきタマスでさえ――エルカニー城の下働きの若者で、やや頭の働きが鈍い（エルカニー城の快適さの素晴らしい仕上げだ）――この嵐では外に出られない。だから、ダイアナ――乙女にして月と星の恋人よ（スウィンバーンの詩『カリドンのアタランタ』より。ギリシャの女神アルテミスはしばしばローマの月の女神ディアーナと同一視される）――君がクリスマスを、何も知らされず、不安に怯え、何より猛烈に怒りながら過ごすことになるがやむを得ない。文明の網にすっぽり覆われて暮らすことの難はそこだ。網から抜け落ちても、そうひどい目には遭わずそこそこ快適にやっていけるということが想像できないんだ。僕は手も脚も折っていない――素敵なご婦人の可愛い車を壊すくらいはしたけど――牢獄に入れられてもいない。一番近い電話から九マイル離れていて、悪天候に音《ね》を上げているだけだ。

おまけに退屈。夜中にあれだけ考えを回《めぐ》らせたのに拍子抜けだ。エルカニーの謎は――君もそう思っただろう――昼の明るさにはかすんでしまう。エルカニー城主は僕の想像の要《かなめ》なのに、今日は朝から姿を見せない。気分が優れないと、礼を失しない程度の言伝《ことづて》はあった。ひょっとしたら、食べつけないキャビアに中《あ》たったか。キャビアがエルカニー城のいつものメニューだとは思えない。昨日の夕食は本当に奇妙だった。小ウサギのシチューは、エルカニーではご馳走なんだろう。放蕩息子が帰ってきたわけでもないのに、なぜウサギのシチューで祝宴を開いたのか。実はシビルが何親等も離れた放蕩従妹《いとこ》だから？　もちろん違う。嘆かわしいホレイショ・ギルビイのお気に入りの大甥に敬意を表して？　絶対に違う。

シビルと僕は放っておかれている。クリスティーンは朝昼二度の食事で――今日は質素だった――ガスリーに代わって主人役を務め、食後にはおざなりに相手をしたあと、用があると口を濁して消えてしまった。朝食後は長い回廊まで案内してくれた。ガスリー家累代の肖像画と、読まれないまま死んだも同然の神学関係の本がいっぱいあった。お好きな本を選んでくださいと言われたが、意地が悪いにもほどがある。昼食後には会釈をして撞球室へ連れていってくれた。覆いをさっと取ると、ノアが洪水後にこれで無聊《ぶりょう》を慰めたのではないかと見紛う年代物のビリヤード台が現れた。アメリカの女性は皆さんなさるんでしょう？　には参ったよ。こうして、意地悪の妙技は陽気かつ鮮やかに演じられた。今日のクリスティーンには悪魔か天使が乗り移っていたとしか思えない。彼女は恐怖——僕の単なる想像でないとしてだが——さえ忘れていた。そして相変わらず美しい。

シビルと僕はコートを着たままビリヤードをした。キューはないし、ポケットの一つは取れていた。クロスの大部分は何世代もの蛾の餌になったようだ。ビリヤードの真似事は、なかなか楽しかった。ハードカスル夫人がひどい味の紅茶を大きなカップに二つ、持ってきてくれた。それから三十分ほど立ちっぱなしで、ラジオ番組を楽しむみたいに球の当たる音に聞き入っていた。僕たちと言葉だって交わしたんだ。この老女は噂話に飢えているんじゃないかと思って口火を切ってくれたシビルのお手柄だけど。

「エルカニーにはたくさん来客が見えるの、ハードカスルさん？」

老婦人は困惑気味だった。「何と言いなすった？」

「お客さんは多いの？」

ハードカスル夫人は一音節一音節嚙み砕くようにしてから、頭を振ってきっぱりと言った。

「地主さまはたいそう物惜しみをなさる」自分の言葉に満足したように重苦しい表情で頷いた。

「このあたりにエルカニーのガスリーほどのしみったれはおりません」

滞在客がこの手の話題を失礼のないように続けるのは難しい。だがハードカスル夫人は、このことを城の大きな資産と見なしている口振りだった。シビルがほかの話題を探そうとしたとき、老女は声を低くし、是非とも聞かせたいとばかりに囁き声で言った。「ネズミのせいなんです！」

「ネズミですって？」

「ガスリー家の人は昔からおかしな想像ばかりしているんですよ。今の地主さまは、ネズミに食べられてると考えてるんです。ネズミが自分も自分の財産も食べちまうって。あんなにけちなのは、ネズミと戦っているつもりだからなんです。その気になれば、ネズミのいない場所なんていくらでもあるでしょうに――離れた島とかね」

戸惑いながらも僕たちは、まあそうですねと相槌を打った。

「島へ連れていってあげてくださいって、あたしはお医者さんたちが来たときに申し上げたんですよ。そうすれば、可哀想な地主さまも、夜ぐっすり眠れて良くなるのに」

「ガスリーさんはネズミのことでお困りなの？」シビルがおずおずと訊いた。

ハードカスル夫人は、再び勢いよく頷いた。「そのくせ猫いらずを買うお金は渋るんですよ。自分の小さなペンナイフのほうがいいって」

スコットランドの譚詩《バラッド》には血に飢えた男がたくさん出てきて、おのおの小さなペンナイフで物騒な血の饗宴を開いている。だから文学がらみの冗談かと思ったら、老女は真顔で続けた。

「とっても上手に投げなさるんですよ。当たったネズミが上げる悲鳴の大きいことったら」

田舎紳士の倒錯したスポーツ本能について教えてもらったわけだが、正直ぞっとしなかったよ。ハードカスル夫人があんまり自信たっぷりにしゃべるので、僕は何だか落ち着かない気分になってきた。ところがシビルは興味を持ったようだ。「ガスリーさんはネズミにナイフ投げをしながら歩き回るの？」

「そうなんです、今は手斧ですけど。昨日も中庭で一生懸命研《と》いでました。あたしを見つけて怒鳴ったんです。『おかみさん、でかいネズミをこれでやっつけてやるぞ！』って。いっそ全部やっつけていただきたいです。ネズミなんかいなきゃいいのに。夜になると、あたしの頭の中でキイキイ言うんだから」

まったく、元気のいいおばあちゃんだよ。シビルはちょっと言いにくそうに小声で訊いた。

「ご主人には退治してもらえないの？」

ハードカスル夫人は神経質そうにあたりを見回した。囁き声がいっそうかすれ、「うちの人、意地悪なんです！」

僕はもちろん夫人を信じるけど、家庭内の不協和音を聞かされることには食指が動かない。話を逸らすきっかけになればと、球をいくつかビリヤード台にドンと置いた。でも、球の音は神通力を失っていた。魔女めいた老婦人は音には全く気づかずに近寄ると、シビルの腕に鉤爪《かぎ》のような手を置いて言った。「どうしてそうなったと思います?」

僕たちは、魔女映画によくある状況にどう対処したらいいかわからなかった。そもそもハードカスル夫人は答える時間をくれない。彼女の声はさらに低くなって、どこから出しているのか不思議なほどのしわがれ声になった。「ネズミのせいです!」

「ネズミ!」二人とも呆気に取られたよ。

ハードカスル夫人は、頭ばかりか体中を震わせて大きく頷いた。僕の記憶に間違いがなければ、クリスマスのお伽芝居に出てくる魔女や悪い妖精は、こういうオーバーなお辞儀をする。

「ゆうべあなた方に注意しなくて本当に申し訳なかったと思っています。エルカニーにはとんでもない数のネズミがいるんですよ」

同一テーマによる変奏曲、その何番目だろう? さあ、来《きた》れ、ミューズよ。ネズミの歌を歌おう! ハードカスル夫人の声は恐ろしい確信の響きを募らせた。「ネズミですよ。もう何年もうちの人に悪さをしているんです。ネズミの性質があの人の頭に入り込んでいるんですよ! 夜になるとキイキイ言いながらあの人の頭の中を走り回るんです、あの汚《けが》らわしい生き物が。あの人、今では半分ネズミに変わっていて、自分でもわかっているんです。だからあんなに意地悪になって。あたしどもはどうなるんでしょう? お嬢さん、夜寝ていると、ネズミがキイキイ言いながら、あたしとうちの人の頭の中を行ったり来たりするんです。うちの人、大きな灰色ネズミにどんどん似てきました。人間とネズミの区別がつかなくなったら、あたしどもはどうなっちゃうんでしょう？」

ダイアナ、君も認めるだろう、ハードカスル夫人は十九世紀スカンジナビア劇の特徴である、答えにくい質問を投げかけるこつを心得ている。同時に、想像力豊かな心理学者として、明らかに非凡な資質を具えている。それに、話題が限定的であるとはいえ、彼女の言葉は昨夜僕たちにまとわりついていた雰囲気を強力に呼び戻した。エルカニー城のネズミがタマスに与える影響について僕が夫人の意見を訊こうとしたとき、突然シビルが言った。「ハードカスルさん、お医者さまはいらしたの？」

シビルまで医者の件で頭を悩ませていたとは興味深かったけど、なお興味深いことに、夫人は全くぴんと来ていなかった。「お嬢さん、お医者さまというのは？」

「ゆうべ、お医者さまを待っていたんじゃなかった？」

「いいえ、お嬢さん、エルカニーには誰も来やしませんよ。かかりつけはダンウィニーのノーブル先生ですが、この二年ほどいらしてません。確か、クリスティーンお嬢さんが手首を捻挫されたときが最後です。そういえば一年か二年前、お医者さまが何人かいらっしゃいましたが――さっきお話ししましたね――地主さまに手荒く歓迎されまして。ところで、あなた方がお見えになるのを地主さまはご存じだったんで？」

その質問によって、ハードカスル夫人の認識能力はネズミ以外のことでは危なっかしいとわかった。僕たちがここへ来たのは全くの偶然だと教えると、夫人は疑わしそうに僕たちを交互に眺め、シビルに視線を据えた。「あたしは考えたんですよ、お嬢さんは地主さまのご親戚だから、きっと——」

　シビルは興味をなくしかけて球をテーブルの上で盛んに転がしていたが、夫人の言葉を聞くや、球はクッションを越えて飛び出し、ハードカスル夫人のみぞおちに当たった。

「まあ、ハードカスルさん、本当にごめんなさい——」

　夫人は球を拾い上げ、深い尊敬を込めてシビルを見た。しわがれ声に戻っていた。「お嬢さんもネズミを狙っていたんですね？　エルカニーにはすごい数のネズミがいるんですよ」

　ダイアナ、これでハードカスル夫人に関する視察見聞《グランドツアー》は終わりだよ。他の面があるかもしれないが、まだ見えていない。

　それで思い出したけど、僕は本物の城内見学《グランドツアー》をしたいんだ。城はごちゃ混ぜの建築様式で、時代時代に増築を繰り返しているが、中世の雰囲気を損なわないように配慮されている。一番古いのは真ん中の天守、つまり塔の部分だ。僕の見立てでは、そこに地主専用の部屋がいくつかあって、めったにそこから出てこない。気分が優れないというのも、客への言い訳かもしれない。だが、体調が悪くて部屋にこもっているのなら、そっち方面を探索すると角《かど》が立つ。もうじき夕食だ。寂れたホテルで食事を待つように、僕は退屈し苛々しながら待っている。正直に言うと、クリスティーンに会えるのを心待ちにしているんだ。もしかしたら、城の魅力的な謎が、あと十二時間だか二十四時間だかの退屈凌ぎになってくれるかもしれないし。でも自分がツイード川（スコットランドとイングランドの境を流れる）のはるか北にいるわけではないと思うと、苛々が募る。
今宵はクリスマス・イヴ――そして僕の誕生日だ。フクロウが巣を作れるように、そしてネズミがかじれるように靴下をぶら下げようかな。エルカニー城には今年どんなプレゼントが届くんだろう？ 窓から外を覗くと、時々風が収まっている。夕闇が下りてきた。闇の下に広がる風景は静かで、平和で、真っ白だ。メリー・クリスマス、ダイアナ、メリー・クリスマス！

君のノエル

3

クリスマスの朝

空は黒く垂れ込めよ、昼は夜に場所《ところ》を譲れ！（シェークスピア『ヘンリー六世』第一部第一幕第一場）二日にわたって僕が書き連ねたものは、悲劇の序幕にすぎなかった。エルカニーのラナルド・ガスリー氏が死んだ。すべてが、忌まわしいだけでなく奇想天外であり、僕はこれまで書いてきた調子を今さら変えられるかどうかわからない。エルカニー城はなおも魔法をかけられている。ただしその魔法は、ホレイショ大叔父のとある詩のように暗く侘《わび》しい。そして、ホレイショ大叔父の旧友だった魔法使い自身が、ロウル・オブ・アバディーンや高貴なロウル・オブ・コーストーフィン

（一三六頁参照）と共に泉下の客となった。先夜、回廊を歩きながら、ガスリーは奇《く》しくも自分の死を悼む詩を詠誦していたのだ！

浮世の喜びは、みな虚しき誉れ
偽りのこの世は仮の宿りにすぎず
肉体はもろく、悪魔は奸智に長《た》ける
　死の恐怖、我をさいなむ

身分高きも低きも、等しく死へと赴く
王子、高僧、権力者といえども
富めるも貧しきも問わず
　死の恐怖、我をさいなむ

死神は容赦せず、権勢誇る王侯も
学識豊かな学者も
なんぴともその痛撃を逃れ得ず
　死の恐怖、我をさいなむ

魔法を用いる者、星を読む者
修辞学者も、論理学者も、神学者も……

今は、何が起こったかを記す作業に戻る。いずれ役に立つだろう。でも、君への手紙であることに変わりはないよ、ダイアナ。世間が——医者、警察、弁護士、そういった人々が——エルカニーに来るまで四、五時間はある。その後どれくらい経てばここを離れられるか、全くわからない。不愉快なことに、殺人事件かもしれないものに巻き込まれてしまった。奇妙なクリスマスになった。

最初に、君を——そして自分を——納得させておきたい。これまで書いてきたものは、退屈を紛らす方便ではあったが作り事ではない、と。起こったことを正確に記したし、出来事に対する僕自身の、ともすると気まぐれな反応も正確に述べた。その上でここに、想像を交えずに出来事の要点をまとめた一文を挟むのがいいと思う。

ガスリー嬢と僕は、何の予告もなしに、全くの偶然から、水曜の夜エルカニーに到着した。そのときハードカスルは、医者の到来を予測し待ち受けていた。城の住人は注目に値する。変則的雑用係ハードカスルは傑出した悪党、その妻はややおつむが弱く、下働きの若者はさらに頼りない。当の城主は並外れて頭がよく、ひょっとしたら並外れて狂っている——ここで僕は事実のみを述べるという一線を越えている。どうせ僕には、証言台に立ってガスリーの精神状態を供述することはできない。不思議だが疑う余地のない事実として、ガスリーと姪のクリスティーン・マザーズの周り、あるいは二人の間には、神経を張り詰め何かを待ち続ける感覚が電流のように存在した。そこには、正体不明の外部の人間、ないしは未知の出来事が関係していた。さらに、ハードカスルがニール・リンゼイは危険だとガスリーに警告した事実。それ以上は、単に僕の印象を語ることになってしまう。第一に、シビル・ガスリーが自分の親戚のことを話す際の態度、そしてアメリカの親戚が友達を送り込んできたとシビルに話した際のガスリーの様子。これに関しては、僕には説明する材料がある。もうじき君にも話すよ。第二に、クリスティーンが伯父に「心が二つに分かれている」と言ったときの様子。第三に、ガスリーが僕に「よく我が城へおいでくださった」と言った口振り。これらの発言はいずれも、別の意味を帯びていた。そして、どういうわけか絵の中にぴたりと収まる。とりあえず謎めいた事実とだけ呼んでおく。ほかにも同じくらい重要な点が僕の記述に埋もれているかもしれないが、当座はそれを掘り出すことはしない。

いよいよ、ガスリーの死に至る出来事を述べることにする。最初に記すべきなのがネズミにまつわることだと知ったら君は驚くかい？

昨夜、夕食の席にもクリスティーンは一人で現れた。夕食後、例の教室で、彼女は僕たちを扱いあぐねていた。結局、荷造りの途中のようにテーブルに置かれていた紙挟みから、スケッチを出して見せてくれた。ほとんどが、カイリー湖の上を飛ぶ雁《がん》を素早く粗いタッチで描いたものだった。だが彼女は今までよりさらに内気で思い詰めた様子で、すぐにいなくなってしまった。数分後にはシビルも、ここは寒いから——それは事実だった——ベッドに入って本を読むと言っていなくなった。数分後、僕自身も、ネズミを寄せつけない改良型テントの案を練りながら教室を出た。この野心的計画を進めるべく、僕はネズミの研究を始めたんだ。

一番わかりやすいのは大きさと色で分けることだ。大きいのと小さいの、茶色と灰色、それに——エリートらしく思える——黒いの。どう分類したらいいかわからない、斑《ぶち》のとか黴《かび》が生えたようなのも。太っているのは少しで、痩せたのがたくさん。怠け者は少なく、活潑に動くのが多い。もちろん、こういった分類は互いに重複している。もう一つ考えられる分け方は、図々しいのと、うんと図々しいのとだ。見たところ、遠慮がちなネズミはいない。地主のペンナイフに時々驚かされるはずなんだが。どれもこれも、齧歯目《げっし》の動物が我が物顔で走り回る屋敷なら多かれ少なかれ見られるだろう。時たま学者ネズミを見かけることには驚いた。思うに、学者ネズミはピンクネズミや青色ネズミより珍しいんじゃないかな。

学者ネズミというのは、小さな紙の巻き物を重たそうに引きずったネズミのことだ。卒業証書をもらった学生のように。今までに二、三匹しか見ていないけど。

最初は、ガスリーが孤独な日々の慰めに実験をしているんだと思った。鯨が何日で地球を一周するか、タグをつけて調べるようなものだとね。好奇心を刺激されて、学者ネズミ狩りを試みた。すっかり夢中になって、気がついたら一時間近く経っていた。寝室の火かき棒を手にネズミを追いかけるなんて、エルカニー城の伝統を立派に受け継いだ危ない男に見えただろうな。学者ネズミはほかのネズミよりのろまで図々しいはずだから、火かき棒の出番はない。慣れれば素手で簡単に捕まえられただろう。まあ、火かき棒は攻撃には向かないが、身を守る武器にはなる。捕まえるのをあきらめ今夜のテントの設営を始めたときも、すぐ使えるように手許に置いた。

僕は何とか眠りについたが、ネズミの走り回る音で二度目が覚めた。二度とも暗がり目がけて火かき棒を振り下ろした。二度目のとき、胸が悪くなるキイキイ声が聞こえた。ハードカスル夫人も気の毒に！　夜中に頭の中をどんなものが駆け抜けるのか、よくわかったよ。蠟燭を点けると、奇蹟的に学者ネズミをやっつけていた。

きれいな死に様《ざま》とは言えないので、調べる決心がつくのにちょっと時間がかかった。巻き物は薄い上質紙でできていた。インディア紙のノートを破ったのかもしれない。綿《わた》のこよりでうまく肢《あし》に結んであった。それを外して慎重に広げる。血がついていたからだ。インクで丁寧に書いてあったのは、「至急、塔の上へ密かに助けに来られたし」

僕は身仕度をした。安っぽいドラマみたいだとか、馬鹿げているとか、ガスリーの冗談や妄想かもしれないといったことは頭に浮かばなかった。高地で一定期間過ごすと高い山にのぼる体ができるのと同じで、エルカニーで二十四時間以上過ごして「学者ネズミの救助要請」を自分なりに受け入れられる状態になっていた。考えたのは、どうやって塔の上まで行くのが一番いいか、だけだ。

部屋を出ると廊下は真っ暗で、二メートルも行かないうちに風で蠟燭が消えた。シビルの懐中電灯のことを思い出したが、起こしたり驚かせたりするのは気が進まなかった。怖がるような人だと思ったわけではないが。しかしできる限りの備えをすべきだと考え直し、後戻りして彼女の部屋をノックした。返事は聞こえなかった。別に驚くことではない。そこら中で風がけたたましい音を立てているんだから。もう一度ノックしてから扉を開けて部屋に入った。声をかけ、マッチを擦り、失礼千万にもベッドの上を手探りした。疑惑は確信に変わった。部屋には誰もいない。

僕に考えるゆとりがあったら、彼女のことがすごく心配になったはずだ。そのとき、廊下に光が見えた。てっきりシビルだと思って廊下に出たら、ほかでもない、忌まわしいハードカスルがそこにいた。片手にランタンを持ち、空いたほうの手で僕の部屋をノックしていた。嫌な目つきで僕を見る。シビルの部屋から出てきたのを見て、下衆《げす》な想像をしたに違いない。奴は地主から伝言だと言った。気分がよくなったので寝酒に付き合ってもらえないか、という。

腕時計を見た。ハードカスルに凝った言い訳をしたところで時間の無駄だし、真夜中まであと五分しかない。まさしくクリスマス・イヴだ。

「わかった。ちょうど行こうと思ったところだ。案内を頼む」

悪党の持つランタンが痙攣《けいれん》したように揺れた。きっと僕の口調が主《あるじ》と同じくらい剣呑《けんのん》だったからだ。もちろん理由がある。ハードカスルが塔から——僕が寝てから何時間も経って——もたらした伝言は、ネズミを介した伝言よりもいかがわしくないとは思えない。二つの伝言と、シビルの姿が見えないことを考え併せれば、今は探りを入れるのが精々だとしても、悪魔めいた所業が進行していることの立派な証拠だ。僕はハードカスルの後について廊下を踏みつけるように歩いた。込み上げる怒りが恐怖を紛らしてくれた。何が待ち受けているにせよ、罠だという気がしていた。蝿《はえ》が蜘蛛《くも》の客間に入っていくよ（メアリー・ハウイットの詩『蜘蛛と蝿』より）。蝿はシビルか、それとも僕か。まさかガスリーだなんて夢にも思わなかった！

自然が作り出した蜘蛛の一匹がハードカスルだと認識していたから、先に立てと命じた。喉を切られやしないかと心配で、主階段を下り、確信はなかったがクリスティーンの教室前と思われる廊下を歩きながら、ずっと奴から目を離さなかった。途中でハードカスルは戸惑ったように立ち止まり聞き耳を立てた。僕も立ち止まり耳を澄ます。最初、誰かが急ぎ足でこっちへ来るのかと思ったが、暗い廊下に目を凝らしても姿は見えない。やにわに髪の毛が逆立った。足音が僕の横を通り過ぎたんだ。姿も気配もなしに。愚かにも、学者ネズミには有効だった火かき棒を持ってくればよかったと考えてしまった。幽霊をぶん殴るなんてできっこないのに。それからようやく気づいた。廊下に海のように敷き詰められたぼろぼろの絨毯が風でパタパタ音を立てるのを、足音と思い込んだのだ。冷静さを取り戻すと、ハードカスルが耳をそばだてている物音に注意が向いた。廊下の端のほうで話し声がしている。

小さな声なので、何を言っているのかわからない。だが、エルカニーの風が気まぐれに運んできた声で、クリスマスのお祝いをしているんだと思ったからだ。ハードカスルも同じことを考えたのかもしれない。さっき僕が腕時計を確認したのと同じように自分の懐中時計を見た。それから再び風が吹いて、別の声、男の声を運んできた。年配のようで、スコットランド訛りが強い。およそ一秒後に、声が聞こえたあたりで扉の開く音がし、誰かが部屋から出て前方の闇に消えるのがかろうじて見て取れた。

さしもの悪漢ハードカスルも一瞬ためらったが、また歩きだした。君も知っての通り、それまで城の離れた部分の作りを知る機会はなかったので、どこをどう進んでいるかさっぱりわからなかった。塔は一番古い部分で、砦《とりで》か天守として建てられた。寝室のある階から下りていくうちに、僕は、塔が増築部分から構造上完全に独立していて、地上一階でのみ繋がっているという結論に達した。そして、独立の程度をすぐに思い知った。小さな重い扉を抜けると、はんの三ヤード先にまた同じような扉があった。混乱した頭でも、その三ヤードが塔の壁の厚さであることは理解できた。僕たちは塔の階段をのぼった。

夢に出てきたとても馬鹿げたことを思い出すように、自分がただの偶然から客となり、友誼《ゆうぎ》に厚く礼儀正しい主人の私室に招かれ、クリスマスを一緒に祝おうとしているんだと思い出した。そして再び、火かき棒を持ってくればよかったと考えた。僕たちはゆっくりと階段をのぼった。先を行くハードカスルの慎重な足取りは、決められた歩調を守りながら看守が囚人を絞首台へと連れていく、不吉な連想を誘った。階段は意外に幅があり、前へ行ったかと思うと向きを変えて後ろへ進み、ひと続きが短い。ふた続きごとの踊り場に小さな明かり採りの窓がある。空の一部は晴れていたのだろう、雪に反射した月光が窓越しに青白いかすかな光を届けていた。その後の数秒間に起きたことにぞっとするほどの効果をもたらしたのも、この月明かりだった。階段は際限なく続くように感じられ、ガスリーが徹夜を決め込んでいる部屋は塔の天辺にあるのかと考えていたとき、上から恐怖に満ちた叫び声が聞こえた。その直後、僕が通り過ぎかけていた窓から射し込む光が消えた。高速度シャッターが月をほんの一瞬覆ったように。少し間があって――それが何の間か、すぐにわかった――下から鈍い音が聞こえた。

何が起こったのか、僕たちには多かれ少なかれ想像がついた。下からわずかに届いたどさっという音のほうが、その前の叫び声よりもずっと恐ろしかった。三段か四段先を行っていたハードカスルが声を上げる。「ああ、だから言わんこっちゃねえ！」それから足音が聞こえてきた。

あっという間の出来事だった。すぐ上の踊り場に若い男が現れた。ハードカスルのランタンが姿を捉えたのは一瞬だったが、その顔に浮かぶ、類を見ないほど激しい感情を見て取るには十分だった。血の気の失せた浅黒い顔、きつく結ばれた口許、ガスリーの目と同じく、くすぶる感情を覗かせる目。ハードカスルが「リンゼイ！」と叫び、詰め寄る。よろめく足取り。ハードカスルめ、酔っているのか。一秒後には、こちらに目もくれず若者は横をすり抜けていった。捕まえればよかったのかもしれない。だが、雲をつかむような状況で動くに動けなかった。ハードカスルは若者を追うべきか迷う様子を見せたが、悪態をついただけで階段を急いでのぼり始めた。僕はついていくしかなかった。

天辺まであと二階ほどのところで階段は狭くなり、窓がなくなった。踊り場ごとに大きな扉が横にある。扉の一つを通り過ぎ、息を切らしながら最上階にたどり着くと、最後の扉があった。ハードカスルは、これまでのよりいくらか大きいその扉を勢いよく開けた。天井の低い真四角の部屋、書斎のような設《しつら》えで、ここも数本の蠟燭だけ。部屋の真ん中にシビル・ガスリーが立っていた。

しばらく僕たちは、幕が下りるのを待つ俳優のように動かずにいた。突然ハードカスルが不可解な怒りもあらわにシビルに迫った。「この売女《ばいた》——！」

明らかに侮辱であり、僕は悪党の肩を——襟首だったかも——つかんで黙らせた。やっと行動することができて満足だったが、その行為には予想外の影響力があった。ハードカスルはむっつりと黙り込み、自分からは何もしないと決めたようだ。その瞬間から、エルカニーで起こることの責任を僕が負う羽目になった。好むも好まないもない。然《しか》るべき能力と関心を持った人物が到着するまで、その役を割り振られてしまった。

僕はシビルに訊いた。「ガスリーはどこだ?」

ほんのいっとき彼女はためらい、警戒するように、しかし落ち着いて、僕とハードカスルを交互に見つめた。それから静かに、あやふやな口調で「塔から落ちたわ」と言い、説明のつもりか、僕たちが入ってきた扉のすぐ近くにある、もう一つの扉を指さした。

僕はハードカスルからランタンを奪い、扉の向こうを調べに行った。そこは小さな寝室で、階段にあったのと同じ狭い穴が窓の役を果たしていた。入ってきた扉の向かいに、もう一つがっしりした扉があり、暗闇に向かって開いていた。その扉まで歩き、外を覗いた。風は収まりつつあったが、塔の上ではすさまじい勢いで吹き荒れ、脇柱にしがみついているしかない。上部に凹凸のある低い手すりの内側が狭い通路になっていて、積もった雪が踏み荒らされていた。砦として建てられた当初は銃眼付きの胸壁だったんだと思う。慎重に手すりまで行って、下を覗く。暗闇しか見えず、聞こえるのは風の息吹だけ。のぼってきた階段の長さを考えると、雪がいくら積もっていようと、胸壁を乗り越えて落ちた男が助からないことは確実だ。まず考えたのは——危機に際して人間は不思議なほど実際的になる——雪の中を苦労して医者を探しに行かなくてもいいと、ほっとしたことだった。その連想で別の考えが浮かんだ。今エルカニーで忌まわしい出来事が進行しているとしても、困ったことに外部からの援助は期待できない。三番目に浮かんだのは、悪党ハードカスル。僕の頭の中で、忌まわしい出来事と卑劣漢ハードカスルはしっかり結びついていた。

　素早く考えをまとめながら書斎に戻った。すぐにわかることが一つある。酔っていたのでも、取り乱していたのでも、夢遊病でも、恍惚状態だったのでもなければ、ラナルド・ガスリーが誤って転落したとは考えられない。だから、シビルが生気のない口調で「塔から落ちたわ」と言ったことを思い出して愕然とした。額面通りに受け取れば、ガスリーの墜死は単に不運な出来事だ。僕は突然、暴力的で不可解な出来事の持つ意味、ここで三十時間を過ごした雰囲気の意味を悟った。緊張《サスペンス》、恐怖、不気味なユーモア、学者ネズミ、暴力的な死、それらを足し合わせれば、避けられない一つの答えが出る——疑惑だ。エルカニーが邪悪な魔法使いの支配する場所だという意味しか持たなかったのは、過去の幻想となった。今夜塔で起こったことは、ここを検死官や私服警官がうろつき回る場所に変えてしまった。深い雪の十マイル向こうには必ず田舎巡査がいて、二十マイル先には巡査部長が、アバディーンかエディンバラまで行けば、こういった事件を手際よく処理できる幹部警官がいるだろう。このときシビルからハードカスル、ハードカスルからシビルへと目を移した僕は、経験したことのない重責を負わされた者にしかわからない表情を浮かべていたに違いない。

　ガスリーが死んでいるのは疑いない。まずは遺体の許へ行こうとするのが人情だ。だが、今いるところが犯行現場だとすると、なぜ塔にいたかを説明していないシビルも、悪党ハードカスルも、ここに置いては行けない。シビルにクリスティーンの許へ行ってもらうことはできる。

だが、何が起きたのかをクリスティーンに伝えるのは僕の務めだろう。それも外に出てガスリーの死を確認してからの話で、当面は三人一緒に行動するしかない。

暴力事件を扱う常道について考えながら、あたりを見回した。僕がこの時点で知っていたことにあとでわかったことを加え、君に城内の位置関係を知っておいてもらおう。

塔の最上階は、下の階からは後退した造りになっている。その結果、銃眼手すりの付いた狭い廊下――胸壁の通路――によって完全に孤立している。胸壁の真下は城の建物か濠だ。階段は二つ。一つは胸壁の通路の隅にある跳ね上げ戸に続く狭い螺旋階段。もう一つは僕がのぼってきた階段で、最上階の書斎に直接通じている。書斎には胸壁に出る扉とやや狭い寝室に通じる扉がある。寝室にも、胸壁に出る扉がある。窓はすべて防禦に特化し極端に小さい。

僕は、可能ならこの場所に鍵を掛けておきたいと思った。ハードカスルのランタンを使って、螺旋階段を、そしてバルコニーの床に積もった雪の状態を調べた。床の雪は風に吹き均《なら》されているが、頻繁に行き来した跡があった。だが跡はどれも不鮮明で、素人探偵がいくら目を凝らしても意味がない。ただ、ついさっき、せいぜい三十分くらいの間に、この危険な場所で小競《こぜ》り合いが起こっていたようだという事実には気づいた。続いて跳ね上げ戸を調べると、ここにも雪が乱された証拠があった。ごく最近、誰かが跳ね上げ戸を開けたのだ。頑丈な鉄の環《わ》を引っ張ってみて、下からボルトが掛かっているのがわかった。少し手探りしただけで望みのもの――上から掛けるボルト――が見つかった。ボルトは楽々と動き、これで塔の最上階への出入口の一つは閉ざされた。

できるだけ早くかつ慎重に寝室へ戻る途中、少しだけ足を止めて空を見上げた。月はちぎれ雲に隠れているが、あちこちに星が見えた。そうこうするうちに、並んだ街灯のようなものが見えた。オリオン座の三つ星に違いない。明日は太陽が顔を出し、晴れ渡った空の下に一面の銀世界が広がるだろう。でも今は、また雪が降りだしていた。

書斎に戻ると、シビルとハードカスルは僕が出たときとほぼ変わらない姿勢で立っていた。僕は「下におりよう」と声をかけ、三人で部屋を出た。扉の前の小さな踊り場に立って鍵を掛け、鍵は自分のポケットにしまう。これで、書斎、寝室、胸壁には誰も入れない。ハードカスルが何やら呟いた。エルカニーを差配する義務と権利を取り戻そうとしたんだろうけど、僕は先に立って階段を駆け下りた。一階に着いたとき、ハードカスルが別の小階段を指した。僕は塔の階段へ続く扉に鍵を掛け、小階段を下りて地下室のような場所に出た。塔の頂上からまっすぐ落ちたとすれば、ガスリーは濠の中だ。濠へ出る小さな扉の前に来たとき、それまで黙っていたシビルが「私も行く」と言って、懐中電灯を点けた。決然とした様子を見て、止めても無駄だとわかった。

濠の中にふかふかの雪が深く積もっていたので、ひょっとしたらガスリーは助かったかもしれないという思いが頭をよぎる。塔を回って進むうちに、僕たちは膝まで沈んだ。ハードカスルの掲げるランタンが周囲にゆらゆらと揺れる円《まる》い光を投げかけ、シビルの懐中電灯が進む方向を照らす。やがて前方の雪の中に予想通りの黒い染みを見つけた。自然に速くなった足取りで近づくと、心臓が跳び上がった。染みが動いたのだ。

ハードカスルがみっともない声を上げた。度を失い、凍えるような濠の中だというのに顔から汗がしたたっている。視線を前方のぼんやりした塊に戻す。死体が動いたと思ったのは、屈み込んでいる男だった。僕たちが近づくと、男は立ち上がって言った。「死んでいる」

ガスリーの最期は忌まわしいものだったと書いたが、それは、こう発したスコットランド訛りの深い声に込められた、あからさまな深い満足感を思い出していたからだ。死者に罵りの言葉は届かず、俗世の恥辱も怒りも幽霊には何ら意味がない。でも切に願うよ、僕の葬式であんな声音《こわね》が聞かれないことを。自分がエルカニー城主かつ州の警察本部長であるかのように、僕はことさら厳しい口調で訊いた。「君は誰だ？　ここで何をしている？」

ランタンの光を通して男は僕をまっすぐ見た。年配のハンサムな男で、土を相手に暮らす者の印が赤ら顔に刻まれていた。「ロブ・ギャムリーといいます。地主とちょっと話したいと思って来ましたが、地主はもう、彼を裁くにふさわしい相手と話しておいでだ」

場をわきまえぬ言葉から顔を背け、遺体を調べようとしたとき、ふと、ガスリーの死を悼む者がいるのだろうかと思った。クリスティーンはどうだろう？——わからない。わかるのは、今ギャムリーが仄《ほの》めかした裁きの場へガスリーが行ってしまったことだ。首の骨が折れている。即死だったに違いない。

死んだ男を囲んで立ち、次に何をすればいいかを考えた。遺体をこのままにしておこうと強く主張すべきだったかもしれない。犯罪が疑われる場合はそうする。だが、そんな疑いはあるのか？　一方にシビルの「塔から落ちた」発言がある。もう一方には、雰囲気的証拠とでも呼ぶしかないものが。暴力も謎も漠然と漂っているだけで、具体的なものは学者ネズミのメッセージという珍事しかない。こう考えると、ラナルド・ガスリーの遺体を放っておくのは、何の利点もない上に極めて不適切だ。その不適切さは、ギャムリーの辛辣な言葉によってもはっきりした。僕は手短に言った。「ガスリーさん、懐中電灯とランタンを持って先に立ってください。僕たちは遺体を運んでついていきます。ギャムリーさん、手を貸してください」

ギャムリーが帽子を取って死者に敬意を表した。その所作に目を向けた僕は、彼が物珍しそうに、友愛のかけらもなくハードカスルを見ているのに気づいた。ハードカスルに目を移して、我が目を疑った。悪漢ハードカスルがギャムリーを死ぬほど怖がり、鎖に繋がれた熊から距離を取るように、ギャムリーから離れようとしたのだ。同時に、ポルノ写真を見るごとく興奮し密かな興味を示してガスリーの遺体を覗いていた。ハードカスルをそのような衝動に導くのが何なのか、僕には見当もつかなかったが、二つの振る舞いの組み合わせには虫酸《むしず》が走った。ギャムリーの不謹慎な言葉のほうがずっとましだ。衝動に駆られたと言うなら僕も同じで、ハードカスルに向かって、城へ行って遺体の置き場所を見つけてこいと高飛車に命令した。そしてギャムリーと僕は、遺体を極力慎重に運んだ。

仮の処置として、死者を地下室の、濠への扉に近い石のテーブルに置いた。懐中電灯で照らしていたシビルは「クリスティーンに知らせる役目は私が引き受けるわ」と言って姿を消した。ありがたい申し出だし、望ましいことかもしれない。僕はぎこちない使者にしかなれないだろうから。

ハードカスルに、遺体を覆うシーツを取りに行かせた。ギャムリーは帽子を手に探るような目つきで遺体を眺めていた。やがて大股で扉のほうへ向かったので、僕は「待ってください。どこへ行くんです？」と声をかけた。現場にいたわけを説明するべきだと思ったんだ。彼は再び僕をまっすぐ見た。「これは若旦那。ガスリーがそっちへ行くから、大事なスプーンやフォークは鍵を掛けてしまっておけと地獄の悪魔に教えてやるんですよ」彼は陰気な冗談を残して去った。

僕の手をすり抜けていった謎の訪問者がこれで二人になった。エルカニーは世間から隔絶しているのに、やたら人が多い。ニール・リンゼイはどこから来た？　ギャムリーはどこから？　誰がネズミにメッセージを結わえつけた？　教室でクリスティーンと話していたのは誰だ？　ハードカスルの「お医者さま」は本当に来たのか？　これらの謎は謎のままだが、より大きな死の謎について考えることにした。

ダイアナ、人間は、苦痛や恐怖の叫びを上げ、空中を二百フィート転落し、首だけでなくあちこち骨折したあとでも、揺り籠で眠っている赤ん坊のような安らかな表情ができるんだね。

きっと最後の瞬間に筋肉が驚くべき作用をするんだろうけど、考えると不思議だし恐ろしい。ガスリーは死んで無垢な存在に戻った。人種の特徴が顕著に出ていた悪意に満ちた顔も、画家がスポンジで醜い皺を拭き取ったみたいに、生前より力強く純粋に見えた。死がそんな効果をもたらすという話を読んだことはあるが、こんな暴力的な事件で目《ま》の当たりにすると、心が騒いで落ち着かない。僕は精一杯遺体を整え、顔や髪の雪を払ってやった。そして待った。

しばらくしてハードカスルがシーツを持って戻ってきた。これといった根拠はないが、奴の死者に対する態度がとても不謹慎だと考えていた僕は、咄嗟に扉の前に立ちふさがって中に入れまいとした。ハードカスルは不機嫌そうにシーツをよこし、さっきと同じく魅入られたように、僕の肩越しに遺体を覗こうとした。「奥さんにお茶かコーヒーを淹れるように言ってくれ。いずれ必要になる」と僕は言った。

おぞましい悪党は、僕に対する本音を呑み込むように大きく息を吸い込み、底知れぬ狡猾さを込めて話しかけてきた。「ギルビイさま、死体をご覧になったね？　何かなくなっていないかね？」

「それは警察が調べる」

「ちょっくら見るくらいは構わんよね？」

不快な男への怒りが昂《こう》じ、僕はガスリーの亡骸《なきがら》をシーツで覆った。「ハードカスル、キンケイグに知らせる必要がある。雪はやんだし、風も弱くなってきた。タマスが夜明けに出発できるように用意させてくれ」それだけ言ってハードカスルを地下室から押し出し鍵を掛け、鍵はポケットにしまった。はっきり言うけど、僕がエルカニーの番人をするべきだと思わせる何かが、その場の雰囲気にあったんだ。ありがたいことに、これを書いているうちに時が過ぎ、もうすぐ法の番人が到着して僕はお役御免となる。その前に、あと一つ二つ、驚くべきことを記しておこう。

地下室に鍵を掛けると、ハードカスルは膨れっ面で廊下を歩いていった。僕はひとり残って次に打つ手を考えた。警察医を真似て遺体を引っかき回すなんてできっこない。だが「なくなっていないか」というハードカスルの言葉がヒントをくれた。塔の最上階に鍵を掛け、三人で濠へ下りるまでに少し間があった。濠に着いてみると、謎の男ギャムリーが遺体に屈み込んでいた。彼が何者かはいずれわかるだろうが、どうやってあの場にたどり着いたかを示す証拠が雪の上に残っているかもしれない。消えやすい証拠だからすぐに調べないと。僕はハードカスルが置いていったランタンを取った。

胸壁ではあれほど素早く証拠を消し去っていた風も、深い濠では力が弱かった。雪が小やみになってからついた跡は、すべて残っている。エルカニーがどんなに人里離れた場所にあるかを、このとき痛感したよ。濠の至るところが、嵐を避けて逃げ込んだ野生動物の足跡だらけだった。キツネの俊敏そうな足跡。イタチがさっと身を躍らせた跡。ウサギが跳ねた足跡を、まっすぐなキジの足跡が横切っている。そして一箇所、わずかに血しぶきが飛んだところに動物の和毛《にこげ》があった。月はネオンサインのように規則正しく雲に隠れたり現れたりを繰り返し、その光は波となってアラベスク模様の雪の上を照らす。足を止め、何もかも忘れて見とれていたい光景だったが、場違いな美的感興は圧《お》し殺して調査を続けた。

ガスリーが落ちたところは隕石が落ちたように雪が飛び散り、遺体を運んだときに僕たちが周りの雪を踏み荒らしていた。しかしこの円の外は足跡が鮮明に残っていて、そこから歴然とした事実が読み取れた。ギャムリーは、ガスリーが落ちた場所から十五ヤードほど離れたところで危険を冒して濠に降り、まっすぐ遺体へ向かっていた。僕と話したあとは、来たときの足跡をなぞって濠の縁《へり》まで行った。降りてきたところをのぼるのは難しいと見て取ったのか、慎重に回り込んで、僕とシビルが最初に渡った裏木戸に通じる小さな橋の下へ歩いた。そこを苦もなくのぼったらしく、終始迷いなく移動していて、この地に詳しいのは明らかだ。僕は彼と同じ場所で濠を上がり、城から離れる彼の足跡をどうにかたどった。その足跡はすぐに、逆方向から続くかすかな足跡と合流した。ギャムリーは夜の闇からやって来て、戻っていった。おそらく、裏木戸を目指して歩いているときにガスリーの転落を知り、方向を変えたのだ。

僕は濠に戻り、注意深く一周した。最終的にはっきりした再現図ができあがった。ギャムリーが一方から遺体の許へ至る。シビル、ハードカスル、僕の三人が別の方向からたどり着く。四人が合流し、一列になって城へ向かう。ギャムリーは来た道を戻る。僕の調査は無駄だったかもしれないが、少なくともやり残したことはないという安心感は得られた。

城へ戻ると、ハードカスルが地下の廊下をうろうろしていた。地下室の扉が開くか試していたんだと思う。妻が魔女だとしたら奴はさしずめ食屍鬼《グール》だ。僕を見ると寄ってきて、しわがれ声で「これは殺人《ころし》でさ」と言った。

「ハードカスル、それはいずれわかる。上へ行こう」

「いかれたリンゼイの奴が殺《や》ったんだ。リンゼイと名のつく奴に関わるとろくなことはねえと俺は言ってやったのに。あのガキが地主を殺ったんだ。ちょっくら悪さをした上でね。で、奴が今どこにいると思いなさる？　あばずれ娘と道行きでさ」

それまで僕は卑劣漢の前を踏みつけるようにして歩いていたが、最後の言葉に思わず振り返った。「今、何と言った？」

ハードカスルは憎々しげににやりとした。ようやく聞く気にさせてやった、と言わんばかりに。そして、前にも一度見たが、背中に回していた汚い手を出して顎を撫で始めた。ゆっくりと、愚かしい悪意を込めて言う。「お知りになりたいんで？」

厚顔にもその台詞でどんなに僕を苛々させようと企んでいたにしろ、折しも頭上から聞こえた、背筋を凍らせる、吠え叫び泣きわめく声によって不発に終わった。狼とハイエナがすさまじい喧嘩をしたらこんな風かもしれないと、馬鹿な考えが浮かんだほどだ。数秒経ってようやく、ラナルド・ガスリーの死を悼む歌だとわかった。挽歌は五分の二がハードカスル夫人、五分の二が下働きのタマス、五分の一が犬の遠吠えから成っていた。地下から階段を上がっていくにつれ、弔《とむら》いの歌の構成が変わっていった。タマスの号泣は鼻にかかったためそめそ泣きに変わり、ハードカスル夫人は意味のある言葉をしゃべり始めていた。二人の間にシビルが立っている。冷たく厳しい顔つきを見て、今夜の出来事がついに彼女にも応え始めたのかと思った。

「ああ哀しい、ああ哀しい！　地主が死んだ、地主は死んで、嬢ちゃんはリンゼイと出て行った！」

老女が韻律に合わせて悲しみを歌う様子は、奇妙ではあっても心を打った。タマスは不気味にも、老女の抑揚に合わせて体を揺すりながら、自分の歌を呟きだした。


カラスが仔猫を殺しちゃった――ああ！

カラスが仔猫を殺しちゃった――ああ！……


不気味な葬送歌だった。とはいえ、不気味なものなら最近うんざりするほど見聞きしている。騒がしい議場に静粛を求める議長のように、僕は近くにあったラシャ張りの古い扉をトントンと叩いた。すぐにタマスは静かになり、かすかに嘔くだけになった。ハードカスル夫人がネズミの話を始めて気を揉ませたが、やがてこちらも落ち着いた。続く十五分間で、事件に光明を投げかける事実を知った。手短に書いておくよ。

階段の緊迫した場面で僕とハードカスルの横をすり抜けていった若い男、ニール・リンゼイは、思った通りクリスティーンの恋人だ。彼はクリスティーンに求婚したが、ガスリーは頑として認めなかった。ニールは近くの谷にささやかな農地を借りている小作人の倅で、ハードカスル夫妻によると、身分の不釣り合いには古くからの家同士の反目が複雑に絡んでいる。どうやらこのあたりでは、絵に描いたような不条理がいまだに罷《まか》り通っているらしい。これまでにも些細な揉め事はあったが、最近リンゼイは脅《おど》しをかけるように城の近くに夜間出没するようになった。ガスリーもクリスティーンも詳しいことは話さず、ハードカスル夫妻は蚊帳《かや》の外。しかし悪党ハードカスルは、ガスリーがリンゼイを金で追い払う決心をした、次にリンゼイが現れたら塔に通せと命じられたのはその証拠だと信じている。

十一時半少し前に来たリンゼイを、ハードカスルが招じ入れ、塔へ連れていった。真夜中少し前にガスリーはベルを鳴らし――ガスリーはハードカスル夫妻を意のままに使っていた――ハードカスルが塔の階段をのぼっていくと、ガスリーは、僕を巻き込むことになる寝酒を共にという言伝を上から怒鳴った。

話がここに及んだとき、僕は口を挟まずにはいられなかった。「だけどハードカスル、僕が呼ばれたのがリンゼイ君を金で追い払う辛い出来事を祝うためというのは変じゃないか。どちらかと言えば、他人《ひと》には内緒にしておきたいことだろう?」

「お言葉ですが、ギルビイさま、話にきりがつきそうなんで、頭のおかしい奴を体《てい》よく追っ払うには、他人を呼んでひと芝居打つのがいいと考えなすったんでしょうな」

わざわざ書くまでもないけど、この話に僕が信じたくなる要素はかけらもなかった。だが、話の信憑性を考えているうち、この男にかかれば九九の表《ひょう》だって容疑者になり得るんだと胆《きも》に銘じた。今やハードカスルの好感度はがた落ちだ。陰険で無愛想なところへ不愉快にも卑屈さまで加わったが、奴は極度に不安がってもいる。これまで、あいつの口からだけでなく夫人からも話を聞くようにしてきた。奴は、妻が間違ったことを、というより自分が話したのと違うことを話しはしないかと恐れていたのかもしれない。でなけりゃ単に僕を恐れていたか、それともシビルか。

ある事実がはっきりと浮かび上がった。リンゼイとクリスティーンは——城に秘密の牢でもあって囚われているのでなければ——別々にか一緒にかはわからないが、とにかく城を去ったのだ。僕はハードカスル夫人のことをますます正直な女性だと信じるようになっているんだけど、夫人によるとクリスティーンはスーツケースを持って教室前の廊下を走り去った。夫人がランタンを頼りに城の正面玄関を調べたら、消えかけた足跡が二組、暗闇に続いていた。となると、駆け落ちしたと考えるほかない。それにしても、駆け落ちには不向きな時季と足許の悪い道をわざわざ選んだものだ。階段ですれ違ったとき、リンゼイはクリスティーンのところへ急いでいたに違いない。あの数分後に二人は城を出たのだ。では、数分後じゃなく数分前にはどんなことがあったのだろう？　塔でいったい何があった？

疑問の一つについてはシビルが証人だ。シビルはガスリーが死へ赴いた部屋にいた。しかも極めて不自然な状況で。これまでのところ彼女はほとんど何も言わないし、僕もハードカスルの前で尋問まがいのことはしたくない。ハードカスル自身もシビルに興味津々なので、この事実一つ取っても質問は控えたと思うが、僕はシビルの目に嘆願あるいは警告の徴《しるし》を読み取ってもいた。無理に訊かないで、まず二人だけで話したい、というような。

そのとき別の問題が浮かんだ。ハードカスルに向き直り、藪から棒に質問を投げる。「君のお医者《ドクター》さまは来たのか?」

大当たり。僕が首切り役人の頭巾をかぶり、斬首台に首を乗せろと急《せ》かしたって、この悪党はこれほど驚かなかっただろう。刑事専門弁護士ならいろいろ聞き出せたかもしれない。というのも彼は、背の立たない深みでもがくように、しどろもどろになっていたんだ。僕がどこまで知っているか彼にはわからない。それなのに、告白するのも情けないが、僕は馬鹿みたいに手の内をさらけ出してしまった。

「裏木戸を開けてくれたとき、ガスリー嬢と僕に医者かと訊いたじゃないか」

「あれ、ご存じなかったかね、ギルビイさま。ドクターという名前の犬がいるんですよ。そいつが逃げたと思っていたんで」

明らかに嘘とわかる、しかしきっちり取り繕った嘘に、こちらがたじろぐ番だった。見かけ通りのずる賢さで一本取られ、今回は完敗だ。次に、タマスと話したらどうかと考えた。外界との最初の橋渡しになる予定のタマスと。

「キンケイグまで行けそうかい？」自分に話しかけられていると気づいたタマスは、仄暗《ほのぐら》い灯りの下《もと》で女の子のように顔を赤らめ、小声で歌いだした。

この家はお先真っ暗
お先真っ暗、ああ
この家はお先真っ暗
旦那さまがいないから

ダイアナ、君も知っているだろう、エリザベス朝の芝居では、道化師や愚者は自分の気持ちを表すのにどうとでも意味のとれる歌を歌った。タマスに同じ習慣があるのを考えると、病理学的裏づけがあるのかもしれない。ともかく、会話の試みは失敗した。今に至るもタマスは僕の言うことを理解していない。癪《しゃく》に障るが、ハードカスルの仲立ちがないと意思疎通できないんだ。さっぱり意味のわからない方言のやりとりを聞かされてから、やっと、タマスはすぐにでもキンケイグへ行けることが判明した。

しばらくして、ガスリーが死んだこと、医者と警官が必要なこと、それだけを伝えればいいと指示されてタマスは出て行った。リンゼイとクリスティーンを追うべきだとハードカスルが騒ぎ立てると思ったが、当面は黙っていようという分別があることに驚いた。僕は電報を二通書いてタマスに託した。一通は君が受け取っているはずだ。僕は、タマスが月明かりの下《もと》、雪だまりを力強くかき分けていくのを見守った。数分で姿が見えなくなった。風が弱まって静寂が訪れ、月に向かって歌うタマスの声が聞こえてくると、また妙な気分に襲われた。タマスの行程は途方もなく困難なものになる。運がよくても、村に着くのは明け方だろう。

夜が明けてから二時間になる。間もなく助けが来るはずだ。僕は今まで、君への手紙を書きながら通夜を営んでいた。とんでもない長さになってしまったし、脚色はしたくない。あと一つ、どうしても伝えなければならないことがある。そう、想像がつくだろうけど、シビル・ガスリーが話した内容だ。

タマスが出て行くと、できることはほとんどなくなった。シビルと僕は教室で、ハードカスル夫人が大きなカップに淹れてくれた紅茶を飲んでいた。質素だが居心地のいいこの部屋も、奇妙なくらい寂しく感じる。ハードカスル夫人が恭《うやうや》しく控え、時々洟《はな》をすすりながら、最近までガスリーはこの家でお茶を飲むのを禁じていたと教えてくれた。夫人に言わせると良き地主の尊敬すべき習慣で、そこから彼女は敬虔《けいけん》な瞑想という慰めを得ていたそうだ。

ハードカスル夫人が出て行くと、しばらく沈黙が続いた。偶然会って行動を共にしているだけの人間がシビルの関心事に口出しすべきじゃないし、それが殺人の謎に抵触するようになった今も、基本的に僕は無関係だ。そして、黙ってわずかに期待している顔でいるのも悪くない。案の定、シビルは口を開いた。「ギルビイさん、話したいことがあるの」そして仔細ありげに扉に向かって頷く。

その意味するところは一つ。僕は歩み寄って扉をさっと開けた。するとハードカスルが、お似合いのこそこそした役、ニワトリ小屋の周りをうろつく脂ぎったキツネの役を見事に演じていた。「ギルビイさま」気づかわしげな態度を装う。「暖炉にもうちょっと火が入り用じゃないかね」

ハードカスルと僕との間に置いて役に立つものは一つしかない――しっかり鍵の掛かる頑丈な扉が二枚だ。従って、薪《まき》を焼《く》べる必要はない、僕たちは塔の上を見てくると答えた。実際に部屋を出て行く僕たちを、ハードカスルはキツネが木の上の安全な場所に逃げ込む雛《ひな》鳥を見るような目で見送った。いいかい、奴はまだ想像を回《めぐ》らしている。何についてかはわからないけど。そのせいで、あいつのおぞましい性格が少し我慢しやすくなった。僕は振り返り、ちょっとばかり悪意を効かせて、朝食には戻る、ゆで卵を作ってもらえるとありがたいと奥さんに伝えてくれ、と告げた。それから静かに、ランタンを頼りに塔の階段を二人でのぼった。

彼女の車を手際よく壊して以来、シビルと僕は努めて友好的にやってきた。僕らは何千マイルも離れた場所を出発し、相手にぶつかった――文字通り。くどくど説明は要らないね？――合流してからは、同じくらい不案内な場所へ揃って流れ着いた。そういう状況は緊密な同盟関係を築く絶好の機会だ。ところがこの数時間――シビルが不可解にも書斎にいたと判明して以来――袂《たもと》を分かった感じになっている。暗く寂しい塔をのぼりながら、シビルが説明すると仄めかしたことは別にして、仲間意識が復活しつつあると感じていた。ロマンティックとはほど遠いこの女性に、ロマンティックな感情を抱いたのではない。鍵の掛かった書斎の扉の前に着いたとき、困った立場に陥っている彼女の味方になってやらなければならないとは思っていたけれど。「シビル、鍵を出すからランタンを持ってくれないか?」シビルは僕の腕にそっと手を置き、ランタンを持った。一分後、僕たちは再びラナルド・ガスリーの書斎にいた。

「犯行現場だよ」僕はのんびりした口調で言った。

「ノエル、犯罪なんてなかったのよ。落ちただけって言ったでしょ」

「どうやったら、ガスリーにそんなことができたんだい?」

僕はシビルの言葉を疑うように、あるいは不信の目で見ていたに違いない。彼女は顔を赤め、同じ言葉を繰り返した。「落ちただけよ」

少し沈黙があった。僕は当惑して頭をかいた。自分の腕時計の音が耳につき、城に来た日の夕食の席で、床置き時計が時を刻むゆっくりした音が気になったことを思い出した。あのとき僕は時計の音に、あたりに立ち込める、何かをじりじりと待っている耐えがたい緊張感を重ねていた。あれは、ラナルド・ガスリーが誤って塔から転落するのを待っていたのか? 今は夜中の二時、頭が論理的思考をうまくこなしてくれない。不意に、何の前触れもなく、あのときの雰囲気はシビルの主張とは相容れないと確信した。それは誤った考えだったかもしれない。僕は、複雑に入り組んだ一連の出来事に無理やり当てはめられる、単純で陳腐な構図を闇雲に探していたんだと思う。僕の考えを読んだような絶妙のタイミングでシビルが問いを発した。

「もっと劇的なものがあると言うの？」

僕は言質《げんち》を取られたくなかった。「これから、いろいろ訊かれると思うんだ」

「そうでしょうね」

「連中は何でも知ろうとする、相手が誰でもお構いなしにね。そのときどこにいた、とか、その理由は、とかね」

「だからあなた相手に練習しておけ？」

僕は真顔で答えた。「そうしてほしい」

シビルは書斎の端まで歩いていって、向き直った。「ノエル、あなたは気取っているけど、いい人よ。でもまず、あなたの一般的な倫理規範を教えて」

「人並みだろうけど厳しめかな」

「そう、残念だわ」シビルは深刻そうな表情で僕を見た。冗談めかして言ったのではないとわかった。シビルは黙り込み、眉をひそめ、どこからともなく煙草を取り出した。マッチを擦ってやると、二度吹かしてから慎重な口振りで話し始めた。「ギルビイさん――ノエル――あなたには私の話を聞く権利があるわ。聞いてちょうだい」再び書斎の端まで歩いて、今度は振り向かずに言葉を継いだ。「私はここを探りに来たの」

「それは勇敢だね」さりげなく称賛の意を伝えたつもりが、不発に終わった。振り向いたシビルの顔には、怒れるイングランド人を想定した冷笑が浮かんでいた。「探りに来たと言ったのよ。このお城に興味を持ったから、扉の陰に隠れて盗み聞きしようとしたの。だから、さっき教室で、同類のハードカスルが同じことをしていると素早く気づいたわけ。私はこそこそ嗅ぎ回る癖があるの」

「わかった。君はここであちこち覗いたり、立ち聞きしたりしていた。先を続けてくれ」

シビルは疑いの目で僕を見て、明らかに辛そうに言った。「この塔に、特に魅力を感じたの。とてもロマンティックで――」

「無邪気な旅行客の真似はやめたほうがいいよ。どうしても続けたいんなら、おめでたい刑事さんにでも取っておくんだね」

「あなた相手に練習しなきゃいけないんでしょ？　だったら聞いてよ。部屋に戻って私はベッドで本を読んでいたの。どんどん目が冴えて眠れなくなった。一、二度起き上がって窓から外を見たりした。ただ落ち着かなかっただけで底意《そこい》はなかった。外は暗闇しか見えなかったし。ところが十一時半頃、中庭のずっと上のほうで灯りが一つ動いていることに気づいたの。ガスリーが回廊にいる、と思ったし、彼が回廊にいるうちに塔を調べられるという考えが浮かんだの。私室じゃなければ覗いたって構わないんじゃないかって」

「ごもっとも。実は、僕も塔に向かおうとしてたんだ。君のちょっとあとだけど」

「ハードカスルが呼びに来たからでしょう？」

「いや、自分の考えで行こうとしていたんだ。ちょうどそこへハードカスルが来た」

少しの間、シビルは僕の真意を測ろうとしているように見えた。それから再び話しだした。

「私は蠟燭とマッチを持って階下《した》へ向かった。城内の位置関係はある程度頭に入っていたから、運がよければ行き着けると思って。でも、好きなようにうろつき回れるか、当てにはしていなかった。ガスリーが塔の入口に鍵を掛けているだろうし。鍵が掛かっていなくて塔の階段をのぼれるとわかったときは嬉しかった。ちょっぴり不安にもなったけど」

「階段をのぼっているとき、誰かに会ったり物音を聞いたりしなかった？　こんな質問もされるよ」

「誰にも会わなかったし、何も聞かなかったわ。途中にある扉が開くか一つ二つ試したけど、鍵が掛かっていた。で、最上階まで行ってこの部屋に入ったの」

シビルが言葉を切り、僕たちは書斎を見回した。薄暗い部屋の至るところに黒い板材が使われ、棚には本が詰まっている。ガスリーは詩人だけでなく学者の道を志してもいたようだ。僕は本を順に見ていった。ガスリーの趣味を知りたくもあったが、告白の続きを聞きたくてうずうずしていると覚られたくなかったんだ。部屋の一隅で書棚は途切れ、小さな空間ができていた。そこを覗いてからシビルの許へ戻って尋ねた。「部屋を引っかき回したのかい？」

「いいえ。そんな時間はなかった。部屋に入って一分もしないうちに階段をのぼってくる足音が聞こえたの。ガスリーよ」

「気まずい瞬間だったろうね」

「本当にね。こんなところまで入り込む口実があるわけないし、礼儀知らずもいいとこ。それに、面と向かって卑屈な言い訳をすると考えたら、ちょっと怖くなってきた。あの人の隠れ家に入り込むなんて馬鹿だったと思ったわ。それでね、私、考える頭をなくしちゃったの」

めでたいことに、シビルの頭は肩の上に戻っている。話し振りもすごく冷静だ。

「今考えると馬鹿みたいだけど、隠れるところがないか必死で探したの。二つ候補が見つかったわ。一つは塔の階段に通じる扉のすぐ近くの扉。もう一つは、胸壁に出るフランス窓のような扉よ。最初の扉は、小さな寝室に通じているとあとでわかったけど、鍵が掛かっていた。それで、もう一つの扉へ向かって間一髪部屋から飛び出したの。そこは、居心地がいいとは絶対に言えない場所だったわ。高さが何百フィートもある狭い通路の上で、嵐がまともに吹きつける」

「内に風の王子（サタンの意。ここではガスリーを指す）、外にはその下僕《しもべ》の風の精霊たち」

「その通りよ。私は蠟燭を落とし――まだ雪の中にあると思うわ――両手で扉の取っ手にしがみついたの。外は真っ暗ですさまじい風、頭が麻痺して何も考えられなかった。数分経ってからやっと、扉があるってことはその外にいくらか安全な場所があるってことだし、自分がいるのは、外に突き出た棚よりはましな場所に違いない、と気づいたの。扉をきちんと閉めていなかったんだけど、バランスを崩すのが怖くて引っ張りきれなかった。私は扉の外、扉の内側ではガスリーが動き回って蠟燭を灯《とも》していた。採るべき道は二つ、良識を働かせてガスリーと相《あい》対するか、隠れているかよ。私は隠れているほうを選んだの。

ガスリーは部屋の真ん中にある机に腰を下ろし、両手に顔を埋《うず》めていた。その姿勢で一、二分経ったとき――それ以上じゃないと思う――顔を上げて何か叫んだけど、聞き取れなかった。階段へ続く扉が開いて――そこがちょうど私の視界の端だったの――若い男が入ってきた。たぶんハードカスルに案内されてきたんでしょう。ハードカスルは見えなかったけど。ガスリーは立ち上がり、椅子を指した。今度ははっきり聞こえたわ。『リンゼイ君、坐りたまえ』残念だけど、聞き取れたのはそれだけ。風が強くて、話し合いの場は無言劇を見ているのと同じ。少しの間、二人は話し込んでいたわ、熱の入った様子で――」

「そして怒っているみたいにかい?」僕は口を挟んだ。

シビルは頭《かぶり》を振った。「いいえ、全然。堅苦しい交渉みたいで、友好的には見えなかったけど、どちらも怒ってはいなかった。何かの取り決めをしていたのかもしれない」

「ハードカスルの言っていた、金で片をつけるってことかな?」

「そうかもね」シビルは質問の意味を考えるように口をつぐんでから、先を続けた。「しばらくして二人は立ち上がり、リンゼイは首を横に振ったわ。穏やかだけどきっぱりした態度に見えた。そして二人は扉のほうへ向かったの――」

「ずっと君の視界に入っていたのかい? 例えば、二人で部屋の向こう端へ行ったなんてことはなかった？」

「ずっと見えていたわ。二人は扉まで行って、握手をした――親しみを込めて、というよりは緊張した感じで。リンゼイが出て行って、ガスリーは戻ってきた。顔が見えたとき、私は愕然としたわ。どう表現したらいいかわからないけれど、悲劇的で、打ちひしがれた感じだったの。見たのはほんの一瞬だけど。彼はポケットから鍵を出し、寝室への扉を開けて中に入り、向こうから扉を閉めた。それから三十秒か一分経った頃かしら、小さな叫び声が聞こえたの。一分くらい待って、私は意を決して塔の階段へ向かって駆けだした。部屋の真ん中まで行ったときにあなたとハードカスルが入ってきたのよ」

「僕がガスリーのことを訊いたら、君は『塔から落ちたわ』と言ったよね。許してくれ、シビル。粗探しするみたいだけど、きっとこう訊かれるよ――いったいどうして落ちたことがわかったんだい？」

シビル・ガスリーは黙って僕を見ていた。それから口を開いた。「そうね、言いたいことはわかるわ」再び黙り込む。「ノエル、直感みたいなものなのよ」

「君は自分に霊的能力はないと言わなかったかな？」

そこまで言うことはなかったかもしれない。僕は訴追者側弁護人ではないんだから。でも、シビルの立場が危険だと認識してもらうべきだと思ったんだ。突然シビルが激昂した。「だってわかったのよ、ノエル・ギルビイ！　リンゼイとの話し合いがガスリーを徹底的に打ちのめしたの。彼の顔から、死期が近いことは見て取れたわ。そこへ叫び声が聞こえて、そのあとあなたたちが飛び込んできた。それ以上何か必要かしら？　ガスリーは気が狂いかけていた。計画がうまくいかず、自分で自分にけりをつけたのよ」

「つまり、リンゼイを金で追い払う計画が不調に終わり、姪を失うと考えると耐えられなかったと言うんだね？」

「そんなところよ。あなたにとっては十分に劇的でしょ？」僕たちはガスリーの机に並んで腰掛けていた。少し間を置いてから僕は言った。「やっぱり練習してよかったよ、シビル」

彼女は振り向き、僕をさっと見た。「どういう意味？」

「改訂版が必要だってこと」僕は穏やかに言った。

「言い換えれば、私の話は嘘だってことね？」

「そうじゃない。君の話は真実かもしれないが、据わりが悪くて危なっかしい。君の直感があり得ないとは言わないけど、法廷では支離滅裂に聞こえる可能性が大きい」

「そうね、言いたいことはわかるわ」再びシビルはこう言った。

「君はここに隠れている、ガスリーが寝室へ行く、叫び声が上がる、僕たちが飛び込む、そして君の直感は暗闇の中で大ジャンプ——真実へ飛躍する、と言ったほうがいいかな。こう話すと、どれだけ不自然に聞こえるかわかるだろう？　となると、君が容疑者リストに加わることを防いでくれるのは、君がガスリーと本当は血の繋がりがないという事実だけだね」

シビルは立ち上がって僕を正面から見た。「ノエル、真実を言いましょうか?」

「お願いだからそうしてくれ」

「エルカニーの女城主を見よ!」

僕は跳び上がった。「何のことだ?」

「私はラナルド・ガスリーの相続人よ」

・　・　・　・　・

ダイアナ、この点の連なりはね、びっくり仰天してくださいってことさ。ひょっとしたら君は驚いていないかな。きっと僕は我を失っていたんだ。シビル・ガスリーとエルカニーに込み入った関係があることは薄々勘づいていたし、その印象はこれまでの文章に表れていると思う。僕がびっくりしたとしたら、あのときのことが突然よみがえったからだ。雪の中、僕とシビルが車のフロントフェンダーに坐っていて、エルカニー城の灯りが見え、僕がもったいぶってあの家へ行くと言ったときのことさ。というのも、エルカニー城に押しかける彼女の巧妙な計画の真っただ中に、僕はのこのこ出向いたわけだから。その計画に、シビルは僕を見事に、冷静に組み込んだ。計画の細部の手直しを——僕に聞こえるように南へ向かう道をさも無邪気そうに尋ね、僕の車がついてくるのを確認した上で果敢に土手を乗り越えた——畏敬まじりの称賛をもって思い出していた。計画がうまくいくかどうかの瀬戸際で、シビルは安閑と立ち、コールリッジの『クリスタベル』を口ずさみ楽しんでさえいたんだ。前にも思ったけれど、驚嘆に値する女性だよ。

概略だが、わかったことを書いておく。アメリカのガスリー家――シビルと、夫を亡くした彼女の母親――は、ラナルド・ガスリーによって深刻な経済的打撃を受けた。母と娘は、ガスリーは気が狂っていて責任能力がないという噂を聞いた。彼の領地に対する請求権を持っていたので、二人は手を尽くして実情を探った。イングランドにいたシビルは、自分で調べようと思い立つ。数週間前に下見を済ませ、雪が降りだすやチャンス到来と意気込んだ。生憎《あいにく》、気楽な冒険旅行で苦境に立たされるとまでは予想できなかった。シビルは今、本当に少し怖がっている。常識があるという証拠でしかないけど。本当に驚くべき立場に追い込まれているよ。

怖がってはいても、闘志満々だ。ガスリーの書斎の、灰すらない暖炉の前に立ち、再び机に腰を下ろしたシビルを見ながら、今や彼女のものである家訓を思った。「虎に触るるなかれ」とは言い得て妙だ。虎は暗がりに潜んでいて、僕は触れてもいないし、ひっかいてもいない。つまり、シビルのことをほとんど知らない。ただし、彼女は必要とあれば危険に飛びかかっていくし、しかも、すごく、ものすごく冷酷になれることは想像がつく。ダイアナ、これだけはわかっておいてくれ。シビル・ガスリー嬢の魅力は、ダイアナ・サンズの魅力の青白い影でしかない。これを心に留めて、言いたいことがあっても呑み込んでほしい。

シビルは戦意を漲《みなぎ》らせて机に腰掛けていた。厄介な立場にあることは、僕が教えるまでもなく承知している。僕には見通せない先のことまで計画しているという気がして、僕は困惑していた——その印象は、直近の出来事で強くなっていた。たちまち僕は思い当たった。シビルの目だ。僕を見つめ書斎を眺め渡すその目は、予期せぬ訪問者に注がれたラナルド・ガスリーの目と同じ。エルカニー城にまだガスリー家の者が存在することをこれほど劇的に思い出させるものはない。

「君が前に偵察に来たときのことを誰か知っているのか？」

「どうかしら。大して知られていないはずよ。キンケイグのパブから、もうじき何かつかめそうだって電報を打っただけだから」

「誰宛に？」

「家《うち》の弁護士よ。あのときはロンドンにいたけど、もう船でアメリカに帰ったわ。ノエル、私、弁護士か何か頼んだほうがいいみたいね」

「同感だね。というか、もう頼んであるよ。電報を打って」

「ノエル・ギルビイ！　説明なさい」

「あのときの状況が全く気に入らなかったんだ。ガスリーが死んで、ハードカスルは殺人がどうとか言っていて、君はこの部屋にいるところを見つかった。自分の身は自分で守らないといけないだろ？　ちょうど、エディンバラに僕の叔父が来ているんだ。軍人で、スコットランドの統括指揮権を持っている。すぐに適任者を手配してくれるさ」

「あなたもかなり図々しいわね」

「人のことは言えないだろう？　それが物を言うこともある」

「そうね」

話は済んだ。誰であれ、本気でシビルを絞首刑にしたいとは思わない。いっそハードカスルを絞首刑にしてくれたらいいけど、どうしたら叶うかわからない。ふと思いついた。「シビル、君はガスリーとリンゼイの姿がずっと見えていたと言ったよね。じゃあ、ガスリーがベルを鳴らして扉まで行き、僕を呼んでこいとハードカスルに怒鳴ったことはどうだい？」

シビルが心底驚いた表情を見せたのは、知り合って以来初めてだった。彼女の思考をすり抜けていた点なのだ。「ベルってどこにあるの？」

「ほら、ここ。暖炉のすぐ横だよ」

「ガスリーは鳴らしていないわ。扉まで行って叫んでもいない。ハードカスルは嘘をついているわ」

「ハードカスルはここに君がいるのを見てかんかんに怒った。あいつは何か企んでいたんだ。こっちへ来てごらん」

部屋の隅へ行って、さっき覗き込んでいた、棚が途切れた先を見せた。そこには古い書き物机があって、引き出しの一つがこじ開けられていた。中は金貨が二、三枚散らばっているだけ。

「守銭奴のおもちゃ箱だよ。ただし、おもちゃはなくなっている」

説明しながら様子を窺うと、シビルは青ざめていた。少し黙ったままでいてから、意外にも、これまで再々口にしていたのとは正反対のことを言った。「わからない――わからないわ」眉をひそめる。「それに、たとえ――」言い淀む。必死に考えをまとめようと、ひょっとすると何かを思い出そうとしていた。「あのことで私が間違っているはずはない」シビルはこじ開けられた引き出しに背を向けた。「ノエル、これで謎は一つ増えたけど、問題が増えたことにはならないわ」

シビルの口から謎めいた言葉が次々と紡ぎ出されて、きっと僕は途方に暮れた顔になったんだと思う。声に出して僕のことを笑いながら部屋を横切り、物憂げに吸いさしを暖炉に投げ込んだ。「ノエル、あなたの弁護士さんてどんな人？　今すぐ会いたいわ」けだるげな様子を愛嬌たっぷりに装いながら伸びをして、言い足した。「それにベッドに入って眠りたい」

「そうするといい。騒ぎが始まるにはまだ時間があると思う。部屋まで送るよ」

シビルは軽く頭を振ってお節介を退けた。「その必要はないわ、ノエル・ギルビイ。ラナルドの幽霊なんか怖くない。ご存じでしょう、私あまりロマンティックじゃないのよ。でも、私の車を壊してくれたことには感謝してる。おやすみなさい」

僕はひとり残ってラナルド・ガスリーの塔を占有し、あのパミラ（サミュエル・リチャードソンによる書簡体小説の主人公）みたいに延々と手紙を書いている。君も覚えているだろう、パミラときたら、若主人に貞操をおびやかされるたびに何万語もの手紙を家族に書き送ったんだ。僕は前からパミラが好きだったけど、その理由がわかった。僕は同じ欲望を持っているんだ。彼女とだぜ、若主人のほうじゃないからな。ローマ帝国を研究する歴史家が言われたように、「いつも書き散らし、書き散らしだね、ギボンさん？（グロスター＝エディンバラ公ウィリアム・ヘンリー王子がギボン本人から『ローマ帝国衰亡史』を献上された際に言ったとされる）」というわけだ。あの話は面白かったと思うけど、忘れてしまった。疲れた。最後の数行は、夢遊病ならぬ夢書記病のたまものだよ。

もうすぐタマスが、秩序と正気の屈強な番人を連れて狂った城《クレージーカスル》に戻ってくるだろう。クレージーカスル、ダンプカスル、コールドカスル、ハードカスル、ハードカスル――ガルルル！

おやすみ、ダイアナ、おやすみ、愛しの君、おやすみ、おやすみ。

ノエル・イヴォン・メリヨン・ギルビイ

アルジョー・ウェダーバーンの調査報告

エルカニー城での奇妙な出来事の記録に加える私の報告を、まずは告白で始める。当初から私は、ギルビイ青年が声高に述べた「適任者」という言葉が正しいか否か甚《はなは》だ疑問であった。良心に照らして、のちのさまざまな出来事によってもこの疑問は解消されたとは言えない気がする。

I

イギリスの法律関係の組織に明るい読者は先刻ご承知と思うが、エディンバラの法廷外弁護士協会（スコットランド王の玉璽使用を監督する権限を与えられた事務弁護士の集まりを発端とする）は、幸いにも、おおむね法律のより穏やかでより広範な、真に学問的分野と関わっている。我がウェダーバーン・ウェダーバーン・マクトッド法律事務所がこの尊敬すべき伝統に大いに寄与してきたと述べても、思い上がりにはなるまい。我々の顧客は、問題を法廷に持ち込もうとする頑迷な企てとは無縁である。今日の熱情も明日には忘れられた愚行となるからには、決着を遅らせることこそ、健全な意味での保守的な法律運用の本質だからだ。繰り返すが、我々の顧客が訴訟という先の見えないものに関わることはめったにない。事務弁護士《ソリシター》と顧客との和《なご》やかで実り多い交渉を損なうのは、法廷弁護士会に属する学識ある兄弟たちの介入――重い金銭的要求を伴うことが多い――のみである。不動産譲渡証書作成――しばしば好古趣味を大いに刺激する研究分野だ――に加えて、スコットランドの名家に時として発生する破産、離婚扶養料、狂気、責任の放棄を賢明に監督する喜びこそが、何世代にもわたって我が事務所の職業活動の中心であった。我々は細心の注意を払って、刑法の毒々しい脚光の中に身を置くことを避けてきたのだ。

こう述べておくことで、私は今後起こり得るいかなる誤解も回避できると信じ、畏友ユーアン・ベルが用いた表現、事件の渦中《イン・メディアス・レス》の記述に身を投じることにしよう。本報告書の核となるクリスマス当日の午後、家族をクリスマス・パントマイム――遺憾ながら私はこの手の娯楽にあまり興味がない――へ送り出したあと、ザ・マウンド（エディンバラ旧市街と新市街を結ぶ地点にある丘）をのぼり、シグネット・ライブラリー（前述の法廷外弁護士協会が所有する法律関係の図書館）を訪れて心静かに研究に勤《いそ》しもうとした。読者の中にも、私が近々『飛び地所有――十八世紀スコットランド土地法廷の内と外』と題した小論を上梓すると知って興味を持ってくださる方がいると思う。私が『スコティッシュ・ヒストリカル・レビュー』に掲載された篤学マクゴニグル博士の貴重な論文を読んでいたとき、我が家の運転手が現れて読書は中断された。ギルビイ将軍が緊急の用向きで我が家を訪れ、私の帰りを待っているという。

ギルビイとはマリシャーで共に銃猟をした仲であり、彼には私の友情を当てにする資格がある。加えて、彼の妻の妹が若きインヴェラロキー伯爵と婚約していることも頭にあった。私は、よく気を利かせて呼びに来てくれたと運転手を労《ねぎら》い、帰宅した。

読者には言うまでもないが、ギルビイ将軍の用向きは、彼が甥から受け取った電報に関係している。将軍の甥は女性の友人ともども暴力的で謎めいた事件に巻き込まれており、ただちに法律的助言を必要としているらしい。電文は短く、当然ながら曖昧で、将軍の不興を買いさえしなければ、自分の事務所とは無関係の若く有能な事務弁護士《ソリシター》を推薦するところだ。しかしながら事情が事情なので、私は甥のイニーアスに白羽の矢を立てた。イニーアスは私の下級パートナーとしての数年間に、我々が常に細心の注意を払って避けてきた、法律のけばけばしい一面に関して優れた資質を発揮してきた。ダンクのマクラトル夫人が近所の医師の皮下注射器を用いて、羊を洗浄する薬液をハギス（羊や仔牛の内臓ミンチを香辛料などと合わせ、羊の胃袋に詰めて茹でるスコットランドの料理）に入れて主任管理人を毒殺した事件をうまく収めたのはイニーアスだし、マケディ夫人が開いたパーティーの会場下で地雷を爆発させた夫が世間から非難の集中砲火を浴びたとき、弁護団に指示して、純粋に科学的見地から地質学上の実験をするつもりだったという主張を通させたのも彼だ。実際、イニーアスはギルビイ将軍の甥に打ってつけだと思われた。二十五日の夜、イニーアスはダンウィニーに向かった。翌早朝、彼から電報を受け取り、パースで慌てて列車を乗り換える際に氷で滑って脚を折ったと知ったときの私の動揺は、容易に理解してもらえよう。彼の代わりを見つけようと私がどれほど骨を折ったか詳しくは触れないが、ことごとく失敗した。適任者を差し向けるとギルビイ将軍に言質《げんち》を与えてしまった手前、その日の午後、やむなく私自身がダンウィニーへ出発した。

カレドニアン駅で列車に乗り込んだとき、私の機嫌が悪かったことは是非とも念頭に置いてもらいたい。この苛立ちは、コンパートメントに乗り合わせたのが学生時代の友人クランクラケット卿だったことで、和《やわ》らぐどころか膨れ上がった。スコットランド最高民事裁判所判事という肩書きに最大限の敬意を払ったとしても、率直に言ってこの男は退屈なおしゃべりである。単に退屈というのではない、凍りつくほど退屈なのだ。ただでさえ退屈で寒い旅になりそうなのに、向かい合って坐る相手として彼だけは御免こうむりたかった。

フォース橋に差しかかったとき、クランクラケットが話しかけてきた。「ウェダーバーン、君は北へ行くんだろう?」

油断している若い法廷弁護士を裁判官席から罠にかけるときも、どうせこの程度の閃きしかないのだろう。私は、いかにも北へ向かっているし、大胆に推測すれば君もそうなんじゃないか、と答えた。

「パースシャーで一週間休養を取る。君も休暇かね、ウェダーバーン」

「仕事だよ。家族間の些細な揉め事だがね。おい、クランクラケット、艦隊が入港しているぞ。ロサイス号の向かいにいるのはレナウン号じゃないか?」

私の連れは、お義理で海軍の問題にほんのわずか注意を向けた振りをしたが、片持ち梁《ばり》の橋《きょう》梁《りょう》をガタゴト進んでいるうちに、もう次の質問を投げてきた。「どの駅まで行くんだ?」

「パースで乗り換える。『ブラックウッズ』(一八一七年創刊、スコットランドの保守系文芸誌)を貸そうか?」

クランクラケットは渋々受け取り、見たこともない書類が証拠として提出されたかのように、表紙を矯《た》めつ眇《すが》めつした。「ああ、『ブラックウッズ』か。ありがとう。素晴らしい雑誌だな」重々しい声でそれだけ言うと、雑誌をしまい込んだ。雑誌の上に坐ったと表現してもそう間違っていないほど、しっかりとたくし込んだのである。「で、ウェダーバーン、パースでどこ行きに乗り換えるんだ？」

「ダンウィニーだ」

「仕事というのはそこでなのか？」

「私の仕事はそこかその近くでだよ、クランクラケット」

語気を強めたことで牽制《けんせい》できたのも、ほんの数分だった。ノース・クイーンズフェリーを過ぎないうちに、彼は次の策を繰り出してきた。

「うむ、そうか。ダンウィニーか。いいところだな。ふん、あのあたりにはあまり知り合いがいないかもしれん。マーヴィーのフレーザー家は知っているか？」

「いや」

「キルドゥーンのグラント家は？」

「グラント大佐に会ったことはあるが、面識があるとは言えないな」

「エルカニーのガスリー家は？」

「その家族には会ったことがないと思う」

「ダンウィニー・ロッジのアンダーソン卿夫人はどうだ?」

「夫人は父の友人だったが、うちの事務所は仕事を依頼されたことがないし、私もお目にかかったかどうか覚えていない」

クランクラケットは当てが外れて数分間黙り込んだ。巧みな対抗策で難所を乗り切ったぞ、私はこっそり快哉《かいさい》を叫んでいた。しばらくすると別の手で攻めてきた。「あのあたりにほかにも知っている家があったはずなんだが。君は知らないかな?」

私は大いに満足しながら答えた。「残念ながら一人も知らない」

イニーアスお得意の言い方を借りると、これで彼を始末した。情報を得ようとする試みが頓挫したので彼は攻勢をあきらめ、情報を伝えることに集中し始めた。「マーヴィーのフレーザー家には面白い話があるんだ——」

これは彼一流の序文で、あとに長々と本論が続く。我々は一時間以上、マーヴィーのフレーザー家と地球上に散らばった親族の奇行を掘り下げた。この手の話題について、クランクラケットの該博《がいはく》さは悪名高い。やがてフレーザー家の話が尽きかけたとき、巧みに誘導できれば彼の博識は役に立つかもしれないという考えが浮かんだ。突然興味が湧いた振りをして、私は訊いた。「クランクラケット、キルドゥーンのグラント家のことだが——君はよく知っているのか?」

疑り深そうに私を見て、「いや、全然知らない。でも、エルカニーのガスリー家について聞きたいと言うのなら話は別だ――」

私はフレーザー家の奇行を聞いているときと表情を変えないよう努めたが、もちろん心中には別の感情が渦巻いていた。亡きエルカニーのガスリー氏――私は今、氏の最後の住み処《か》となった場所へと旅している――に関する私の知識は、朝のスコッツマン紙の片隅に出ていた記事に限られていた。すなわち、氏はクリスマス・イヴに、調査を要する状況で塔から落ちて死んだということだけだ。悲運の人物の性格や氏を取り巻く人間関係についてなら、逸話好きのクランクラケットから得られる情報は役に立ちそうだ。告白するが、私はあくびの真似までして、ことさら無関心を装って尋ねた。「面白い人たちなのか？」

「何世紀にもわたって面白い人物の宝庫だよ。例えばアンドリュー・ガスリーは血みどろガスリーと呼ばれていて、ソルウェー・モスの戦い（一五四二年、スコットランド対イングランド）で死んだんだが――」

四十分ほど経ってクランクラケットの年代記が十八世紀に近づいた頃、エルカニーのガスリー家は面白い人物揃いであることに疑いはないと私は確信していた。スコットランドの比較的無名の一族でこれ以上に華々しい記録を持つ家はないだろう。しかし私の関心は現在のガスリー家にあるので、「忍耐のうちに真の命を得る（『ルカによる福音書』二十一章十九節）」べくクランクラケットの話が現在及びその直前の世代まで下るのを待った。夕闇が迫り、雪をかぶった田園風景の中を北へ進むうちにも、自分に課せられた使命はそれほど不愉快でもうんざりするものでもない、とまでは思えなかった。にもかかわらず、列車の速度が恨めしかった。このままではクランクラケットの話がラナルド・ガスリーに至る前に列車がパースに着いてしまう。

「……そして現在の地主がラナルド・ガスリーだ。彼も病的な気質の持ち主でね。私は、かなり程度が進んでいると思っている。それに――」ここでクランクラケットは声を潜め、漏れ聞いている者がいないか通路を確かめた。「――彼は芸術にかぶれたんだ」

「おやおや！」

「だがウェダーバーン、我々はどんなときも正確でなければならん。付け加えておくが、この傾向は既に過去のものになっている」

「きっとそうだよ、クランクラケット」

「え、何だって？　君は何も知らんじゃないか。いいか、ラナルド・ガスリーは若い頃、家を逃げ出して役者になったことがある」

「ああ！」

「まさに、ああ、だな。不安定な気質なんだ。だが我々は公正でないとな。当時の彼は若すぎるほど若かった。それに結局改心させられた。家を出て数か月後、一年後かもしれんが、説き伏せられて海外へ遣《や》られた。こういう場合、植民地で苦労させるのが唯一の解決策だ。場所はオーストラリア。カナダよりいいのは、三、四倍遠いことだ。だがラナルドは好きになれなかった。フリーマントル港を見たとたん、自殺を図った」

「まさか！　もう古い話だろう？　本当に自殺なのか？」

「いいか、ウェダーバーン、私は噂話には耳を貸さんよ。これは内密に聞いた事実なんだ。はるか昔、遠い異国の出来事ではあるが、その気になれば明日にでも証人を連れてこられる。身投げしたラナルド・ガスリーは、幸いにも勇敢な兄に命を救われた」

「じゃあ、兄貴も一緒にオーストラリアへ行ったのか？」

「イアンという名だ。彼も厄介事を起こしていた。大したことではなかったと思うが。イアンが芸術にかぶれていたという証拠はない。単に若い女がらみかもしれん。公正を期そう。スキャンダルが取り沙汰されたことはない。二人は牧師になるのが嫌で海を渡ったと周りの者には思われていた。もちろんラナルドは、家督を継ぐことになると家に戻った」

「イアンは死んでいたのか？」

「ああ、悲劇的な出来事だった。二人は鉱山探しか未知の場所の探検かに出かけ、イアンが道に迷った。遺体は捜索隊が回収した。もともと不安定な気質だったラナルドは、精神の均衡を失った」

「均衡を失った？」

「それも尋常じゃないほどにだ。帰国すると、すごく奇妙な生活を始めた。今でもそうしていると思う。実際、どうしようもない締まり屋の世捨て人だよ」

「世捨て人だった、だ」

「何だって？」

「ラナルド・ガスリーは少し前に亡くなった。パースに着いたようだな。急いで乗り換えなくちゃならん。クランクラケット、『ブラックウッズ』は取っておいてくれ。じゃあ」

2

パースからダンウィニーまで線路は部分的にしか除雪されておらず、その結果、私が乗った列車は一時間遅れた。ダンウィニー到着後も、そこから先の移動手段確保に苦労した。危険な夜道をキンケイグまで運転してくれる運転手がなかなか見つからなかったのだ。ノーブル医師は現地に到着しており、警官と州裁判所の判事も一緒だと知らされた。ガスリーの死亡状況に関して調査が必要だと判事が言ったのを、誰かが聞いてきていた。私は何としても行くべきだと判断し、運転手から提示された法外な運賃を――ほんの気休め程度――負けさせ、途中特に危ない目にも遭わず、十一時少し前キンケイグに到着した。着いてみると本当に小さな村で、〈紋章亭〉と呼びならわされている宿屋に簡素ながら設備の調《ととの》った部屋を確保できたことを望外の幸運だと思った。

私の依頼人は当然ギルビイという若者のはずだが、まだエルカニーにいるので、翌朝会いに出かける――雪を貫いて会いに行くと言うべきか――ことにした。その際に正確な情報が得られるだろう。一方で、噂話を完全に無視するのが賢明とも思えない。バーは閉まっていたので談話室へ行ってベルを鳴らし、出てきた宿屋の女主人《おかみ》に言った。「すみませんが、私に――」

「お客様にご入り用なのは」ロバーツ夫人は断固として口を挟んだ。「おいしい麦芽乳ですよ」

健全な法廷戦術を表した金言の一つに、証人に風変わりな特徴を存分に発揮させることが魚を釣り上げる最善の方法、というものがある。「そう、それをお願いしたいと思ったんです。一杯いただけますか？――その――麦芽乳を」

すぐに持ってきてくれたものが決して飲めない味ではなかった上、夫人はおしゃべり好きで、三十分にわたってエルカニーの一件を聞かせてくれた。ところどころ目を瞠《みは》るような話だった。たった二十四時間前には、十八世紀の農家の周辺耕作地と遠隔耕作地の研究に没頭していたのに、今や、研究者が「セネカ劇」と呼ぶ悲劇の特徴をすべて具えた話を耳にしている。すなわち、復讐、殺人、身体毀損《きそん》、幽霊の四つ。話を聞くうちに甥のイニーアスの気質が乗り移り、ウェダーバーン・ウェダーバーン・マクトッド法律事務所の上級パートナーたる私の心臓が、不慣れな早鐘を打ったと告白しなければならない。不思議なことに、私は常々、探偵推理を扱った小説――田園詩が田舎の経済に関係を持つのと同様に、現実世界の犯罪に関係を持っている大衆小説の一分野――に惹きつけられていた。こうしてロバーツ夫人の話を聞きながら、次元の著しい混同といったものに直面しているのを感じていた。ガスリー氏の死は紛れもなく現実である。ところがそれは、気まぐれで無責任な物書きが紡ぎ出したようなファンタジーの文脈に据えられてしまった。私が相手にしなければならないのは、奇怪な物語を精緻《せいち》に創り上げようとする衝動に駆られる民衆の心なのだ。ロバーツ夫人の話を聞くことで私は耳を傾けていた。人々の噂の声に、無学な人々の中に絶えず存在する神話を創り出す能力に。復讐、殺人、身体毀損、幽霊——これらは、クランクラケットが語ってくれたガスリー家のロマンティックな伝説に、新たに加わるものかもしれない。

復讐と殺人　お粗末な倫理観と冷酷な心の持ち主である若者ニール・リンゼイは、ガスリー家への宿怨を掘り起こし、断罪しようと企てた。クリスマス・イヴの真夜中、ニールはラナルド・ガスリーを塔の天辺から突き落とし、大量の金貨を盗み、宿敵ガスリーの被後見人とも、姪とも、娘とも、情婦ともされる若い娘と一緒に闇の中に消えた。

身体毀損と幽霊　このおぞましい行為に満足できなかった若者リンゼイは、逃げる足を止め、ガスリーの遺体に恐ろしい怒りを刻んだ。五百年前に両家の間で起きた残虐な出来事の身の毛もよだつ報復として、指を数本切り落としたのだ。すると、この毒々しい行為自体が、復讐を求める雄叫《おたけ》びを上げた。クリスマスの夜、ラナルド・ガスリーの幽霊がキンケイグの村を歩き回り、指を失った手を月に向けて振り上げ、数時間前に解き放たれたばかりの地獄の様子を伝える恐ろしい叫び声を上げた。

以上はロバーツ夫人の話の要諦《ようてい》である。噂というものは例外なく冗漫になる。しかし私は、既に述べたように、彼女のとりとめのない話し振りに、どうにも抵抗しがたい真実味を感じていた。ある程度話は首尾一貫しており、それが確信のようなものを呼び起こす。彼女の話を批判的に検証するには、意識的な努力が必要と思われた。例えば、この噂があまりにも早い段階で超自然的要素に彩られたのは注目に値する。私は民間伝承を謙虚に学ぶ者として、キンケイグの村人が地主の死に示した反応の中でも、とりわけこの方面は調べる価値があると考えた。

「ロバーツさん、幽霊を見た人はたくさんいますか？」

「ええ、もちろん」

「あなたもですか？」

「とんでもない！」単純な質問にもロバーツ夫人は非常に怯えた表情になった。

「では、誰が見たんです？」

夫人は考え込んだ。「最初は鍛冶屋のマクラーレンの奥さんです。庭の井戸のポンプが凍ってしまったので、水をもらいに行く途中、月明かりで異様な姿を見たそうで。可哀想にすごい悲鳴を上げて、村の半分くらいの人がその悲鳴を聞きました。これ以上確かな証拠はありませんでしょ？」ロバーツ夫人は、私の質問に懐疑の響きを感じ取ったに違いない。マクラーレン夫人の悲鳴を決定的証拠として持ち出したとき、勝ち誇ったような声になった。

「ええ、そうですね。で、それから何がありました?」

「マクラーレンの奥さんは、そのとき靴直しのユーアン・ベルさんの家の前にいました。真っ青な顔でベルさんの家に駆け込んだので、ベルさんが家まで送ってあげたそうです」

「ベルさんも幽霊を見たんですか?」

「いいえ、あの方は見なかったそうで」

「マクラーレン夫人は、たびたび幽霊を見るんですか?」

ロバーツ夫人は、私の質問にすこぶる感銘を受けたらしい。「まあ、それをお尋ねになるとは! マクラーレンの奥さんは高地地方《ハイランド》の出で千里眼なんです。エルカニー城から下働きの若者が雪をかき分け跳ねるようにやって来て、人殺しだとわめき立てる幻を、その通りのことが起こる前に見たと言ったのもあの人です。ガスリーが邪眼を持っていると見抜いたのもそうですよ」

「ロバーツさん、あなたがおっしゃるんですから、それ以上確かな証拠はありませんな。それで、二番目に幽霊を見たのは?」

ロバーツ夫人の私を見る目がやや疑わしげになった。「ストラカーンさんでしょうね。学校の先生の」

「ストラカーン先生ですか。ひょっとして、その方がエルカニーやそこでの出来事を気にかける理由に心当たりはありませんか?」

ロバーツ夫人の不審に、今度は敬意が加わった。「まあ、どうしてそれをお尋ねになったのか不思議です！　ちょっと前のことですが、エルカニーで地主と恐ろしい出会い方をしたのが、ストラカーン先生なんですよ」

「さようですか。ほかにガスリー氏の幽霊を見た人はいますか？」

ロバーツ夫人はあやふやな表情を浮かべた。「ええと、さあ、ほかにいたかしら――」

「ほかにはいないんですね！　この二人だけで、大勢が見たわけではない？」「ええ、ほかに見た人はいないと思います。でも――」

ロバーツ夫人が目に見えて意気銷沈したので、私は最後の質問を悔いた。

そのとき、宿屋をあちこち回って戸締まりをしていた亭主が入ってきた。「ウェダーバーンさま、寝酒はいかがです？　こんな晩はトディがよろしいですかね？」

ロバーツ夫人は私のカップをさっと取り上げ、「ウェダーバーンさま、麦芽乳のお代わりはいかがです？」

夫婦間に何やら軋轢《あつれき》があるらしい。修羅場は見たくないので、私はもぞもぞとよくわからない言い訳を呟き、蠟燭を持って退散した。ロバーツ夫人の話の超自然的要素を首尾よく粉砕したことに満足を覚える一方、廊下でエルカニーのラナルド・ガスリーの幽霊に出くわすのを半ば期待していた。

翌朝、外で騒ぐ声に目を覚まされて、急いで窓辺へ行った。子供が大勢集まり、村はずれに現れた若者を見て騒ぎ立てている。ひょろっと背が高い若者は、憔悴し乱れた服装の外見に似合わず、洗練された雰囲気をまとっていた。肩には――子供たちに興奮の声を上げさせ、私の眠りを妨げた張本人――スキーとストックをかついでいる。エルカニーから来たのだと当たりをつけ、私は急いで着替えて階下《した》へ行った。やはり、若者は私を待っていた。「ノエル・ギルビイと申します。あなたはきっと――」てっきり、「叔父がよこしてくれた人ですね」と続くと思ったら、そうではなかった。「ご親切にも僕たちを助けに来てくださった方ですね」

「ウェダーバーンと申します。できる限りお助けするために参りました」

人懐こく、しかも年長者に対する敬意を感じさせながら、ギルビイ青年は私の手を力強く握った。「では早速お言葉に甘えて、朝食をご馳走していただけますか?」

その後の一時間で、ノエル・ギルビイが、自身の魅力に気づいてはいるものの、人好きのする頭のいい若者であるとわかった。エルカニーでの出来事を語る口振りは生き生きとして、甥のイニーアスなら「ハードボイルド風」と表現しそうな部分もあったが、迷いはなく明快だった。ギルビイ青年が証言台に立つ時が来たら、きっと素晴らしい証人になる。それに、何と運のいいことか、エルカニーで書簡風の記録をつけていたという。それを快く読ませてくれた。

私は、彼の記述のあとに起こったことを書き加えるのみにとどめたい。

エルカニーの下働き《オッド・ラッド》の若者――地方色を加えて言うと下役《オラ・ラッド》の若者――がキンケイグに着いたのは、ギルビイが予想した通り、クリスマスの夜明けを少し過ぎた頃だった。疲労が激しく、意味のある言葉をしゃべれるようになるまで時間がかかり、実際に手を打てるようになったのは九時から十時の間。夜間に電話線が切れたため、大雪の中をダンウィニーへ医者を呼びに行く志願者を募った。その後も遅れが予想された。ノーブル先生がダンウィニーからエルカニーまで行くにはカイリー湖の凍りついた部分を通るしかなく、数時間で先生に車を用立てるのは難しい。エルカニー城へ救援を差し向けるにも、同じような遅延が働いた。至極もっともだが、キンケイグ村の巡査は雪の中をタマス抜きでエルカニーへ行く自信がないと言った。タマスの回復を待ち、お昼を回ってからやっと、巡査とタマスと屈強な若者二人がエルカニー目指して出発した――二人の若者がお供したのは、巡査が邪悪な魔法使いの砦を急襲する気分でいたからではないかと思う。行程は非常に捗《はかど》り、一行は四時過ぎには城に着いた。巡査は塔と遺体を調べ、供述を取り、鍵を預かり、お茶を飲んだ。その頃には、どんな手段を採るにせよ、安全に村へ帰るには遅すぎた。しかし、若者の一人がその日のうちに帰ると言い張り――きっとデートの約束があったんですよ、とはギルビイの想像だ――単独で帰途につき、幸い無事に九時頃キンケイグに着いた。彼は巡査の予備調査報告を預かっていた。その頃には電話が復旧し、ダンウィニーの警察に、入手済みの情報がすべて伝えられていた。たぶん郵便局長ジョンストン夫人の計らいだろう。同じ頃、ノーブル先生は湖を渡るルートでエルカニー城に到着していた。その夜、巡査ともう一人の若者と医師は城に泊まった。

十二月二十六日、土曜日――私が北へ向かう列車に乗った日――役付きの警官と州裁判所の判事がやって来た。判事は冒険好きで、深い雪に埋もれた謎に魅せられていた。判事はまずキンケイグに立ち寄り、書記を連れ徒歩でエルカニーへ向かった。途中で音《ね》を上げた書記をその場に残してエルカニーに到着、しきりにメモを取ったあと、自分が調査を主導すると宣言した。即座に引き返して、雪の中で危険な状態になっている不運な書記を発見し、肩にかついで村に帰還、〈紋章亭〉でたらふく夕食を食べた。ガルガンチュア並みの食欲については、亭主のロバーツから詳しく聞いた。夕食後、質の悪いクラレットをひと壜半飲んで酒嫌いのロバーツ夫人を死ぬほど苦しめ、翌日には除雪車を一個師団ほど送ると約束して、ダンウィニーへ車で帰っていった。こういった経過を細々と書くのは、事件に関係するからではない。この島国の北部で法律関係の職業に携わる人々に面目を施すことになると思うからである。

それからギルビイは、その朝、自分がキンケイグに来た仔細を語った。彼は塔の小寝室に置かれた木材にスキー板が交じっていることに気づいた。キンケイグへの道はおおむね下り、しかも雪の斜面には木がまばらにしか生えていないことを思い出して、警官にスキーを使うことを諒承させた。村への滑降は成功し、こうして旺盛な食欲を発揮しています、と満足げに話した。一つ心残りなのは、スキーが一組だけで、私の依頼人になるシビル・ガスリー嬢の分がなかったことだ。ガスリー嬢はエルカニーの相続人として、法律上の助言をしてくれる人の到着を、苛々しながら待っているだろうとギルビイは言った。

自分の年齢を考えてエルカニー行きは諦めねばならないと私が覚悟していたとき、さっきよりも遠くからさらに大きな歓声が上がり、判事が約束した除雪車の到着を告げた。モーターを二つ備えた最新型の強力な除雪車が数台、くぐもったモーター音を轟かせながら、我々の横を通ってエルカニーへの道をのぼっていった。私はダンウィニーで雇ったタクシーをまだ帰していなかった。となれば、車に乗り込み、快適に、悠々と、除雪車の後ろについていけばいい。遺体はその日の午後村に運ばれ、埋葬の直前に牧師館で審問が開かれる予定なので、すぐエルカニー城に向かうのが賢明だと思った。午後キンケイグ村でなされる種々の法的手続きに自信を持って臨めるよう、依頼人に指示を仰がねばならないし、述べるべき意見もある。過酷な状況を乗り切った勤務明けの灯台守のような雰囲気を漂わせ、オートケーキとマーマレードから離れがたそうなギルビイを、同道するよう説得できたのが九時半を数分回った頃。宿屋を出ようとしたとき、ロバーツ夫人がやって来て、興味津々の顔つきで「お会いしたいという人が来ているんですがどうします？　ほら、マクラーレン夫人が逃げ込んだ家の、ユーアン・ベルさんですけど」と言った。断ることはできなかった。ギルビイは、村をぶらぶらして煙草を買ってきます、と気を利かせてくれた。すぐに訪問客が私の部屋の居間へ案内されてきた。

ユーアン・ベルを尊敬すべき崇高な人物と評しても、氏は許してくれるだろう。年を取って引退した運動選手が聖書に出てくる族長の任についた、と言えば、読者にイメージが伝わるかもしれない。がっしりした肩は靴直しというより鍛冶屋だし、顔つきはウィルキーの筆になるスコットランド教会の柱石が持つ慈悲深い厳《いか》めしさに似たものを湛《たた》えていた。彼は重々しく頭を下げ、地主の城で起こった痛ましい事件の調査に際して、貴殿がガスリー家の利益を代表するという理解で正しいかと訊いた。

「ベルさん、私はガスリー嬢に法律上の助言を与える立場にあります。ご存じかもしれませんが、このアメリカ人女性は、ガスリー氏が亡くなったとき、城に滞在していました」

「で、疑いなく、地主の縁者というわけですな？」

私はベル老をつぶさに観察した。理非をわきまえた人物に見え、噂話をしに来たとは思えない。「ガスリー嬢は故ガスリー氏の親戚で、遺された地所に対して請求権をお持ちです」

ユーアン・ベルは再び重々しく頭を下げた。「ウェダーバーン殿、わしが失礼も顧みず参りましたのは、いなくなった二人の若者が心配だからでして。マザーズ嬢、それにリンゼイという青年です。エルカニーでの出来事が単なる事故ではないという噂があるとしたら、二人が不可解な状況でいなくなったことが理由だと考えましてな」

「お二人が姿を消したことは、確かに注目すべき事実です」

ユーアン・ベルは、私のどっちつかずの答え方を慎重に吟味してから口を開いた。「二人が城を去ったのは地主の命令によるものだと、わしはお伝えしに参ったのです」

「ベルさん、それは興味深いお話です。冷えますから、温かい飲み物などいかがです？」

にべもなく断るときのような厳しい表情を浮かべて、ベル老はウィスキーを少しだけ飲むことに同意した。間もなくロバーツ夫人が飲み物を運んできた。どうやらこれで、判事が前夜クラレットを鯨飲したことで植えつけられた、法律に携わる者に対する夫人の辛辣な評価が根を下ろすことになりそうだ。ベル老は酒を飲む前の決まり文句を唱えるためにグラスを掲げ、クリスティーン・マザーズからの手紙を取り出した。内容について、読者は既にご存じである(一〇八頁参照)。私は注意深く二度読んでから口を開いた。「ベルさん、これは非常に重要な文書です。警察にはお見せになったんでしょうな?」

「ウェダーバーン殿、わしはまず、あなたのような評判のよい方に相談してからと思いましてな」

「全く正しいご判断です。審問の前に警察にお見せになるとよいでしょう。ところで、この手紙を受け取られた事情をお話しいただけますか?」

ベル老がマザーズ嬢と会ったときの様子については、既に詳述がある。私は事実そのものにも、靴直しの脳裏に生み出された事実の解釈にも、深い感銘を受けた。塔でガスリーがリンゼイと会った目的が、リンゼイを金で追い払うことではなく、マザーズ嬢と一緒に城を去れと命じることだとしたら、ガスリー嬢が伝えた話し合いの状況は、ごく自然なものと映る。また、非常に不安定な精神状態にあったガスリーが、宿敵に姪を奪われるという事態を受け入れられず、ガスリー嬢が主張したように単に自殺したというのも十分あり得ることとなる。

しかし、リンゼイ青年にとって不利な事実もいくつかある。ガスリーに敵意をむき出しにしていたこと、ガスリーが転落した直後に塔の階段に劇的に現れたこと、書き物机の引き出しがこじ開けられていたこと、マザーズ嬢と一緒に逃げたこと、これら明白な事実が起訴状では物を言う。リンゼイの立場が守られているのは、主に、リンゼイと別れたあともガスリーは塔内でちゃんと生きていた、とガスリー嬢が断言しているからである。ベル老の証言と手紙は強力な裏づけとなった。なぜならそれらによって、リンゼイの求婚に立ちはだかる問題が解決されつつあったと示されるからである。解決の最終段階を、ガスリー嬢は真夜中少し前にガスリーの書斎の外から目撃した。リンゼイに嫌疑をかけようとすれば、この手紙はガスリーを陥れる練りに練った計画の一部と考えることも可能だが、まずありそうもない人智を超えた狡猾さを考慮する必要はない。私は別の切り口に向かった。

「ベルさん、我々が直面しているのは極めて珍しい状況です。この手紙は、マザーズ嬢がひっそり出て行く予定だったことを示しています——一族の恥辱となる行為を伯父から厳しく責められるのはやむを得ないでしょう——しかもクリスマスに。彼女と未来の夫は海外に移り住み、故ガスリー氏の人生から消えることになっていた。これだけでも奇矯で残酷な命令ですし、ですが、スリー氏が単に風変わりな性格だったというだけでは済まないことを物語っています。二人の出発があらかじめ真夜中に——また実際そうでしたが、荒天の夜に——設定されていたとしたら、どうですか。若い二人が生きて雪道を抜けられたとは考えにくいでしょう」

ベル老は頷き、しばし黙り込んだ。それから、私が最後に指摘した点について話し始めた。

「嵐の中を出て行った二人は、気力だけを頼りに進む覚悟だったと思います。ご存じでしょうが、ウェダーバーン殿、二人が出発した数分後には風が収まり、月まで見え隠れしておりました。壮健で頭もいいリンゼイなら、マーヴィーの自分の家まで無事に娘を連れていけました。そこで一夜を過ごして翌日ダンウィニーへ行き、先を目指したでしょうな」

「二人をダンウィニーで見かけたという報告はありましたか？」

「それはわしには知りようがないですな。あそこはカーリングの連中でごった返しておって、二人が通ったとしても目立たんでしょう。真夜中に地主が二人を嵐の中に追い出したことも、あの男一流の皮肉なユーモアと考えるのが適当かもしれませんな」

「あなたはガスリー氏が本当にそうしたと思いますか？」

「ええ」

「そして絶望に駆られて自殺したと？」

「そういう結論になるでしょうな、ウェダーバーン殿」

私は好奇の目でユーアン・ベルを見た。「金貨が消えたことはどう説明されます？」

ベル老は明らかに驚いていた。「金貨とおっしゃったか？　そのことは聞いとりません」

「書斎の隅にある書き物机の引き出しがこじ開けられ、金貨が持ち去られていたそうです」

「それはあなたが考えなさるほど説明に困らんでしょう、ウェダーバーン殿。クリスティーンは、本来自分のものである金をガスリーが渡してくれると言っとりました。引き出しがこじ開けられた件ですが、地主は乱暴な男でした。少し前、扉を壊したときに常軌を逸する怒りを見せたことを、すぐにお聞きになりましょう」

ガスリー自身が引き出しから金を出してマザーズ嬢に与えたとの話は、リンゼイが塔にいる間は地主もリンゼイも書き物机のほうへ行っていないというガスリー嬢の証言と合致する。私はまたもや、出来事の繋がりを説明する、矛盾のない仮説に直面していた。若い二人に苛酷な行動を強いる最後の別れ。地に平和を、人に善意をもたらす聖夜に敢えて塔から飛び降りたこと。私は黙ってしばらく考えた……いや、この説にも納得できない。

私は立ち上がった。「ベルさん、私はエルカニーへ行かなければなりません。判断を下すには、まだ情報が少なすぎます。ですが、お運びくださって本当に感謝しています。あなたは貴重な証人です。午後にまたお目にかかることになりましょう」

「ウェダーバーン殿、これは自殺であるとお考えですかな？」

「リンゼイとマザーズ嬢を見つけるのが先でしょう。そのほかのことについては、真実は井戸の底にあるとしか言えません。ところで、ギャムリーという男について何かご存じありませんか？　彼が最初に、濠に落ちたガスリー氏の遺体を発見したのです」

「あの男は城の農場管理人でした。地主とやり合って出て行きました」

「激しくやり合ったのですか？」

ベル老はにこりとした。「このあたりで、エルカニーのガスリーと激しくやり合った覚えのない者を見つけるのは難しいですぞ。ギャムリーはこの件にはほとんど関係がないでしょう。

リンゼイと一緒に来て、リンゼイが城を離れるのに手を貸そうと待っておったんでしょうな。二人は少し前に出会って、親しくなったんだと思います」

ユーアン・ベルとの話はこれで終わった。私はジョン・コットン（エディンバラ製のパイプ煙草）をひと缶抱えて意気揚々と文房具屋から戻っていたギルビイと合流し、冬の朝の身を切るような寒さの中を出発した。スキーが車の屋根に積んであり、運転手はハードカスル夫人宛の包みをことづかっていた。我々は興味津々の村人に見守られながら、エルカニー城へと車を走らせた。ロバーツ夫人が別れ際に話してくれたが、これほどの騒ぎは「お医者さまたち」以来だそうだ——二年ほど前ガスリー氏に会いに来たロンドンの医者と同僚のことに違いない。

「ギルビイ君」車は除雪車の跡を注意深くたどっていく。「ガスリーの遺体に——その——異様なことは何もされていなかったかね？」

「どういう意味ですか」

「分別をなくしたリンゼイが遺体の指を切り落としたという噂が流れているんだ」

パイプに煙草を詰めていたギルビイ青年の手が止まった。「思うにスコットランドの人たちは——」

「血なまぐさいことが好き？」

若い友人は私のことを、言葉を選んで話す人間だと決めてかかって油断していたらしい。彼の考えを先取りして短い言葉にすると、彼は文字通り跳び上がりそうになったので、私は大いに満足だった。「僕はこう言おうとしたんですよ。ぞっとするようなことに対して研《と》ぎ澄まされた感覚を持っている、とね。ガスリーの指は何もされていませんでした。なくなったのは金貨です」

「そうか……確認だが、私はガスリー嬢の法的代理人になるということでいいんだね？」

「そうしていただけたらありがたいです」

「わかった。ではまず、訊いておきたいことがある。私の依頼人の証言とは明らかに矛盾する記述を君はここでしている」私は手にしたギルビイの記録を軽く叩いた。「ガスリー嬢は、ガスリーとリンゼイの間に険悪な雰囲気はなかったと言っている。二人は握手し、静かに別れたと。リンゼイについては話し方も振る舞いも穏やかだったとさえ言っている。ところが君の記述によると、それからわずか一分ほどのちにリンゼイから『類を見ないほど激しい感情』を感じ取っている。この食い違いは重要かもしれない。君は自分の印象が正しいと確信しているのかな？」

「はい」意に染まぬことを述べる苦しさをにじませながらもギルビイはきっぱり答えた。

「ガスリー嬢は二人のことを、いわば、ゆっくり観察する時間があった。それに対して君は、『あっという間の出来事』で、姿を捉えたのは『一瞬だった』と書いている。君のほうが間違っている可能性が高いのではないだろうか？」

やや軽い見かけの青年には、間近に迫った審問のやり方を教えるような口調で相手をするのがいいと私は思っていた。彼は至極真面目で率直に話していた。「ウェダーバーンさん、その可能性はあるかもしれませんが、僕の受けた印象が間違っているとは思いません」

エルカニーで実際どんなことがあったのか、私がある結論に至ったのは——最終的なものとは言えないにしても——このときだった。同時に、その結論は私自身の立場を微妙なものにしかねないことにも気づき、話題を転じた。

「ギルビイ君、ハードカスルという人物に関して、君は偏見を持った証人なのではないかな？　この書簡記録に基づくと、君たちをエルカニーに迎え入れたとき、ハードカスルは邪険なあしらいをした。それ以降、彼に対して君は悪意ある態度を取ったのではないだろうか？」

ギルビイは短く答えた。「会ってご自分で判断してください」

「君は、本件に関連して彼が隠れた動機を持っていると思うんだね？」

「ハードカスルは何か企んでいました。ガスリーは彼に僕への伝言を託していません」

「それはガスリー嬢の印象でしかないようだが」

ギルビイは思いがけないほど熱の込もった口調で、「シビルは本当のことを話しました」

「そうでないとは言っていないよ。ハードカスルが偽りの伝言を君に伝えた理由に心当たりはあるかね？」

「主人に対してつまらない悪意を抱いたんじゃないかと思います。階段をのぼっているとき、奴は一、二度よろけて壁にぶつかりました。それで、こいつ、酔っ払って足許が覚束ないんだな、とぴんと来たんです。単なる悪党じゃなくて、酔っ払いの悪党かもしれません」

「複雑な悪巧みなどできないと?」

ギルビイは頷いた。「ずる賢い男ですが、どんなことであっても遠くまで見通す真似はできませんよ」

「もう一つ。君はガスリーの気が狂っていると考えていたね? 数年前に彼の精神状態を調べに来た医者たちがいたとハードカスル夫人から聞く前に、気が狂っているという印象を受けていたのかな?」

「会って数分で、この人は狂っていると思いました。ただ、わかっていただきたいんですが、僕は『狂っている』という言葉をとても広い意味で用いています。ガスリーの狂気が、医者から精神異常と認定されるものかどうか僕にはわかりません。きっと違うんだと思います。ガスリーは、たとえ頭の中でもそいつと面と向かって話したら誰も正気でいられないようなものの影に呑み込まれて暮らしていた、そう言ったほうがいいのかもしれません。彼は打ちひしがれ、粉々になっていました。復讐の女神たちに追いかけられたら最後、神話の英雄も気が狂ったように、追い詰められて狂ってしまったんです」

私は新たな興味をそそられて青年を見つめた。「とてもわかりやすい説明だね、ギルビイ君。私はかねて教育改革者の考えに異を唱えてきた。これでまた自信がついた。かつての偉大な古典学習課程より役に立つものはないね」

3

ダンウィニーからキンケイグまでの道と、キンケイグからエルカニー谷経由でエルカニー城へ向かう道は、カイリー湖の長い湖岸を最後の一辺として、おおむね正三角形を成している。真ん中にカイリー山がそびえ、南側をやや低いマーヴィー山が支えて、さらに南をまずマーヴィー谷が、次に険しいマーヴィー山道が縁《ふち》を巡るように通っていた。このパノラマを右に見ながら我々は車を走らせた。柔らかな陽光に照らされた冬の空を背景に、新雪に覆われた急峻な峰また峰の景観は、心を和《なご》ませると同時に高揚させる恰好の眺めだった。道程の後半に続いた沈黙が途切れたのは、カーブを曲がって、湖が伸ばした最後の長い腕《かいな》の向こうに城が見え、私が思わず叫んだときだった。歴史的建造物としてはあまり重要でないかもしれない。十七世紀に建て増した部分が、厳めしい中世的特徴を――壊しているとまでは言わないが――弱めている。私の第一印象は、暗鬱な力強さ、そして何者も破ることのできない孤独だ。ずっとひとりぼっちで棲《す》まう怪物が、カラマツと雪の臥所《ふしど》に半ばうずくまっている様《さま》を思わせた。本物のテインタジェル城（アーサー王が生まれた城。アーサー王伝説にあやかって十三世紀に建てられた同名の城がある）が突然目の前に現れたとしても、これほど驚かなかっただろう。とりわけ印象的なのは、幅があってがっしりしているだけでなく、中天にそびえ立つ塔。防御だけでなく見張りのためにも建てたと思われる。遠くから塔の輪郭を見たギルビイが、あの高さから落ちて生きていられるはずはないと即座に察したのも頷ける。我々は跳ね橋を渡り、城の正面に車を停めた。ギルビイ青年は陽気に「ただいま！」と呼びかけ、車を降りる私に手を貸してくれた。

まず注意を惹かれたのは、何日か前の招かれざる訪問者たちと同様、犬だった。庭の隅に並ぶ犬小屋に閉じ込められた犬たちは、我々を歓迎していないことをはっきり示していた。次に、ショールをかぶり雪靴を履いた老女が、気が急《せ》いて心配そうな様子でよたよたと歩いてくるのが目に入った。一瞬、また死者が出たと聞かされるのかと不安になったが、老女は熱の込もった口調で話しかけてきた。「あたしの毒、ちゃんと持ってきてくださいました？　まさかお忘れにはならなかったですよね、ギルビイさま」

「ほら、これだよ、ハードカスルさん」ギルビイは運転手の横に置いてあった紙包みを渡した。それを抱え、来たときと同じ性急さで戻ろうとして、初めて見る人物に気づいた。たぶん関節が痛むのだろう、よろめくように私に頭を下げる。ギルビイは礼儀正しく紹介した。「こちらはウェダーバーンさん――ハードカスル夫人です」

「旦那さま、ギルビイさまはとっくにご存じですが、あなたさまも覚えておいてくださいませ。エルカニーにはとんでもない数のネズミがいるんです」紙包みをぽんと叩き、こわごわあたりを見回す。「もう我慢するのはごめんです！　あたしは年寄りですからね、これからは夜ぐっすり寝《やす》ませてもらうつもりです」しわがれ声が低くなり、犬小屋の脇に現れた男のほうに頷いてみせた。「うちの人には言わないでください！　あの人、すごく意地悪なんです。時々あたしにあいつらをけしかけるんです」

「犬をですか、ハードカスルさん？」

「ネズミですよ」

夫人はショールの下に紙包みを隠し、急ぎ足で行ってしまった。私はギルビイに向き直った。

「犬小屋のそばにいるのがハードカスルだね。中に入る前にちょっと話してこよう」

私は庭を突っ切った。亡き地主の差配人は、粗末な餌をやりながら犬たちを存分に罵っていた。「お坐り、シーザー」近づくにつれ、何と言っているのかはっきりした。「坐れ、この馬鹿犬！」

雪のせいで私の足音は全く聞こえなかったらしい。私は耳許で明るく言ってやった。「可愛い犬ですな、ハードカスルさん」

さっと振り向き、疑り深そうにこちらを睨んだ。私の言葉に込められた皮肉だけが理由ではなさそうだった。ギルビイが描写した通りの悪辣さが見て取れたが、確かな動機に裏打ちされた悪辣さではなく、情けないほど自信というものが欠けている。彼は不機嫌な表情のまま、はっきりしない声で答えた。「ああ、そうかもしらねえ」

「これがシーザーかな？　私だったら蚤《のみ》取り粉をかけてやって、毛づやを出すために赤身の肉を少しやるがね。ところで、ハードカスルさん、ドクターはどれかな？」

「あれだ」ハードカスルは自信なさそうに、横になった犬を指した。

「あれが？　ちょっと失礼。ドクター！　ほら、ドクター！　ハードカスルさん、ドクターは耳が聞こえないようだね」

ハードカスルの表情がぱっと明るくなった。「そう、聞こえねえんだ」

「ほほう、あんなに若い犬が変だねえ。思い違いじゃないか？　簡単にテストできるがね」

「こん畜生！　こいつらのことはほっといてくれ！」

「いいだろう、お望みとあらば。あの犬には興味がなくなった。口が利けない、耳は聞こえない証人ではね。そうなんだろう？　私は次の城主になるガスリー嬢の弁護士だ。あの方のところへ案内してもらえると助かるんだが」

差配人に対するギルビイの評価は驚くほど正確だと納得した。ずる賢い悪党だが、ずる賢さはすぐに底が割れる。ともあれ、クリスマス・イヴの出来事について思い描いた絵に彼がぴったり当てはまるので、私は満足だった。その絵はまだ完成とは言えない。ラナルド・ガスリーのジグソーパズルのイメージを借りて言えば、基本的なピースしか組み上がっていない。しかし、それらのピースのお蔭で、奇妙な状況の輪郭をつかむことができた——私が大きくは誤っていないとしてだが。当然ながら、雲がかかったような部分が多く、慎重な調査を要する。調査という言葉でふと我に返った。いかん、私は弁護士としてエルカニーへ来たのだった。城の入口に立ったばかりなのに、私立探偵といういささか威厳に欠ける役回りに魅せられていると読者に気づかれているかと思うと、少々愉快だ。

城の大ホールに入ると、制服姿の警官が進み出てスペイト警部ですと名乗り、何の設《しつら》えもない小部屋へ案内してくれた。そこを捜査本部にしているらしい。依頼人への事情聴取に立ち会う前に、まず依頼人に会わせてほしいと要求するのが筋かもしれないが、その必要はなさそうなので、そのまま部屋に入った。スペイト警部は物腰の柔らかい知的な人物であり、私がある程度事情を把握していることを知らせておくほうがいいと判断した。肩書きなどを伝えたのち、私は切り出した。「ギャムリーという人物は見つかりましたか?」

「ええ、造作もないことでした。午後には報告が上がってきます」

「亡くなったガスリー氏に追い出された二人の若者がどこにいるのかも、きっとつかんでおられるでしょうな」

「追い出された? それは初耳です」

「その点についてはあとで話題になると思います。しかも重要な問題だとわかるでしょう。二人はどこまで行っていました?」

警部は首を横に振った。「ウェダーバーンさん、不思議なことにまだ何の報告もないんです。それは二人に身を隠さねばならない理由があったということでしょうな」

「それはどうでしょうか、警部さん。ガスリー氏が亡くなったので、二人がこっそり出て行かねばならない理由は消えたと考えられます。当然、姿を隠す理由もなくなったはずです」

「ウェダーバーンさん、失礼を承知で申し上げますが、それは間違った考え方だと思います」

「それはどの立場で見るかによりませんか？　リンゼイ青年が何らかの罪を犯したと信じる根拠がおありですかな？」

抑えてはいるもののスペイト警部は少々苛立っている。それにつけ込むことにしたのは図に当たったようだ。私が穏やかに話しているので警部はすぐにガードを緩め、唐突に話しだした。

「その若者がガスリーを塔から落として殺したんです。疑いの余地はありません」

「そうかもしれませんが、私だったら、確信するのはまだ早いと考えますね。それに、反証があるのではありませんか？」

「いかにも。ガスリー嬢の証言です」

ということは、ガスリー嬢はもう警察に話をしたのだ。私は立ち上がった。「それでは警部さん、依頼人に会わせていただきます」

スペイト警部は抗議する素振りを見せた。「どうか誤解のないように願います。あのお嬢さんが話したことをすべて嘘だと言っているんじゃありません。彼女は嵐に怯え、混乱していました。目の前で起きたことを悪《あ》しざまに受け止めたくなかったんだと思います」そこで言葉を切った。「でも、何度も考えているうちに、はっきりと思い出すかもしれません」

再び、スペイト警部のことを頭のいい人物だと思わずにはいられなかった。そして、少しの間だが、この男は肚に一物あって罠を仕掛けているのではないかと考えた。ガスリー嬢は、折悪しくガスリーが落ちた胸壁にいた、しかも死者の相続人である。この立場の微妙さを、警部はおくびにも出さなかった。

「では警部さん、あなたのお考えの中心は、リンゼイがやったか、あるいは事故か、ということですかな?」

スペイト警部は大きく頷いた。「古い恨みに新しい諍《いさか》い、激情に駆られていたという目撃証言、盗まれた金貨、若い女性との出奔。これ以上、何が必要です?」

「遺体から指が切り落とされたということでしょうか」

警部は目を丸くした。「それをお聞きになったんですか。田舎者が飛びつきそうな、馬鹿馬鹿しくて下世話な噂ですよ。連中の言うことに耳を貸しちゃいけませんよ、ウェダーバーンさん。あなたも私も事実のみに目を向けましょう」

「ご忠告ありがとうございます、警部さん。友人のクランクラケット卿も、裁判官席でそればかり言っています。それで、その『事実』がほかの方向を指し示している可能性はありませんか?」

嬉しさを隠し切れないように、スペイト警部は微笑んだ。「ウェダーバーンさん、いいことを教えてあげましょう。アメリカ人のお嬢さんはやっていませんよ。犯罪捜査に役立つものの一つは経験ですが、私の三十年の経験が言うんです。そっちの方面に進んでも時間の無駄だと。

あの方は本当に素敵なお嬢さんですな」

「あなたが抱かれた印象が歓迎すべきものであることは申し上げるまでもないでしょう。とはいえ、ニール・リンゼイも素敵な人物だとわかるかもしれません」

スペイト警部は忍び笑いを漏らした。「我々がリンゼイを捕まえたら、それが正しいかどうか見極める時間はたっぷりありますよ。リンゼイが犯人でなければただの事故だと言っておきます。きっとあなたも同意してくださると思いますよ」

「いいえ、同意はいたしません。私にはあなたのような経験はありません。でも、別の意見を持っています」

「ウェダーバーンさん、是非ともお聞かせ願いたいですね」

「私が望んでいるように意見が確信に変われば、今日の午後、州裁判所の判事の前でお話しできると思います。しかし、先ほども言いましたが、まだ確信と呼ぶには早すぎます」

4

ガスリー嬢は、これまでの記述で「教室」と呼ばれている部屋で私を迎えてくれた。彼女からは、優雅さと、教養あるアメリカ人女性にやや当惑させられる魅力を与えている活力《エラン》、両者が交じり合った印象を受けた。スペイト警部の「素敵な」との評は、単に正確というだけでなく、彼は意外にも洗練された趣味の持ち主だと示している。態度に迷いがなく、実際的に話を進めようとする彼女は、法律事務の基本的な作法に通じているらしい。それでも、イギリスで事務弁護士《ソリシター》と依頼人との間に存在すると目されている関係について、少し話しておくのが適当だろう。彼女は礼儀正しく聞いていた——私はこのような場合、尊大だと評される態度を取る傾向があると自覚してはいる——やがて私たちはくつろいでソファに腰を下ろしていた。ガスリー嬢は、寛容にもパイプを吸うのを許してくれた。

「これまでのところ」私は話を始めた。「ベルさんという男性、共通の友人であるギルビイ君——彼からは口頭と文書の両方で詳細な情報を得ています——それからハードカスル夫妻と話をしました。ハードカスルに関するギルビイ君の観察は非常に鋭いと思われます」

「ノエルは有能な人よ」ガスリー嬢は短く言った。

「異論はありません。彼はまた、親しいご友人に手紙を書いていますが、その中である人物を描写しています——その、あなたのことをね」

「あら」ガスリー嬢はきょとんとした。

「彼は、あなたがロマンティックな性格ではないと述べています」

「ノエルったら意地悪ね。素敵な女の子は誰でもロマンティックと決まっているのに」

私はにこりとした。「表に出さない人もいます」

シビル・ガスリーは煙草に火を点けた。「ウェダーバーンさん、これは正しい話の進め方かしら?」

「それなら結構よ。私はロマンティックな女の子で、ノエルは間違っていた。どうしてそうなるのか教えていただける?」

「適切なアプローチだと思います」私は厳めしく答えた。

「あなたがエルカニーを訪れたやり方を考えてごらんなさい、ガスリーさん。ギルビイ君はあなたの計画に巻き込まれ、主として計画の巧妙さと効率のよさに感銘を受けました。しかし私のように少し離れたところから事件を眺める者にとっては、最も目を惹くのはロマンティックな悪ふざけの側面です。ここからは私の推測ですが、あなたはガスリー氏が医学的には狂気とは言えないという、名だたる専門医の証言を得ていた。ですからあなたが身許を伏せてガスリー氏を訪ねても、何ら利するところはない。でもあなたは、エルカニー城を急襲する――力ではなく計略をもって――興奮とロマンティックな冒険という考えに抗《あらが》えなかった。あなたはロンドンにいたアメリカ人弁護士に、熱に浮かされたような電報さえ打ちました。あなたはそのとき、基本的には何に身を置いていたんでしょうか? 家のために尽くすこと? 全く違います。あなたはもっぱら冒険を求めていたのです。危険というスパイスでたっぷり味付けされた冒険をね。というのも、ガスリー氏は常軌を逸していると評判でしたから。ノエル・ギルビイは、あなたの実行手腕とでも呼ぶべきものに強い印象を受けた結果、底を流れる動機のロマンティックな側面を見落としたのです」

ガスリー嬢は、二人の間に漂う煙草の煙の繊細なベールを払う仕種をした。「ウェダーバーンさん、それでどうなりますの？」

「同じ衝動が働いて、あなたは塔で目撃されたことをいくらか脚色されたのではないか、私はそう考えております」

「ラナルド・ガスリーは自殺したのではないとおっしゃりたいの？」

「いいえ、その反対です。彼が自殺したことは微塵も疑っていません。信じていただきたいが、もしあなたがギルビイ氏に話した内容に自己本位の嘘があると考えていたら、私はあなたの代理人になりませんでした。さてガスリーさん、議論の続きは事件現場で行なうのがよろしいでしょう」

「塔のこと？　どうしても行かなきゃだめ？　今となっては大嫌いな場所です」

「それでも、あなたが行くと言ってくださって、警察が許可してくれるなら、とても役に立つと思います」

スペイト警部は親切にも、塔の階段の鍵と書斎の鍵を何も言わずに渡してくれた。私はガスリー嬢の許へ戻り、二人で塔の階段を苦労してのぼった。書斎に入ると、私は好奇心を抑えられずきょろきょろ見回した。我々が入ってきた扉がある壁には、ほんの数フィート離れて小寝室へ続く扉がある。左手の壁の真ん中あたりに、胸壁へ出るフランス窓。部屋の中央には机代わりの四角いテーブル。壁のどこを見ても本が並んでいた。

時間を超越した部屋の風情に感銘を受けた。何世代にもわたって、物が動かされた様子はない。故ガスリー氏は、極端な保守守旧の人物だったと考えられる。もちろん、金を惜しむ性向も大きく与《あずか》っているに違いないが。これといった当てもなく、比較的新しい十九世紀か二十世紀のものはないかと物色していると、突然机の上の電話が目に入った。訝《いぶか》しい思いでガスリー嬢に尋ねる。「エルカニーに電話は通っていないでしょう？」

「ウェダーバーンさん、もちろん通っていません。私たちの目も、その電話に気づかないほど節穴じゃありません。たぶん事務室に繋がる内線電話みたいなものでしょう。城のほかの場所で電話機を見ていないのはちょっと不思議ですけど」

「吝嗇家《りんしょくか》のガスリー氏にしては、ずいぶん興味深い文明の利器をお持ちだったんですね。警察は部屋を隈《くま》なく捜索したはずですが、話を続ける前に私たちも少しばかり調べましょう。手始めに、こじ開けられたという書き物机を見てみたい」

依頼人が示してくれた家具は、古美術品の蒐集家なら小躍りするかもしれないが、私の目にはすこぶるお粗末な金庫としか映らなかった。一つだけの引き出しはこじ開けられ――レンチさえあれば事足りる――ギルビイ青年も目に留めたコインが数枚散らばっていた。戸惑い顔で見つめながら、私は考えを回《めぐ》らせていた。ガスリー嬢は私の考えを読んでいたようだ。「この塔自体が、頑丈な金庫みたいなものですよね」

「そうかもしれません。ですが、これでは盗《と》ってくれと言っているようなものです。例えばハードカスルは、これに抵抗できるほど忠実な使用人だと思いますか？」

ガスリー嬢は額に皺を寄せた。「難しい質問ですね」

「そんなことはないでしょう」

「ウェダーバーンさんたら！」依頼人の心底驚いた様子が嬉しかった。

くすくす笑いながら、おかしな話だが、自分はイニーアスの叔父であると思い知らされた。

「難しい質問をしたつもりはありませんよ、お嬢さん。むしろ簡単な質問です。でも、あなたが精一杯努力されたことは認めましょう」

「ウェダーバーンさん、私をからかっておいでですね、弁護士さんらしくもない」

「では、真面目な調査に戻りましょうか。何よりも、ウィリアム・ダンバーの詩集を拝見したい」

相手を煙《けむ》に巻くのが楽しくて、どうやら私は度が過ぎた子供っぽい態度を取ってしまったようだ。おしゃべりをやめ、本棚に向かってスコットランド文書協会（主として十六世紀から十八世紀のスコットランドの文学語学上重要な書物を復刻している）の刊行物を探し始めた。ガスリーは蔵書を整然と並べていたので、目当ての本は難なく見つかった。ダンバーの三巻本を取り出した拍子に、嫌というほど埃をかぶった。「詩人である地主は、自分が嗜《たしな》む学問領域を知悉《ちしつ》していたようですな。お気に入りの詩を読み返して記憶を新たにする必要はなかったんですから」私は『詩人たちへの挽歌』のページを開いた。

死神は戦場《いくさば》より騎士を連れ去りぬ
甲冑《かっちゅう》と盾で身を固め
幾多の手合わせで負けを知らぬ騎士を
　死の恐怖、我をさいなむ

死神は剣戟《けんげき》の場より勇者を連れ去りぬ
高楼《たかどの》にこもる頭領も
麗しき深窓の淑女もまた
　死の恐怖、我をさいなむ

「確かに、死神は高楼から頭領を連れ去りましたな」私は本を置いた。「ほかに解釈はあり得ないようですし。ところで、ガスリーが最近ダンバーの詩集を開いていなかったとしたら、いったい何を読んでいたんでしょう？」私は埃除《よ》けカバーがついたまま机に積まれている本の山へと移動した。ユーアン・ベルは数時間前に会ったとき、ガスリーが最近医学に興味を示していたというマザーズ嬢の話を伝えてくれなかったので、この医学書の山を見て私は驚き怪しんだ。レサビー・タイディの『医学概論』、オスラーの『医学の理論と実践』、ミューアの『病理学のテキストブック』――不思議な心持ちで一冊ずつ開いてみる。「いったい、医学は絵のどこに当てはまるんでしょうか?」

「そのことでしたら、絵ではなく詩に当てはまるんでしょうね」ガスリー嬢は手に取っていたダンバーの詩集の一節を読み上げた。

医術に優る者も然《しか》り
蛭《ひる》使い、外科医、内科医といえど
死より我が身を救うこと能《あた》わず
死の恐怖、我をさいなむ

「それは面白い。ガスリーさん、中世スコットランド語に堪能でいらっしゃるんですね。大学で勉強されましたか?」

「ええ」

「博士号をお取りになったか伺ってもよろしいですか?」

「構いませんよ、ウェダーバーンさん。取りました」

「それでは、ハードカスルが待っていた『ドクター』があなたのことではないという確信がありですか?」

ガスリー嬢の顔にさっと朱が差した。「よくそんなことを思いつかれましたね！　もちろん、私じゃありません。ハードカスルは私のことを何も知りません。それに、若い頃にかじった学問のことで、死ぬまで『ドクター・ガスリー』と呼ばれるなんてまっぴらです」

「そうでしょうね。捜索を続けましょう。それにしても、私の『若い頃』があなたと同じくらい最近のことだったらと思わずにはいられません」

書斎には興味を惹くものがほとんどなかった。本を別にすれば、ラナルド・ガスリーの経歴や興味を語るものはほんのわずか。オーストラリア時代の思い出の品と思われるブーメランと現地人の携帯用食糧入れ、過去の作家との交流を物語るビアズリーのスケッチが数点、考古学に興味があった頃に集めたピクト人とローマ人の遺物を収めた箱が二つほどあっただけだ。小寝室へ移動したが、やはり興味を惹くものはなかった。ガスリーはこの真下の部屋に寝ていたので、ここでは時々昼寝をする程度だったのだろう。折畳み式ベッドを除けば、がらくた置場の趣だ。壊れた椅子、古いキャンバス地の山、隅にロープと木の棒が何本か、壁にはひびの入った鏡が掛けられ、小さな窓のカーテンはぼろぼろ。エルカニー城の大部分は荒廃しており、ここがその典型なのだろう。戻ろうとして振り向いたとき、床に落ちていた本が目に留まった。

「ガスリーさん、また医学書がありましたよ。リチャード・フリンダーズ著『実験放射線医学』か」私は元の位置に本を置いた。「警察の好意で立ち入らせてもらっているわけですから、見つけた場所から動かさないほうがいいでしょうね。さて、話し合いに入りましょうか」

書斎に戻るとガスリー嬢は、ギルビイ青年が何度も述べていた彼女の定席、すなわち机の上にちょこんと坐った。部屋は凍えるような寒さで、私は老いゆえに滞りがちな血流を考慮し、歩きながら話すことにした。「ガスリーさん、おそらくあなたも、いわゆる犯罪の再現によって、さまざまな事実が明らかになることをご存じだと思います」

遠回しに、しかしはっきりと、ガスリー嬢は答えた。「犯罪はなかった。あなたご自身がそうお認めになったのでは？」

「それは誤解です。けれども今は『クリスマス・イヴの出来事』としておきましょう。これからあなたに、この部屋で警察がその出来事の再現をしたらどんな結果になるか、考えていただきたい」

「おっしゃることが呑み込めませんわ」

「簡単なことです。警察が事件の再現をすれば、あなたの証言はすぐに突き崩されます。それには十分な理由がある。あなたがギルビイ氏に話した内容は、客観的事実という明るい光に照らされているだけでなく、こうあってほしいというあなたの願望によって脚色されてもいるのです」

ガスリー嬢は立ち上がった。「ウェダーバーンさん、たとえあなたがそうお考えでも、私は本当に――」

「警察が知らないことも私にはわかっています。あなたはご自身を危険で不愉快な立場に置こうとしていますが、それには何の利点もない。一個の人間としては、あなたの行動に口を挟むつもりはありませんが、弁護士としては、それは誤りだと言わざるを得ません。偽証というのは、たとえロマンティックな動機に発する場合でも迷惑でしかない、そこが肝心です。我々に必要なのは事実です」

指の爪を見つめていたガスリー嬢は、やがて口を開いた。「あなたのおっしゃる事件の再現について説明していただけますか？」

「この部屋に二、三本の蠟燭しかないと想像してください。フランス窓はしっかりとは閉まっていない、外は風が吹きすさび、灯りは薄暗いだけでなくちらついている。あなたは窓の外から中を覗き込んでいます。さあ、あなたには何が見えたでしょう？」

「たくさんのことが見えました――ちらついてはいましたが。もちろん、どう再現されても、私に見えたものを証明することはできません。もっとたくさん見えたとも、あるいは見えなかったとも言えます」

「その通りです。でも、あなたであれ誰であれ、角を曲がった先は見通せないということなら、簡単に証明できます。部屋の中に頭を突っ込まない限り、フランス窓からは二つの隣接する扉――階段への扉と小寝室への扉――を全部はっきりと見ることはできない、私はそう言いたいのです。どちらの扉であれ、大きく開かれたとしたら、その動きはあなたにも見えたでしょう。しかし片方、あるいは両方の扉がほんの少しだけ開かれ、そして誰かがそこから滑り込むように入ったとしたら、あなたには見えなかったでしょう。つまり、あなたは、あなたの印象にすぎないものを、不適切にも確かな事実だと証言してしまったのです。階段への扉が大きく開かれ、リンゼイが見えなくなった。小寝室への扉が大きく開かれ、ガスリーが見えなくなった。しかしその後リンゼイが二つの扉――階段への扉、次に小寝室への扉――を少しだけ開けて滑り込んだとしたら、あなたには見えなかった」

机に坐ったまま、依頼人は二つの扉を長い間、考え深げに見つめていた。「どうやら、おっしゃる通りですね」

「あなたはマザーズ嬢が好きですね？」

「ええ、好きです」

「あなたの位置から見えた、リンゼイ青年のことも？」

ガスリー嬢の顎が意を決したように一インチほど上がった。「ウェダーバーンさん、私は彼のことをとても美しいと思いました」

「そしてあなたは、血の繋がったガスリー氏が極めて醜い人物だとお考えでしたね？」

「はい、そう考えていました」

「これで我々の立場がはっきりしてきました。あなたは、何があろうとも二人を守ろうとしていた。二人が置かれた状況は、ロマンティックで、感動的で、美しかった。リンゼイを殺人の疑惑から遠ざけることができるのは、彼がここを出て行ったときガスリーはまだ生きていたとあなたが知っているということ以外になかった。ですからあなたは、自分の印象でしかないことを、意識的に、自分が見た事実としてしまったのです……ガスリーさん、警察はあなたの証言を記録しましたか？」

「いいえ。スペイト警部は、正式な調書はあとにすると言いました」

「スペイト警部はとても慎重な人です。いいですか、私の助言に従ってください。あなたは扉について、見たことだけを正直に証言してください。そうしないと警察の信用を失います。あなたの証言が信頼に値すると判断されることが絶対に必要です」

「ウェダーバーンさん――どういうことでしょう？　何のために絶対に必要なんですか？」

「極めて美しい青年、ニール・リンゼイの身の安全のために、です」

依頼人は跳び上がり、興奮して私に詰め寄った。「何をお考えなのか詳しく話してください。話していただけるまで梃子《てこ》でも動きません」

「簡単なことです。あなたが扉をはっきりとは見ていないのは、返す返すも残念です。でも、そのことは根本的には重要ではない。根本的に重要なのは、ガスリーとリンゼイの間で何があったかです。あなたはその部分で嘘をつかれた」

青ざめたガスリー嬢の内で激しい感情が沸き立つのが感じられた。今にも、目の前から姿を消し金輪際《こんりんざい》顔も見せるなと最後通牒を突きつけられるかもしれない。私は素早く、信用を得るのに不可欠な堂々とした態度で言葉を継いだ。「あなたはリンゼイが静かに去ったとおっしゃった。ギルビイはリンゼイが激情に駆られて去ったと言っている。ギルビイの言ったことが真実です。リンゼイの潔白を証明するには、実際に何があったかを理解しなければなりません。そのためには真実が——ギルビイの真実が必要なんです。おわかりいただけましたか？」

ガスリー嬢は片手で額をぬぐい、力なく椅子に腰を下ろした。「理解できません」

「これだけは請け合えます。私の頭の中には、どんな告発にも揺るがない事件の構図ができあがっています。ガスリーは自殺しました。だからと言って、全く犯罪がなかったことにはならないのです。私は数時間前、リンゼイを救うには扉に関するあなたの証言が必須だと考えていました。今は、この部屋で実際に何があったのかあなたが話してくださるだけで救えるとわかっています。どうか話してください」

ガスリー嬢は椅子から立ち上がり、窓まで歩いて、そこに助言が書いてあるかのように雪をじっと見ていた。しばらくして口を開いた。「あなたの言うことを信じるのはとても難しいの。——でも、やはり、おっしゃる通りにしなければならないようね」向き直り戻ってくると、定位置の机に腰を下ろした。

「扉についてあなたが言ったことは間違っていません。私は気づかなかったけど、見取図を描けばすぐに証明できてしまうんですね。三十秒ほどの間に、リンゼイがこっそり書斎に入り込み、さらに小寝室を通って胸壁へ行かなかったとは、私は確信できなかった——でも、私は彼がそうしなかったとわかっていたの」ガスリー嬢は私をまっすぐ見た。「リンゼイがガスリーを殺さなかったと私はわかっていた。そこが出発点でした」

「不正確な証言は、どんな事実も正当には反映しないものですよ」

真剣な表情で頷き、ガスリー嬢は私の父親めいた叱責を受け入れた。「ガスリーとリンゼイの話し合いについて私が言ったことは、最後の部分を除いて真実です。二人は坐って、堅苦しく話していました。ガスリーは、ノエルを呼ぶようハードカスルに命じたりしませんでした。それに、二人とも書き物机のほうへは行きませんでした――」

「そう。そこが重要な点で、警察もその証言は覆《くつがえ》せない」

「最後に二人が立ち上がり、扉のほうへ半分ほど行ったときのことです。私のいるところから二人の様子がはっきり見え、これで堅苦しいまま穏やかに別れるのだと思いました――ちょうど私とノエルのように。ところがそのとき、何だか変だと感じたんです。ガスリーが話していて、言葉こそ聞こえませんが何をしているかは明らかでした。ガスリーは若者を、リンゼイ青年を、なじっていたんです。リンゼイの弱みを握っていて、今ならどんなに残酷な言葉で罵っても相手がやり返さないとわかっているようでした。あのとき私は、自分と血の繋がった男を憎み――今考えると恐ろしいですが――リンゼイがこの場でガスリーを殺してしまえばいいとまで願いました。それで、あとになって私は――」

「わかります。もしリンゼイが実際にガスリーを殺していたら、あなたは精神的な共犯になると思ったのですね」

「そういうことだと思います。あれはガスリーの汚《けが》らわしい残酷さの表れでしたが、数秒しか続きませんでした。リンゼイが出て行って、ようやく私は息がつけました」

「それで全部ですか？　では階下《した》でスペイト警部に今の話をしてください」

ガスリー嬢は安心したようにため息をついた。少しためらったのちに、「ウェダーバーンさん――本当に自信がおありですか？　何だか信じられない気がして――」

依頼人が何度も不信を訴えるのを聞いて私は微笑んだ。「ご心配は無用です」

「ノエルは、もう一つ気になることがあると言っていました。私が、叫び声を聞いてガスリーが自殺したと推測したのは不自然だと思われるだろうと――」

「お嬢さん、ギルビイ君は、明らかに奇妙で捉えどころのない経験をしました。それでも敢えて申し上げますが、心配なさることはありません」私は腕時計を見た。「さて、大急ぎでダンウィニーの電気技師を呼びにやらないと」

「電気技師？」

「はい。なるべく堂々として立派な風采の人物が望ましい。どうでもいいようなことが物を言うんですよ。さあガスリーさん、スペイト警部のところへ行きましょう」

書斎を出て扉に鍵を掛けた。用件はすべて手際よく処理された、この先何十年も開けなくていいと安心しながら家の書類保管箱に鍵を掛けるような感じがしていた。我々は黙って長い塔の階段を下り、捜査本部室へ向かった。スペイト警部はひとり黙々とハムサンドを食べていた。

「警部さん、お邪魔してもよろしいですか？　私の依頼人、ガスリー嬢が正式な供述をしたいと言っています。これでエルカニーの謎について悩まずに済むでしょう」

「本当ですか、ウェダーバーンさん。嬉しいお話ですな。ささ、こちらへどうぞ、ガスリーさん。判事のためにあなたの話を書き留めますから」

「始める前に一つお願いがあります。私の車をダンウィニーにやって、有能な電気技師を探してほしいのです。電気技師の助けが必要になると思います」

スペイト警部はサンドイッチを置いた。「ウェダーバーンさん、電気技師とおっしゃいましたか？」

「ええ。ダンウィニー署にストップウォッチがあれば、それも役に立つと思います」

5

供述が終わり、私は席を外してノエル・ギルビイを捜しに出た。すぐに助手が必要になるし、ガスリー嬢が熟慮の末に扉についての証言をしたことでスペイト警部がリンゼイへの疑いを深めたため、現時点で警部に私の考えを押しつけるのは賢明でないと判断したのだ。ギルビイは頭がいいだけでなく信頼できる。それに、謎解きの話なら間違いなく乗ってくるだろう。

ギルビイと合流した私は、ハードカスル夫人を捜した。城内を不気味に動き回り、場所を移しながらネズミとの戦いを続ける夫人を見つけ、早めの昼食用に二人分のサンドイッチを頼んだ。静かに話せる場所の心当たりをギルビイに尋ねると、少し考えて、階段をのぼり回廊と呼ばれている曲がり角の多い細長い部屋に案内してくれた。破壊された出入口の扉を見て私は驚き、足が止まった――このときはまだアイサ・マードックの話を聞いていなかったのだ。中に入り、壁に並んだ一族の肖像画と朽ちた神学書をざっと見たあと、アルコーブに場所を定め、できるだけくつろいで話を始めた。

「ギルビイ君、本件についての警察の見解を知っているかね？」

「行方不明のリンゼイを捕まえて吊るす、に尽きます」

「そうだろうな。で、君自身の意見は？」

「意見と呼べるほどのものは何も。ただ一つ二つ感じていることはあります。一番強く感じるのは、ピースが多すぎることです。話に聞く地主のジグソーパズルが二種類交じってしまって、絵ができていくにつれ『過剰な豊かさ《アンバラ・ドウ・リシエス》』に直面している、そんな感じです」

「同感だ。ギルビイ君、続けて」

「邪《よこしま》なことが多すぎます。ハードカスルは動き回る腹黒い悪党、こっそり先のことを企む邪悪さがガスリー。僕は、ガスリーがあくどい計略を回《めぐ》らしていたんだと思います。リンゼイが手に負えなくなって、密かに片をつけようとした挙げ句、自分にふさわしい報いを受けたんじゃないでしょうか。シビルも同じような疑惑を持っている、あるいは事実を知っていると感じました——それでリンゼイを庇《かば》おうとしているんだと」

「興味深い説だ。もう少し先まで進められるかね？」

「ええ。突拍子もない上に下劣で恐ろしく聞こえるかもしれませんが、これはどうです？　こじ開けられた引き出しを考えてみてください。ガスリーは、リンゼイがクリスティーンを連れて城を出て行くのに合わせて盗みを偽装し、リンゼイに罪を負わせようと企んだ。リンゼイは塔にいるときに計略を見抜き、シビルに見られずに戻ってきてガスリーを胸壁から突き落とした。それから恋人と逃げた」

「ある程度までは素晴らしいが、その説には心理的ほころびがある。リンゼイを陥れるそのような企ては、歪んだ精神を持つ犯罪者の存在が前提となるという点は正しいと思う。ガスリーは明らかに風変わりな人間だったしね。だが、リンゼイについてはどうだろう。ガスリーはある意味リンゼイの仇敵だから、そのような計略を知り、怒りに任せてガスリーを殺すことはあり得るだろう。しかし、そのあと——君の言葉を借りれば——恋人と逃げた、というのはどうかな？　そうなると本件には、歪んだ精神の持ち主がもう一人介在することになる。正常な精神の持ち主なら、卑劣な企てを見抜き、怒りに駆られて仇敵を殺してしまった場合、その結果にとことん向き合うんじゃないだろうか。到底、愛する女性を連れて逃亡する道を選ぶとは考えられない。感傷的だろうか、ギルビイ君。むしろ健全な精神科学と呼べると思うのだが」

「僕もそう思います」

「我々の手許にはまだまだピースが余っている。こじ開けられた引き出しには収まらないほどね。スペイト警部の頭にあると思われる仮説を眺めてみよう。リンゼイがガスリーを殺し、金貨を奪ってガスリーの姪と逃げた、というものだ。できあがった絵としてはどうかな、君の考えは？」

「まず言えるのは、クリスティーン・マザーズがそんな男を愛することは絶対にないということです。その仮説は毒々しくて常軌を逸しています」

「さらに、リンゼイが逃げる途中で足を止め、この地の伝説になっている先祖の恨みを晴らすために遺体の指を数本切り落とした、というのはどうだね？」

ギルビイは目を丸くした。「気が狂った者の夢ですね」

「その通り――気が狂った者の夢だ。ラナルド・ガスリーに対する君の第一印象は、気が狂っている、じゃなかったかね？」

「えっ？」

「驚くのも無理はない。できあがった絵は何ともおぞましい――ラナルド・ガスリーは自殺し、同時に胸が悪くなるような犯罪を犯した、というものだ。だが、これでやっと我々も謎の中心までたどり着いた。細部の詰めは残っているがね。

ガスリーはリンゼイに姪を絶対にやりたくなかった。我々の出発点は、その病的な精神状態を事実として認めることだ。何らかの理由で若者を憎む気持ちが強くなり――おそらくほかの手段では目的が達成できないとわかり――リンゼイの死と自分の死で、二人が結ばれることを阻止する計画を立てた。ガスリーの憂鬱気質を思い出してほしい。彼が抱いていた『死への渇望』は、これといった理由のない自殺の原因であることが多いのだ。過去、ガスリーは実際に自殺を試みている。全くの偶然から、昨日私はその証言を聞いた。我々は、このような支配的衝動が織り込まれた行動を計画していたガスリーを思い浮かべる必要がある。彼は、司法の手による処刑という不名誉な死をリンゼイに与えることで、リンゼイから姪を取り上げようとした。同時に、我が身を滅ぼすという隠れた願望を叶えようとしていた。なぜガスリーがダンバーの詩を詠誦していたか、なぜ死への恐怖が顔に刻まれていたか。彼は自分が死ぬことを知っていたんだ。彼が悩み苦しんでいる印象を与えたのも頷ける。マザーズ嬢は、彼の『心が二つに分かれている』ように見えると言っていた。どんな人間だって、あんな計略を抱えていたら、時に恐怖と嫌悪にさいなまれるのは避けられない。

こうして犯罪が計画された――それに、証人もだ。最良の証人――医者がね」

「ハードカスルが待っていた医者か！」

「たぶんね。計画の最初のつまずきは、その医者が現れなかったことだ。代わりに君とガスリー嬢が現れ、ガスリーは君で間に合わせようとした。だから君を推し量るように見ていたし、君たちに『よく我が城へおいでくださった』と意味深長な言葉をかけた。

もう一つ計画の名残が窺えるのは、翌日ガスリーが病気の振りをしたことだ。然《しか》るべき時間、然るべき場所に医者が居合わせる口実にする予定だった。それが計画の要になるはずだった。医者が——たぶん雪のせいで——来られなくなり、君で間に合わせようとした。どういうわけか、ガスリーは計画のその部分に固執した。

計画の中身はもともと単純だった。リンゼイはクリスマス・イヴにやって来て、持参金を携えたマザーズ嬢を連れ、密かに城を出ることになっていた。ガスリーの気難しい性格——例えば、二人の結婚は不面目なものだとか何だとか難癖をつけたこと——も、この取り決めを自然なものに見せるのにひと役買っていた。リンゼイもマザーズ嬢も、ガスリーは取り決めによって自分たちを徹底的に辱《はずかし》めるつもりだと考えて、それ以上は疑わなかった。我々だって、マザーズ嬢がキンケイグ村のベル老に手紙を届けなかったら、エルカニーで何が企まれていたかさっぱりわからなかっただろう。ガスリーの思惑にないこの手紙がなかったらどうだね？　二人が出て行くことをガスリー自身が認め、金貨はクリスティーンにくれたものだと逃亡者がいくら力説しても、自分たちの言葉以外に証拠はない。

リンゼイは、ガスリーと会うために塔へ来ることになっていた——そして、決められた時間に帰ることになっていた。しかも、特定の感情を抱かされてね。ガスリーは若者の気質を知っていたので、どんな風に——ガスリー嬢の言葉を借りると——なじればリンゼイが激しい感情に駆られた状態で帰ることになるかわかっていたんだ」

「ウェダーバーンさん、ガスリーは悪魔だ！」

「その言葉も大げさではないな。実際に起こったことは知っているね。君はハードカスルに呼ばれて塔の階段をのぼった。途中で血相を変えた若者とすれ違う。若者は脇目も振らず、邪悪な企みがあるとは思わずに下りていった――ハードカスルが形ばかり制止したことを覚えているだろう？　そのあと若者はマザーズ嬢と落ち合い、二人でエルカニーを出て行った。その頃、実際はリンゼイが書斎の扉を出た直後だが、ガスリーは小寝室を抜け、胸壁を越えて自ら命を絶った」

ギルビイは立ち上がって回廊を行ったり来たりした。立ち止まると、顔にはっきりと興奮が表れていた。「辻褄《つじつま》が合う――ウェダーバーンさん、何もかも辻褄が合います！　ただ、どうやってタイミングを計ったのかが――」

「それは重要なポイントだね。ストップウォッチが手に入ったら、リンゼイがガスリーを殺したはずがないこと、君が叫び声を聞いてガスリーが落ちていくのを見たときからリンゼイが踊り場に現れるまでの間に、リンゼイが胸壁からそこまで下りてくる時間はなかったと示すことができると思う。ガスリーはたぶん、その三十秒かそこらが重要になるとは思わなかったんだろう。落ちていく自分の姿を証人が目に留めるとは考えなかったし、何より自分の度胸を過信していた。自分が叫び声を上げるとは思わなかったんだ。激情に駆られたリンゼイが塔から下りてくるのを目撃された直後に自分の死体が塔の真下で見つかれば、それで十分だと考えたに違いない。

タイミングの問題はまだ詰めなければならない。その前に、このことは心に留めておいてほしい。ガスリーは最後の瞬間に度胸をなくし叫び声を上げたが、それだけじゃない、もっと重要なことをする度胸もなくしていたんだ。飛び降りる前に、自分の指を切り落とせなかった」

「ウェダーバーンさん、にわかには信じがたい。そんなおぞましい話は聞いたことがありません」

「しかし、そうなんだ。ガスリーはハードカスル夫人に、でかいネズミをやっつけてやると言って手斧を研《と》いでいた。それは心の声の反映だった――つまり、でかいネズミはリンゼイで、手斧はリンゼイに罪を着せるために使われる予定だった。ハードカスルが何度も遺体に近づこうとしていたのを覚えているね？　ハードカスルは、リンゼイが遺体に『悪さをした』と言った。巡査と一緒にエルカニーへ行った村の若者が村に戻ったとたん、遺体から指が切り取られていたという噂が広まった。そんな話を吹き込むことができたのはハードカスルしかいない。ハードカスルはそれが計画の一部だと知っていたから、実際にそうなったと信じ込んでいたんだ。ハードカスルが今頃になって戸惑い、不安になっているとしたら、指を切り取られたことが正式なニュースになっていないからだろう。もし実際に指が切られていたら、この地の人々がリンゼイを犯人と考える根拠は十分だ。犯罪を裁く場において、世間一般の考えを軽んじることはできない。ガスリーのおぞましい計画は不首尾に終わったが、決して浅はかとは言えない」

ギルビイはハンカチで額の汗をぬぐった。「ウェダーバーンさん、あなたは全く動じていませんね。感嘆を通り越して怖くなりますよ。ガスリーの狂気は恐ろしく、汚《けが》らわしいものだった」

私は厳しい表情のまま首を横に振った。「それは違う！　計画全体を通して、論理的でないもの、頭脳の明晰さを示さないものはない。ガスリーは気が狂っていたとほんの一瞬でも法廷が認めそうなものは一つもないんだ。ガスリーは自分が何を望み、どうすれば手に入るか知っていた。君自身が書いたものから、ガスリーが善悪をわきまえた人間であることがわかる。広い意味では気が狂っていたかもしれないが、厳密には、正気で、邪悪で、奇想にあふれていた。その奇想も、倒錯しているにしろ合理的な目的に適《かな》うように計算し尽くされた効率的なものだった。ただ一度、ガスリーはつまずき一線を越えた。度を超した奇想が、計画遂行に不利に働いたんだ」

ギルビイは、傍らにあった地球儀の色あせたアフリカの上をぴしゃりと叩いた。「学者ネズミだ！」

「そう、学者ネズミだ。証人を塔に呼び寄せる計画は、医者が来なかったことでほころびが生じた。そして、最終的に採用することになる完全に理性的な案に落ち着く前に、ガスリーは奇想をもてあそび、メッセージをネズミに結びつけて君を塔の上まで来させようとした。これについては法廷も、気が狂っていた断片的な証拠と見るだろうね。しかし、この脱線だって一時的なものにすぎない。時間通りに君を塔に来させるための、もっと散文的で効率のよい仕掛けが動きだすのを待っていたんだ」

「さっき、タイミングの話が出ましたよね。ぴったりのタイミングで僕を塔の天辺近くまで来させるのは、とても難しい問題ですよ」

「難しいのは間違いない。そこで保守的な地主が近代的なテクノロジーに頼ったんだよ。私が電気技師を頼んだのもそのためだ。いいかね、君を何時何分にどこどこにいさせる、それは重要ではない。肝心なのは、ある瞬間に君がどこにいるかガスリーにわかることだ。それがわかれば、ガスリーはタイミングを計ってリンゼイとの話し合いを始め、都合よくリンゼイを書斎から出すことができる。君は、あのときハードカスルは酔っていたんじゃないか、と書いたね。それは、階段をのぼっているとき彼がよろけて何度か階段の壁にぶつかったからだ。君は、書斎の机に小さな電話機があったことにも気づいたね。あれはリンリン鳴るのではなく、ブザーで知らせる新しいタイプの電話だ。ハードカスルが二本の電線をくっつける簡単な方法で、君が塔の階段をのぼっていることを知らせたのは間違いない。彼は先に立って『慎重に』君を案内しただろう?　これで絵が完成した。君は、王の行列のように正確な時間配分で、地主を訪ねることになっていたんだ」

「ハードカスルは汚い計画全体に加担していたわけですね」

「ギルビイ君、ハードカスルを悪徳に染まった男と見た君の評価は間違っていない。我々になじみのスコットランドの格言を用いれば、彼の首が尻の重さを感じてくれたらと思う。しかし残念ながら殺人の従犯ではない」

「ですが、罪には問われますよね？　あなたは州裁判所の判事か誰かに今の話をして、彼が裁判にかけられるようにしてくださいますね？」

「間違いなくそうするよ。さて、説明を要する部分はまだあるかな？　ガスリーが常日頃の並外れた吝嗇《りんしょく》をやめる努力をして、夕食にキャビアを振る舞うような真似をしたのは、出て行く姪にトロイの木馬である持参金代わりの金貨を与えることを、もっともらしく見せるためだ。ガスリーが守銭奴じみた習慣から脱しつつあると考える理由があれば、マザーズ嬢も企みがありそうだとは疑わないからね。それに、ガスリーが突然医学に興味を持ったことだが、私としては、自分がやろうとしていることの結果を知って病的な精神状態になったのだと思いたい。ひょっとすると、真正の狂気の一つの表れかもしれない。指の切断や落下による首の骨折に関する気楽な読み物として、医学書を選ぶとはね。永遠の命を求めての備えとすれば、何ともお粗末だな。ダンバーの詩の最後の一節が、ガスリーには身に沁まなかったらしい」

　ギルビイが立ち上がった。「筋道の通った考えを伺えてやっと安心できました。今頃ラナルド・ガスリーの魂が地獄の業火にこんがり焼かれているかと思うと嬉しいですよ」

「ギャムリーが同じような感想を漏らしたとき、君は天晴《あっぱれ》にもそれを咎めたのではなかったかな？　さて――」

破壊された戸口にスペイト警部が現れたことで、会話の続きはお預けとなった。「警部さん、まさか頼んだ電気技師がもう到着したのですか？」

「いえ、まだです。あと一時間はかかるでしょう。キンケイグから知らせがありまして、きっとあなたもお聞きになりたいだろうと思ったので。リンゼイとお嬢さんがリヴァプールで見つかりました。スコットランド・ヤードの若いのが付き添って、こっちへ向かっています。昨日の午後向こうを発ったので、判事が来る頃にはキンケイグに着いているでしょう」

「それは素晴らしい、警部さん。実にいいタイミングです。ガスリー氏が亡くなった件を速やかに片づけて、二人には幸せになってもらいたい。あの二人はそれに値します」

スペイトは私を見つめ、疑わしそうに首を振り、何も言わずに行ってしまった。向き直るとギルビイは、壁に並んだガスリー一族の肖像画をぼんやりと眺めていた。私が見ていることに気づいて、ひびが入り茶色くなった絵を見つめる顔に、奇妙にも当惑の表情が浮かんでいた。

「ウェダーバーンさん、ガスリーの死の謎は解決しました――でも、どういうわけか、クリスティーン・マザーズは幸せにはなれないような気がするんです。はっきり意識されてはいないとしても、彼女自身が薄々気づいていることのせいで……だめだ、僕にはお手上げです」

「おやおや、ギルビイ君、また謎を見つけたのかね？」

「わかりません、謎というより悲劇かもしれない」ギルビイは髪をかき上げた。「エルカニーに蝕《むしば》まれているようです。陽気な僕はどこへ行ったやら」

ギルビイ青年の思いも寄らぬ一面を目の当たりにし、彼の感情の根底にあるものを探ろうとしたとき、また邪魔が入った。キンケイグの巡査が息を切らして戸口に立っていた。「お話し中失礼します。警部はこちらでしょうか？」

「つい今しがた出て行ったよ。何かあったのかい？」

「はい、あの性《たち》の悪いハードカスルなんですが――」

私は跳び上がった。「まさか逃げたんじゃないだろうね？」

「そうじゃありません。あいつ、かなり飲んでいるんです」

「それだけかい？　じゃあ、黙って飲ませておけばいい。君が口を出すまでもないよ」私はギルビイを見た。「今日の午後には、あの男はどうせひどく後悔することになる」

「失礼ですがウェダーバーンさん、そういうことではないんです。私もどうしていいかわからないんで。あの馬鹿は水をがぶ飲みしているんです」

一瞬、巡査が場違いな冗談を言ったのかと思った。しかし、彼は興奮しているだけでなく、ことのほか動揺してもいた。「詳しく説明してくれ」

「何とも気味の悪い光景でして。あの馬鹿は、裏庭の飼い葉桶のそばにいたと思ったら、急に裁きの日のイスカリオテのユダみたいにうなり声や金切り声を上げ始めて、牛の糞《ふん》でぐちゃぐちゃの地面をのたうち回っているんで」

「大変だ！　ギルビイ君、行こう！」我々三人は急いで回廊から下りた。

裏庭で目にした光景は酸鼻を極めた。信じがたいほど体が膨れ上がったハードカスルは、浅い飼い葉桶のそばに横たわり、恐ろしい叫び声を上げ、同じように腹の膨れたものすごい数のネズミに交じって必死に水を飲もうとしていた。叫び声が次第に弱々しくなり、我々が駆け寄ったときには、ごろんと仰向けになって断末魔の痙攣《けいれん》を始めた。気味の悪いことに、周りのネズミが死後の反射でぴくぴく動くのに合わせるように、手足を引きつらせている。しかし、見取る者もなく死んでいったのではない。傍らに彼の妻が立って叫んでいた。「うちの人、粥《かゆ》に混ぜた毒を食べちゃったんだよ！　ネズミの本性が抑えられなかったのかねえ。ああ、とんでもないことになった！」その向かいに立っていたのは――というより小躍りしていたのは――タマスで、手を叩きながら死者に大笑いを浴びせていた。

6

手は尽くしたが、ハードカスルは死んだ。水だけでなく、酒も飲んでいたのだと思う。そうでなければ、毒入りの粥と夕食を取り違えるわけがない。ハードカスル夫人は単に不注意だった――それ以上の責めは負わせられない。ぼけかけた老人に大量の毒を持たせてはいけないと思い知ったけれども後の祭りだ。スペイト警部はノーブル医師に伝言したが、医師としても死亡診断書に署名することしかできなかっただろう。二人の死者を出したエルカニーはこのあと鳴りを潜め、無為に時を刻んだ。じっと待っていると耐えがたいほど侘《わび》しく、私は朽ちていく暗い城の前で冷たい雪の空気を吸い込みながら、滅びゆく城の運命が重くのしかかるのを感じていた。憐れみと畏《おそ》れに近い感情を抱いて、クリスティーン・マザーズの風変わりな子供時代と思春期に思いを馳せ、一瞬ノエル・ギルビイと似たことを考えた。このような環境から逃れ、幸せになれる者はいないだろう、と。だからガスリーの遺体をキンケイグへ運ぶ霊柩車を目にしたときには、心底ほっとした。数分後に私の雇ったタクシーが、ダンウィニーから堂々たる押し出しの老電気技師を連れて戻ってきた。ギルビイと私は、村へ帰る時間になるまで忙しく作業をした。

一つ述べておかねばならないことがある。イングランドの検死官による検死審問に相当するのが、スコットランドでは州裁判所の判事による審問であるが、これはより略式で役割が限られる。イングランドの検死法廷は、本来は警察裁判所（軽犯罪などの即決裁判を行ない、重犯罪の被疑者を上位裁判所に引き渡す権限を持つ）に属すべき役割の多くを奪っており、そのため検死法廷で入念にかつ長い時間をかけて調査と議論がなされる。スコットランド州裁判所の判事は、検死官よりも多岐にわたる職務を担い、死亡事故の調査のみを担当する。犯罪の疑義が生じると、事件はただちに地方検察官の手に委ねられ、地方検察官が起訴手続きを担当する。スコットランド方式が優れていることは、くどくど論じるまでもない。イングランドでは、検死官の面前で裁判に処されることもあり、しかも良き刑法の保護を欠く場合が多い、とだけ述べておけば十分だと思う。私は敢えて、この日の午後キンケイグで行なわれた裁判について記述を控えよう。読者はもう、推論に必要な事実をすべて知っている。スペイト警部の意見も、私の発見もよくご存じだ。手の内はさらけ出したと、謹《つつし》んで申し上げるにとどめたい。事件の全貌が鮮明になり、ガスリーも従犯のハードカスルも死んだ今、この件は閉じたも同然である。ガスリーの極めて犯罪性の高い行動を記した書類はただちに地方検察官の手に渡る。しかし、ぼけかけたハードカスル夫人が二次従犯として起訴されでもしなければ、これ以上の手続きは見送られるだろう。このあと事件がどんな進展を見せたかは、既にダンウィニーまで戻ってきた若い人たちによるさらなる解明も含め、私が有能さを保証する次の記述者の手に委ねる。

ジョン・アプルビイ

I

二人はまだ結婚していなかった。ひょっとすると午後の出航前に結婚する予定だったのかもしれない。僕には関係のないことで、それについては何も尋ねなかった。本件は担当外で、最後まで僕に一任されることはなかった。二人を見つけキンケイグに連れ帰れと命令されただけだ——機転を利かせ、できるならニール・リンゼイに対する逮捕状を執行せずに済ませよ、と。行動を共にするうち二人に興味を抱き始め、彼らが巻き込まれた事件にいっそうの関心を示したとしても、それは好奇心の問題であり、職務上の指示によるものではない。僕はスコットランドの同業者の目が届くところへ送り届けるまでの監視役にすぎず、その後は単なるお節介焼きでしかなかった。これで本稿の前書きは事足りる。ウェダーバーン氏の書き出しのように印象深いものでないのは許してほしい。

「内密にお話ししたいので、少しお時間をいただけますか？　申し遅れましたが、スコットランド・ヤードの警部でアプルビイと申します」

二人は驚いたように僕を見た。戸惑った風で、不安そうにしている。どんな状況でも駆け落ちは不安なものだろうが、公的な問題で行程に遅れが生じることをじれったく思うだけで、僕が警察の者だと言ったことで不安が募った様子はなかった。最初に答えたのはマザーズ嬢で、リンゼイよりも世間知らずなのに、むしろ世慣れた対応をしていた。一方のリンゼイは、なじみの環境にいるときでさえ、半ば途方に暮れ、完全には理解できていない抽象的な目的を達成しようと考え込んでいる鬱《ふさ》ぎがちな人間に見えた。マザーズ嬢が言った。「こちらへどうぞ」

「お二人はスコットランドのエルカニー城からいらした、それで間違いありませんか？　あなたがラナルド・ガスリー氏の姪御さんですね？　残念なお知らせがあります。ガスリー氏は亡くなりました」

リンゼイは驚きの叫びを漏らした。マザーズ嬢は何も言わず、視線を薄汚い船室の隅へ漂わせた。しばらくして向き直り、青ざめた顔ながら落ち着いて、「亡くなった……とおっしゃいましたか？」

「ガスリー氏はクリスマス・イヴに突然、謎めいた状況で亡くなったと報告を受けています。お二人ともキンケイグへ戻っていただくのがよいと思います」

「ニール、戻りましょう。できるだけ早く」次に僕のほうを向いて、「どうすれば一番早く着けます？　お金ならあります」

確かに彼らは金を持っていた。金というのがほとんど金貨であることを、二人とも不審に思ってはいないらしい。「カーライル行きの列車が、あと二十分で出ます。待たせてあるタクシーで行けば間に合うはずです」

じっと立ったまま瞳孔の開いた黒い目で僕を見ているリンゼイの肩を、マザーズ嬢はそっと揺さぶった。「ニール、急ぎましょう」彼女は荷物をまとめ、列車に乗り込んでから尋ねた。

「あなたもいらっしゃるのですか?」ずっと気にかかっていたのだと口調でわかった。

「法的な手続きとして審問があります。こういう場合の慣例で、僕がご一緒するように命令されています」

ようやく恐怖に似た感情を目に湛《たた》え、僕を見た。「もしかして、伯父さまは――」

「僕はほとんど何も知らされていないんです。スコットランドではなくロンドンから来ましたので」

突然リンゼイが険しい口調で言った。「ロンドン?」

「お二人を見つけるのが急務だということで、僕が捜索を任されました」

リヴァプールからカーライルへ、カーライルからヒースの荒野を越え国境沿いに点在する町を通りエディンバラへと向かう道中の大半を、僕は車室の外の通路で過ごした。自分の職業を呪いながら。マザーズ嬢の魅力に中《あ》てられていた。彼女の過去は何一つ知らないし、未来については不吉な想像しかできないというのに。列車が荒涼とした北方の地を疾走する間、昔の侵略と反目、そして厳粛同盟（二一頁の割註参照）を思い出せと、スコットランドが叫んでいるように思われた。真っ白な雪の衣をまとい悔悛の情を示すかのように横たわるこの地を見ているうちに、おぼろげながら、彼女はこれらの一部であり、本当の意味で彼女を故郷に連れ戻しているのだと感じていた。たった一度、モファットの手前で、クリスティーンが通路に出てきて僕の隣に立った。遠くを眺めるその目つきに、彼女が記憶の中に、あるいは恐怖の中に何かを探し求めているのだと思った。やがて優しい声が言った。「タゲリだわ」目を凝らしてやっと、深まりゆく夕闇の空に輪を描いて飛ぶ鳥たちが見えた。カナダには鳥が少ないと聞く。クリスティーンはこれがタゲリの見納めになると考えていたのかもしれない。

二人はカーライルで電報を打っており、エディンバラでスチュアートという若い弁護士に迎えられた。ダンウィニーから来たのだとすると、間に合ったことは称賛に値する。僕はその日快適に投宿できるように手配し、翌日も旅を続けた。仕方のないことだが、ぎこちない旅で尻の据わりが悪かった。スチュアートに厳しい態度で追い払われるのではないかと危惧したが、そうしないだけの分別があった。ひょっとすると、僕が隠し持っている切り札に気づいていたのかもしれない。リンゼイはひと言もしゃべらず、地質学の教科書を読みふけっていた。彼の情熱は地質学に向けられていた。土地に縛られ、何世代にもわたって土を掘り返す作業に追われてきた家に生まれ、不毛で不変の岩を自らの叛逆のシンボルに選んだ。リンゼイは男を階級という範疇《はんちゅう》から浮かび上がらせる、天与の資質を持っていた。十語も交わさないうちに、マザーズ嬢が単に世間知らずのハンサムな男と身分違いの結婚をするわけではないとわかった。ハンサム――シビル・ガスリーの言葉を借りれば、美しい――ではあるが、よく見ると、正当な理由があれば向こう見ずな暴力も辞さないタイプとわかる。しかし僕は、リンゼイが犯したかもしれない犯罪よりも、彼とクリスティーン・マザーズとの間に存在する強い関係のほうに興味があった。現代では、愛は肉欲と淡い恋慕とに痩せ細ってしまったが、この車室には高尚な愛という古風な関係が存在した。その情熱はあまりに純粋で張り詰めていて、人に戸惑いや哀れさを感じさせる隙を与えず、また――二人はほとんど言葉も視線も交わさないのに――大気圧が気圧計にはっきり示されるように、愛の存在を周囲に感じさせていた。愛情の圧力は、外部の力が目に見えないくらい気圧計の針を揺らすことがあっても、それで弱まることはなかった。疑惑が、あるいは疑惑の疑惑というようなものですら、二人の間に影を落とすことがあるだろうかと僕は考えていた。

マザーズ嬢には印象的な行動パターンがあり、そのお蔭で旅のぎこちなさや据わりの悪さがいくらか和《やわ》らいだ。彼女は時折、車窓を通り過ぎていくものについて僕に話しかけたが、たいていは考え深げに窓の外を眺めていた。フォース湾では雪で膨れ上がった水が荒れ狂う様子に釘付けになり、スターリング低地では上空を一羽の鷹が悠々と舞う姿を食い入るように見ていた。パースで僕は職業柄身につけた初歩的な技能を駆使し、一行《いっこう》の噂を嗅ぎつけた新聞記者二人を目ざとく見つけて追跡をかわした。ダンウィニーには堂々とした風采の老人が心配そうな表情を浮かべ――名前はユーアン・ベル――大きな車で迎えに来ていた。僕が人数分のお茶を買いに行っている間、三人は何か相談していた。それから全員で車に乗り込みキンケイグへ向かった。

村に着く頃には、僕は事件の詳細を知りたくてうずうずしていた。スペイト警部の話に注意深く、また称賛も忘れずに耳を傾け、二体の遺体を調べた。とりわけ、華々しく毒を飲んだハードカスルの遺体に興味を惹かれた。その後アイサ・マードックという少女に話を聞いたことで、僕は本件の捜査の仲間入りを許可されたと思った。その頃には審問が始まる時間になっていた。

審問は、やや気が滅入るように進んだものの興味深かった。最初ウェダーバーン氏の素性がわからず、スチュアートがエディンバラから連れてきた弁護士だと思っていた。氏は、リンゼイを被告人とする申し立てがなされても、異議を唱えなかった。ただ一度、ガスリー嬢が証言した際に一言差し挟んだが、それはリンゼイが塔にいる間、書き物机に近づかなかったという重要な事実を指摘するためだった。ギャムリー証人が呼ばれたとき、ウェダーバーン氏は再び口を開き、もう一つの重要な点――リンゼイとギャムリーが親しく付き合うようになっていて、リンゼイがギャムリーに、地主の同意を得たのでクリスマス・イヴにマザーズ嬢を連れて城を出ると打ち明けていたこと――に注意を向けさせた。リンゼイは、地主との話し合いに立ち会ってくれとギャムリーに頼んでいた。友人が一緒にいてくれれば心強いという、もっともな理由からだ。ギャムリーは実際そのつもりで城へ行ったが、ハードカスルに足止めされた。仕方なく外で待っていたギャムリーは、ガスリーが塔から落ちるのを見て救助に駆けつけた。リンゼイとマザーズ嬢は、ギャムリーがいないので既に帰宅したものと考え、城を離れた。リンゼイとギャムリーが共謀していない限り、リンゼイは少なくとも事前に暴力行為を計画していなかったことは明らかだ。

ウェダーバーンが切り札を披露したのは、出廷できる証人が出尽くしたときだった。判事が手続きを進めやすくするために、ウェダーバーンはマード・マッカイ証人を喚問する許可を求めた。出廷した男は、年がいっているものの堂々たる押し出しの現役電気技師だった。証人は宣誓の上、ガスリーの書斎に信号を送る目的で、ごく最近、塔の階段数箇所に電気仕掛けの装置が備えつけられたと証言した――極めて簡単な仕組みで、二本の電線を接触させると机の上の電話機のブザーが鳴る。小さな音なので、机に坐っている人物にしか聞こえないだろう。装置はそれ以外の役には立たない。また、書斎側と階段側の装置は両方、五分もあれば跡を残さずに取り外せるようになっている――最後の瞬間にウェダーバーンから注意を促され、警察は装置の存在を認めるしかなかった。

この証言ののち、ウェダーバーンの行く手を阻《はば》むものはなかった。彼は崩しようがない主張を打ち立てた。ガスリーは、常軌を逸した屈辱的な状況でリンゼイに姪を与える振りをしながら、実際は人間業《わざ》とも思えない悪魔的な犯罪を計画したのだ、と。

僕はこの説を興味深く聞いた。悪事についてはそれなりに見聞していたが、それをはるかに凌ぐ邪悪さに切り込んでいる。にもかかわらず、僕の興味の中心は依然として、一緒に旅してきた二人の若者にあった。ウェダーバーン氏の話が進むにつれ、リンゼイの瞳は暗くなっていった。それ以外に彼の感情を示すものはなかった。ほっとしていたとは思うが、審理の間中、自分の首の心配などしていなかった。リンゼイはひっそりと生きるのを好む人間であり、男にあっては礼儀正しさと繊細な神経の組み合わせを際立たせる、乙女のごとき含羞《がんしゅう》を具えていた。従って、クリスティーン・マザーズとリンゼイに浴びせられた脚光は、リンゼイには死の光だった。ある意味、ラナルド・ガスリーは勝利を収めたと言える。礼儀を心得ない男ではないのに、リンゼイはクリスティーンに促されるまで、ウェダーバーンに感謝の言葉を告げることを忘れていた。その後は、とにかくその場から逃げ出したいと考えているのが明白だった。

僕が最も興味を惹かれたのはクリスティーン・マザーズだ。リンゼイのような仮面や固い殻とは無縁で、驚き、恐怖、感謝の表情が代わる代わる表れていた。自分の伯父かつ後見人であった人物の不名誉と引き換えに恋人の疑いを晴らすことには、心が痛み戸惑いも大きかったに違いない。しかし彼女は、単に感情的に反応していたのではない。ひと言も聞き逃さず知力を振り絞って審理の過程をたどろうとする姿勢は、必要とあればどの言葉にも反論する用意があることを窺わせた。法廷にいた人は誰も注意を向けなかっただろうが、僕だけはあることに気づいた。ウェダーバーンの話が進むにつれ、クリスティーン・マザーズの顔に当惑が色濃くなっていったのだ。彼女の感情——不安、嫌悪、安堵——に交じって、絶えず知的な疑惑が頭をもたげ、次第に募った。スペイトが気づいていれば勇気づけられたかもしれないが、警部は面目を失わずに撤退しようと必死だった。

スペイトが「本当に素敵なお嬢さん」と評したシビル・ガスリーも、僕の注意を惹いた。マザーズ嬢のことを、安堵しながらも戸惑っていたと表現するならば、ガスリー嬢は、得意満面でなおかつ――うまく言葉にできないが――ほかの何かを漂わせていた。ウェダーバーンが話を始めると、ガスリー嬢は、ご婦人が競馬に夢中になっている少々不謹慎な光景を思わせる態度で見ていた。ウェダーバーンの話が終わり、審理に決着がついたとき、彼女の顔には嘲《あざけ》りとも皮肉ともつかない表情がかすかに浮かんでいた。僕はふと思った。ガスリー嬢は目の前の出来事に、ほかの人々が感じていない妙味を感じているんだと。その微妙な味わいには、ぴりっとくる刺激や苦みさえ交じっているかもしれない。判事が事実認定を終えて退室すると、彼女は真っ先にマザーズ嬢の許へ駆け寄った。牧師館の図書室で行なわれた審問を後方に立って見ていると、ガスリー嬢はクリスティーンにキスし、ニール・リンゼイとぎこちなく握手して、さっさと出て行った。面白い女性だ。もう会うこともないと思うと少し残念だ。

審問から葬儀への移行は難業のはずだから、見事にさばいたジャービー牧師には感嘆を禁じ得ない。ひょっとすると、敬愛され信仰心が厚い信者の親類縁者間で根回しが済んでいたのか。田舎の人が気楽に話しかけられるタイプではない――内気な学者肌で、夢想家めいた雰囲気もあった――となれば、事の次第を呑み込んで進めた手腕はなおさら敬服に値する。牧師の性格に魅力を感じたことも理由の一部だが、僕は葬儀に参列したくなった。しかしながら、好奇心に燃えるよそ者はどうにも場違いに映る気がしたので、スペイト警部と少し話をしたあとは、泊まる宿を探すことにした。

牧師館から村まで四分の一マイルほどの道のりを、融け始めた深い雪の中を苦労して進んだ。この日、天気は大きく変化した。生暖かい強風が雲を吹き飛ばし、あたり一面、急に雪融けが進みそうな兆しがあった。僕の足許には、雪融け水の細い流れが、しぶきを上げ勢いよく音を立てていた。その流れは村の外れで氷のような緑色のドロチェット川に合流していた。古い石橋を渡るとき、小川の水位が橋脚の上まで来ているのが見えた。目を上げると前方に、夕暮れの頼りない光で正確な距離はつかめないが、雪をかぶったマーヴィー山のシルエットが見えていた。その向こうには、カイリー山の頂が、天空近くのまだ明るい光を浴びてくっきりとそびえていた。村の上に泥炭の薄青い煙が風でたなびき、小さな店の軒先にはもう黄色いランプがまたたいていた。寒々しく、のどかで寂しく、引き込まれずにはいられない光景だ。僕は土地の佇《たたず》まいに溶け込んだ気分で、しばらくただ歩いていた。そのうち靴が雪に取られるなと感じ始め、まだ心に引っかかっているものがあるのだと思い至った。それが何か突き止めようとしたとき、背後から声をかけられた。ノエル・ギルビイだった。

説明が必要かもしれない。ギルビイと僕は一年ほど前、ある事件で出会い、親しくなった。彼は犯罪捜査をとても魅力的なものと考えていて、僕がエルカニーの事件に出遅れ華々しい活躍ができないことを気の毒に思ったのだろう。「アプルビイ――ちょっと待てよ――記録を取り戻したぞ！」

僕は立ち止まった。「何を取り戻したって？」

「知らなかったのか？　エルカニー城で起こったことを、ダイアナに読ませるつもりで片っ端から記録したんだ。ウェダーズ老に預けてあった」――ギルビイは、あの傑出した法廷外弁護士（一九八頁の註参照）のことを言っていた――「それを返してもらった。読みたくないか？」

「もちろん読みたいさ」

ギルビイは僕の手に紙の束を押しつけた。「ちょっと文学的すぎるかな」彼は悦に入っている。「でも事実はみんな書いてあるよ。パブへ行くのかい？　食事のアドバイスならできるかもしれない。判事がウェダーズ老に言ってたけど、熱々のカレーやイチゴジャムがぎっしり詰まったタルトパイにはクラレットが合うそうだ。僕は最終幕を見逃さないように戻るよ」

「葬式の残り物の肉（シェークスピア『ハムレット』第一幕第二場、ハムレットの台詞から）でも頼むさ。これ、ありがとう」

僕は宿屋で押さえた部屋に腰を落ち着け、書簡記録を読み始めた。ギルビイの文才を認めることになるが、夕食を注文するのも忘れて読みふけった。一時間ほど経って、ギルビイがウェダーバーンとシビル・ガスリーを連れて戻ってきた。僕たちは自己紹介し合い、揃って冷たいローストマトンを囲んだ。ぱさぱさして味がなく、クラレットの質の悪さが際立つ。僕はビールを頼んだ。

ウェダーバーン老人は打ち解けて大らかになっていた。親しげに笑いかけてくれたので、僕は思い切って、裁判ではお見事でしたと声をかけた。

「君、ええと――アプルビイ君、この宿の女主人《おかみ》の話に辛抱強く耳を傾けたお蔭なんだよ。それが糸口になったんだ」

「本当ですか」

「遺体の指を切り落としたという噂が流れたんだ！　こんな突拍子もない話が、自然に、あるいは単なる誤解の結果として発生するだろうか？　私はしばらく、なまくら頭でそんなことを考えていた。それから、噂の発生源は悪意に違いないと思った――愚かな悪意にせよ、計算し尽くされた悪意にせよ。私は計算し尽くされたものとして考え始めた。すると何がわかったと思う？　その噂で本当に害をなすつもりなら、噂は本当でなければならない、ということだ。この結論に、ハードカスルが遺体に尋常でない好奇心を示したこと、そして彼が――遺体を調べる機会はなかったのに――リンゼイが遺体に『悪さをした』と言ったこと、この二つの事実を重ね合わせてみた。それで、邪悪な計画の中心にたどり着いたんだ」

「異様な計画でした、ウェダーバーンさん。これまでに似た事件すらあったかどうか疑問です。ほかの人間に罪を着せようとして自殺した人間は確かにいます。でも、ガスリーのようなタイプの人間ではなかった。憂鬱が昂《こう》じて狂気に近づいた例はあったかもしれませんが、ガスリーのような知的活力を持ち合わせた者はいません」

「アプルビイ君、犯罪心理について私は君ほど詳しくないが、事実に心理学を当てはめてみないといけないね。逆もまた真なりとは言えない」

その日の午後ウェダーバーンが対抗相手を完膚《かんぷ》なきまでに叩きのめしたことを思い出し、彼の弁論術の標的になったところで得るものはないと判断した。「おっしゃる通りです。リンゼイを陥れる悪魔めいた計画があった事実は動かしようがありません」

「あのう――」ギルビイが口を開いたが、先を続ける前に警戒するようにウェダーバーンを見た。「クリスティーンが気になることを言ったんです。僕が牧師館に残って、役にも立たないアドバイスをしていたときでした。出し抜けに『信じられないわ。伯父さまがあんな愚かなことをするはずないもの』と。そして、さあ帽子の中から別の説明を出してくださいな、と言わんばかりに僕を見たんです」

ウェダーバーンは、グラスの底に残ったワインの澱《おり》を険しい顔で見つめた。「気にすることはないと思うがね。ガスリーが悪人だとはいえ彼女は姪であり被後見人でもあるから、そのような感情を抱くことは考えられるし、むしろあるべき姿かもしれん。しかし、我々は家族間の忠誠心を問題にしているわけではない」

「クリスティーンが言いたいのはそういうことじゃないんです。ガスリーが極悪非道なことをなし得る、そのことは否定しなかったんです。ただ、彼の精神作用は、ウェダーバーンさんの説で示されるよりも精妙で――もっと抜け目がないはずだ、と言うんです」

「あれよりも抜け目がない？　こりゃたまげた！」

「こうも言いました。『伯父さまは平衡《へいこう》を重んじる人でした。伯父さまが極端なことをするのは、極端なものに対してだけなんです』」

パンをちぎっていたシビル・ガスリーが、クラレットを一口飲み、顔をしかめて口を挟んだ。

「彼女、くよくよ考え込んでいなかった？　きっと鬱《ふさ》ぎの虫に取り憑かれていたと思う。アプルビイさん、今回のような恐ろしい経験のあと、人の心はどんな反応をするものかしら」

僕は一般論を避けた。「ガスリーさん、あの人は真実にたどり着いたと思えるまで考え込むと思いますよ」

「真実にはたどり着いたじゃない！　みんなが」

「真実は僕たちの間に散らばって存在しています。それを持ち寄る作業は終わっていないと思います」

ウェダーバーンが極めてわざとらしくグラスを置き、ナプキンを畳んだ。「アプルビイ君、ギルビイ君はこのような事柄に関して君の意見は非常に頼りになると請け合ってくれた。今の発言がどういう意味か説明してもらえんかね？」

「マザーズ嬢自身、真実を一つ隠していると思います。ギルビイとハードカスルが塔の階段をのぼる前、マザーズ嬢と一緒に教室にいて、そのあと教室から出て暗闇に消えた人物が誰だったのか」

「そうだった――確かに興味深い。彼女はスチュアートには話したはずだ。今日の午後、本来なら彼がするべき仕事を私が奪ってしまったようだ。そうでなければ、その説明を聞けたに違いない」

「興味深いでは済まないでしょう。誰も近づけなかったはずの夜、エルカニーには男がもう一人いた。タマス君だったこともあり得るでしょうが」

すぐにギルビイが首を横に振った。「いや、タマスじゃない。タマスが城に入れたのはずっとあとだ。もちろんギャムリーでもない」

「わかった。となると、この件はますます重要性を帯びてくる。というのも――ガスリーさんの印象には反するが――あの晩、塔を訪れた人物がいたはずだから。胸壁の跳ね上げ戸を開け、通り抜け、最後に下から跳ね上げ戸にボルトを掛けた人物のことを、誰も知らないということはないと思う。ギルビイの記録を読めば、この点については雪に残された痕跡が動かぬ証拠とわかる。跳ね上げ戸はあの少し前に開けられていた。誰の手で？　開けた理由は？」

誰もがしばらく黙っていたが、やがてウエダーバーンが、思いがけずユーモアたっぷりに言った。「アプルビイ君、これは『罪なき者の殺戮《スローター・オブ・ジ・イノセンツ》（本来はヘロデ王による幼児虐殺を指す。ここではイノセンツに無知な者の意をかけている）』だよ。どうやら私自身と君のお仲間スペイトもそこに含まれているな」いったん言葉を切る。「状況の主立った部分がどんなにはっきりしていようとも、我々が見逃した要素があったことになる。もっと調べる必要がありそうだ」

「そうですね――それに、真実はまだ明らかになっていません。ガスリーさん、そう思いませんか？」

彼女は答える前に僕を値踏みするように見た。「あなたが塔にもう一人いた証拠を見つけてくださったら、真実はまだ明らかになっていないということに同意します。アプルビイさん、エルカニーにいらしてください」

ウェダーバーンは立ち上がった。「ガスリー嬢と私はもう一度塔にのぼってみる。亡くなったガスリーには法的代理人がいなかったようだ。この状況ではスチュアート君も加えるべきだろうが、書類がないか我々で探すのが賢明だと思う。アプルビイ君も一緒に来るかね？　まず牧師館へ行って、あそこを仮の宿にしているマザーズ嬢に、あの夜の訪問者について尋ねてみよう」

「ご一緒します。でも僕に職務上の権限がないことはご理解ください。発見したことは、すべてスペイト警部に知らせます。マザーズ嬢に会うのは少し先にしたほうがいいでしょう。実は、マザーズ嬢に質問したいことがもう一つあるんです」

ガスリー嬢にコートを着せていたウェダーバーンが僕に向き直った。「どんなことかね？」

「彼女の伯父さんがウィンタースポーツをやっていたか、です」

「それはまた、何とも謎めいた質問だな」

ノエル・ギルビイは、先を見越してポケットにバタービスケットを詰めていた手を止め、顔を上げた。「ほらね。アプルビイって奴は、こんな質問を誰にでもしかねません。僕には何だい？」

「これだけだよ。学者ネズミのメッセージについてはもうわかった。風変わりな鳴き声のフクロウのメッセージは何だった？」

2

スチュアートは急用でダンウィニーに呼び戻され、のちほどエルカニーで合流すると伝言を残して出発したあとだった。暗闇のなか車を走らせながら、ウェダーバーンの報告に書いてあることで僕のまだ知らないことを本人から聞かせてもらったので、城に着く頃には僕の考えにも目鼻がついていた。ここエルカニーでクリスマス・イヴに起こったことについて、今日の午後ウェダーバーンは断片的な証拠から首尾一貫し説得力のある絵を完成してみせた。この場合ラナルド・ガスリーのジグソーパズルの比喩がいみじくも当てはまるが、使い残したピースがあるので、その絵は完成したとは言えない。盤石な見かけにもかかわらず、明瞭な輪郭の意味を残ったピースが曖昧にする、あるいは覆すこともあり得るのだ。あとになって、絵の薄暗い片隅に暗殺者の姿が発見され、それまで単に感傷的な題材を見事に描いた作品だと思われていたものに、突然邪悪な意味が加わることもある。エルカニーの事件はこれ以上邪悪にはなりようがないが、これまで無視されていたピースをはめていくと、もっと複雑怪奇な絵になると僕は思う。確信はないけれども、ジグソーパズルの比喩を使ってきたことが間違いの元なのではないか。僕たちが直面しているのは複雑で不安定な化学的混合物であり、最後に加える成分によって思いがけないものに変化しかねない。ジグソーパズルの比喩がどうしようもないほど頭の中に根を下ろしたせいかもしれないが、エルカニーの謎を振り返るたびに僕はユーアン・ベルの言葉を思い出して自分を戒める。「傲慢には天の裁きが待ち構えておる」

ハードカスル夫人とタマスは、親切な、あるいは好奇心を抑え切れないキンケイグの村人に引き取られ、僕たちが着いたとき城は無人だった。月は出ていなかったが、澄み切った夜空に星がまたたいていた。跳ね橋を渡り正面の庭に入っていくと、城の本体部分が僕たちを威圧するかのごとく取り囲む姿がぼんやり見えてきた。星のきらめく天頂に向かうにつれ次第に輪郭をくっきりさせながら空を切り裂くようにそびえる塔が目に入った。ラナルド・ガスリーはきっと子供の頃から、塔から濠まで気が遠くなるような距離を落ちることができると知っていたに違いない。時々あの気質に逆らえずいくらか向こう見ずになって胸壁から身を乗り出し、目が回りそうな感覚にどこまで耐えられるか試したことだろう。ひょっとすると、体が揺れ、胸壁の縁《へり》を越えて落ちていき、硬い石に弾丸のような速さでぶつかるという考えに、ずっと前から魅せられていたのか？　僕はウェダーバーンに言った。「まず濠を見てきます」

ランタンを手にしたギルビイと二人でギャムリーのルートを通って濠へ下りた。融け始めた雪でぬかるみ、歩くのは耐えがたいほど不快だった。転落した遺体が作った小さな窪みが見つかった。いまだにすぐ目に留まるところから、衝撃の大きさが想像できる。僕たちはしばらく黙って窪みを見ていた。僕が沈黙を破った。「ピースはたくさんあるけど、ほかのピースがこのあたりで見つかるはずなんだ。スコップはあるかい？」

ギルビイが取りに行ってくれ、スコップを二本持って雪融けのぬかるみの中を戻ってきた。機嫌よく「こいつを使え」とよこし、「さて、哀れヨリックのしゃれこうべはいずこに（ヨリックは『ハムレット』の道化。劇中ハムレットは昔なじみのヨリックの頭蓋骨と対面する）」と言った。

僕たちはスコップを突き立てて掘り返した。昼間ならずっと楽だったろう。偶然、僕のスコップが雪に埋まった何かに当たってカチッと音を立てた。一分ほど掘ると、刃先の鋭い小さな斧が出てきた。ギルビイは注意深く斧を調べて、「これはいい土産ができた。スペイトにだけどね」

「見つからなかったのはスペイトのせいじゃない。今日の午後まで、そんなものがあると考える理由はなかった。あの高さから落ちて、深く埋まっていたし。きっとウェダーバーンは喜ぶだろう。指を切り落とすのにおあつらえ向きの道具だから、彼の理論には願ってもない補強材料だ」僕は刃先に触れてみた。「『でかいネズミをこれでやっつけてやるぞ』か。ラナルドの印象がよくなったとはお世辞にも言えないな」

ウェダーバーンとガスリー嬢は、城の大ホール——あるいは家族用広間——の暗がりにぼんやりと浮かぶ蠟燭の灯りの島にいた。ほんの二、三日前まで、ここにも人が住んでいる気配があったはずだ。誰もいなくなってからまだ数時間なのに、早くも古代遺跡めいた雰囲気が垂れ込めている。ラナルド・ガスリーが住まうことが城を現在に繋ぎとめる唯一の糸だった。その糸が絶たれ、熟した杏《あんず》が地面に落ちるように、城は抵抗するすべもなく過去へと滑り落ちてしまった。傍目《はため》に僕たちは、夜の古城見物に来た物好きな観光客と映るかもしれない。死に際会したばかりだという感覚をこんなに重く引きずっていなければ、だが。ギルビイの神経を逆撫でした床置き時計は、変わらず時を刻んでいた。死者の服のポケットから聞こえる懐中時計のように、不吉な鼓動を奏でて。

僕は冷たく湿っぽい空気を思い切り吸い込んだ。確かに、キンケイグ村よりこの場所こそ、ガスリーの亡霊がうろつき回るにふさわしい。ハードカスルの影がぴたりと寄り添い、幽霊ネズミが周囲を駆け回り。幽霊が歩き回るなんて僕は信じないが、突然理窟に合わない恐怖が湧き上がるのを感じ、屈しかけた。今日の午後、ウェダーバーンによってエルカニーの謎はいったん鎮められた。あのままそっとしておけばよかったのかもしれない。でないと、最悪の事態に見舞われそうな気がしてきた。この感じが執拗につきまとう。自分の職業の抽象的理念——正義の理念——を思い起こしてようやく振り払い、僕は言った。「塔に上がりましょう」

僕たちは黙って長い廊下を歩き、最初の扉を通り過ぎた。ギルビイが賢明にもこの扉を施錠したので、ハードカスルは告げ口電話の仕掛けを取り外せなかった。みんなで階段をのぼる。心理学者が言うには、塔は野心——タロットカードの「運命の輪」の天辺のような危険な高み前者から後者へ身を投げたいという衝動に駆られる者も、単に危険から安全な状態に移りたいと思っているだけなのだ。そうやって心の奥に潜む欲求の倒錯した論理に裏切られてしまう。大変な思いをして設けたこの隠遁所を私室に定めるようガスリーに働きかけたのも、明らかに彼の野心だ。象徴に関する心理学者の理論は、クリスマス・イヴの出来事に光明を投げかけてくれるのか？　ガスリーの深層心理において死へのダイブは、安全を得ようとする、あるいは救済を意味する行為だったのか？　ガスリーがクリスティーン・マザーズに完成を宣言した「一番大きなジグソーパズル」に収まる、いわば無意識のピースがここにあるのか？　こういった衒学《げんがく》めいた問いは、あとで考えるべく心の奥にしまい込む。気づくともう書斎の扉の前にいた。

これまでに他の人が描写しているこの部屋の様子に、付け加えることはほとんどない。このような塔の多くは、建てる際に一層ずつ積み上げていく。広くしたい場合は上に建て増すのが最も経済的だからだ。しかしエルカニーの塔の最上部は、最初に塔が建造されたとき既にその一部だった。周囲の壁は、胸壁を歩く部分を設けるために四フィートほど後退させてあり、すぐ下の基礎部分のおよそ半分の厚さしかない。それでも僕は、ここが孤立しているだけでなく堅牢に造られていることに心を動かされた。二つの部屋——書斎とそれに続く小寝室——は、城が本当に砦であり単に階級を誇示する印ではなかった時代に属するもので、中世の堅牢な造りが損なわれずに残っていた。

ネズミの死骸があちこちに転がっていることを除けば、書斎はギルビイが扉に鍵を掛けてから何も変わっていなかった。午後の事態の展開を頭の中で整理し終えたスペイトが、明日の朝には精力的に捜索し直すだろうから、その前に閲《けみ》する機会を得られたのはありがたい。こじ開けられた書き物机、いかさま電話――素人仕事だが、手際よくできた仕掛け――そして机の上の本。小寝室に移動する前に、それらを注意深く調べた。小寝室の隅に置いてある木材を引っかき回し、ウェダーバーンが見つけていた本を持って書斎に引き返す。フリンダーズ著『実験放射線医学』。「面白い本だ。と言うより、面白い見返しだと言うべきかな。どなたか気がつきました？」

反応がなかったので、見返しを開いて机に置いた。きれいな筆蹟で、インクの書き込みがあった。

リチャード・フリンダーズ
王立外科医師会会員
生　一八九三年二月　南オーストラリア
歿

ウェダーバーンは激しい戸惑いを浮かべ、途中で終わっている覚え書きをまじまじと見つめた。「何てことだ！　これを見逃していたとは。謎めいた銘だな。ガスリーが植民地で過ごした時期と関係があるのだろうか？」

僕は三行目を指さした。「一八九三年生まれ。ここから何かわかりますか？」

誰もが困惑顔で黙り込んだが、やがてシビル・ガスリーが口を開いた。「クリスティーンが教えてくれたけど、ラナルドが帰国してエルカニーを継いだのは一八九四年よ。この人が生まれた次の年ね」

僕は頷いた。「ええ。重要な事実です――それに、ほかの事実と何ら繋がりがない。そういったことが往々にして最も役に立ったりするものです。ギルビイ、ガスリーが最近買ったものの中に医者の人名録がないかい？　きっとあると思う」

少し探しただけで予想が当たったことがわかった。僕は急いでページを繰った。「あった。大物だけに附される長い人物紹介がある。医学士、外科医学士、経歴の最初はアデレード、そのあとシドニーへ行き、それからアメリカ合衆国で長く活躍。その功績を認められたんだと思うが、アメリカの学会の名誉会員と恩給受給者に指名されている。その後シドニーに戻り、ロンドンにもたびたび短期滞在。腕のいい外科医が実験的研究者に転身した、そんな感じですね――だから恩給が必要なんでしょう。権威ある医学教科書を二冊出しています。その一冊が目の前にある本ですね。学術誌への寄稿多数。論文が十余り。読み上げますよ、『噴門部の放射線医学』『放射線医学と腸疾患の差異的診断』『ラジウムの医学的利用の歴史概要』『ある長期記憶喪失症例の分析』『脊髄空洞症　放射線医学的アプローチ』『迅速なスクリーニングの技術　現代放射線医学への貢献』『ラドンと――』」

ウェダーバーンが口を挟んだ。「アプルビイ君、これは興味深いことなのか？」

「興味深いかって？　これを知ればあなたも大いに興味を持たれると思いますよ。傑物フリンダーズは大物ってだけじゃありません、神童でした」

「神童？」

「間違いなく」僕は見返しの銘を指さした。「『一八九三年二月　南オーストラリア生まれ』、この記述を信じれば、彼は七歳で医学校を卒業している」

ウェダーバーンはじれったそうに叫んだ。「そんなことがあってたまるか！」

「いや、むしろ、真実の曙光です。僕たちは死角のない真実を目指すべきでしょう。ガスリーさん、事態のこの展開によって、あなたは抜き差しならない深みからいくらか抜け出せると思うのですが？」

「ええ、きっとね」

「では聞いてください。リンゼイについてウェダーバーン氏があなたにしたのと同じ約束を僕もしましょう。リンゼイが事件でどのような位置を占めているのか、僕たちは正確に把握しています。彼は無関係です。ですから、ギルビイがあなたにした質問を繰り返させてください。いったいどうしてガスリーが自殺したとわかりましたか？」

「わかりませんでした。本当は、ガスリーが胸壁から押し出されるのを見たのです」

ウェダーバーンはため息をつき、眼鏡を拭き始めた。僕は言った。「回廊へ行ってみましょう。きっと役に立ちます」

3

色あせた地球儀が動き始め、回転した。僕の指はオーストラリアからスエズを通ってサウサンプトンへと長いルートをたどった。

「血が黙っていない、だから絶対にあいつはやる……！」

僕たちは長い回廊を歩いた。ランタンと懐中電灯の光が、延々と続くガスリー一族の肖像画を照らす。立ち止まり、フランドル派の画家が描いた十六世紀の肖像画に光を向け、くるりと向きを変えてレイバーン（スコットランドの肖像画家）の手になる十八世紀の地主の肖像画を見た。同じ顔が僕たちを見下ろしていた。僕はそっと言った。「これがうまくいかないわけがあるか、え？　これがうまくいかないわけがあるか？」僕たちはしばらく黙って立っていた。「ギルビイ、ダンバーの詩の最後の部分を読んでくれないか」

ノエル・ギルビイは誦《そら》んじた。

貴《たつと》きウォルター・ケネディ師は今
死の臥所《ふしど》に横たわる
かくなれるはまこと悲哀の極みなり
　死の恐怖、我をさいなむ

死神が我が同胞《はらから》ことごとく奪いしからは
我ひとり生命《いのち》長らえるとも思えず
必ずや我も次の餌食にならん
　死の恐怖、我をさいなむ

死を癒やす薬はなく
死に臨む覚悟こそ望ましけれ
死してのち再び生を得んと願う
　死の恐怖、我をさいなむ

さっきより長く続いた沈黙を破って僕は言った。「ラナルド・ガスリーは、中世の敬虔《けいけん》さを皮肉に変える業《わざ》に長《た》けていました。『死が迫っている、だから自分が生き続けるために備えることが肝心だ』それがガスリー流のダンバー解釈でした。ラナルドはどこかで生きています。死んだのは彼の兄イアン――オーストラリアの外科医リチャード・フリンダーズ――です。ラナルドの話は断片を繋ぎ合わせれば完成させられる。でも、イアンの話をすべて知ることはできないでしょう」

言葉を見つけようと必死になっていたウェダーバーンが口を開く前に、シビル・ガスリーが驚きの叫びを上げた。暗闇でがさごそ音がするのでランタンを下げて見た。ハードカスル夫人の強力な毒がまたネズミを仕留めたらしい。大きな灰色ネズミが、グロテスクによろよろと僕たちの足許まで来て息絶えた。一瞬、メッセージを携えた、ギルビイ命名の学者ネズミかと思ったが、今度のはさらに学識があった。末期《まつご》の苦しみを和《やわ》らげようとしたのか、口にしっかりとくわえていた。小さな黒い手帳を。

医師の遺言

I

意識が戻ると、周りは見慣れない景色だった。エデンの園で目覚めたとき、アダムもこんな風に感じたのだろうか。私は「見慣れない」という感覚を生むのに必要なはずの、比較すべき記憶の助けなしに、この景色が目新しいものと認識していた。さらに不思議なことに、その状況に全く戸惑っていなかった。私の精神活動は生き残ることだけに全力を傾けていた。

見渡す限り濃い緑色の植物が広がっていて、葉の鈍い輝きは、ゆらゆらと揺れる青い空の下で、遠くへ行くにつれ紫色へと変化している。背後から波の砕ける音が聞こえるような気がした。耐えがたい暑さが、その波は地下の火の海から押し寄せる熔岩のうねりかと思わせた。身をよじって後ろを向く。海は幻だった。炎のカーテンがあたりの景色を呑み込みながら近づいていた。炎の大鎌が乾いた植物を、見た目にもそれとわかる動きで刈り取っていた。一瞬その光景に見とれたが、すぐに、危険が迫っていると覚った。四つん這いになって目を凝らすと、炎のこちら側に先史時代の小型動物の群れが飛び跳ねていた。同一のグロテスクな形態が、人間ほどの大きさからネズミくらいまで揃っている。まるで子供が遊ぶ入れ子の積木だ。カンガルー、ワラビー。私の血まみれの頭はその名前を記憶から絞り出し、それをきっかけに土地の知識が戻ってきた。私はブッシュ火事の通り道にいるのだ。逃げ道を探さないと炎に呑み込まれてしまう。

私は高いところから転落し、その場でうずくまっていたに違いない。ここはむき出しになった石灰岩層の中ほどで、岩棚の裂け目だ。裂け目はずっと先まで下りながら続き、灌木の茂みに消えていた。灌木はあちこちで、まばらなティーツリーや棘《とげ》だらけの植物の茂みやオカヒジキに場所を譲り、ところどころに乾いた砂地が見える。しかし、燎原《りょうげん》の火が及ばないほど広い空地はなかった。唯一当てにできそうなのは、丈の低い植物の茂みがうねりながら続くなか、二マイルほど離れたところに奇蹟的にポツンと隆起した大岩だった。岩は揺れたり震えたりしていた。熱による屈折もあろうが、私の感覚が損なわれているせいかもしれない。ここからでは岩の大きさも、のぼれるかどうかもはっきりしなかった。周囲は切り立つ崖のようだが、そこかしこにいくらか斜めになった亀裂がある。亀裂に足をかければ、安全な場所まで這い上がれるだろう。

立ち上がり、体力が残っていることに他人《ひと》事のように驚く。火は、逆風に遭ってわずかに速度を落としていた。風がまともにこっちへ吹いていたら、助かる望みはなかった。今のままでも厳しい競走だから、ぐずぐずしてはいられない。しかし、歩きだす前に持ち物を点検したほうがいい。近くに野営の痕跡がある。焚火の跡、ひっくり返ったブリキの容器、馬の糞《ふん》。私には何の意味もない。自分のものだと思い出した雑嚢《ざつのう》を見つけて、肩に掛ける。あるはずの水筒を血眼になって探したが、見つからなかった。

歩きだしてみると、低木は密生していないので楽に進め、目標がはっきり見えていた。およそ一マイル進んだところで水筒を見つけた。自分のものかどうか判然としないが、四分の一ほど中身が入っていた。このことで、根拠のない迷信じみた自信が生まれた。それがなかったら、今こうして生きてはいないだろう。

隆起した岩にたどり着いた頃には周りに飛び火し、あちこちで炎が舌を覗かせていた。火事の熱で発生した軽い向かい風が顔に吹きつける。背後からの突風は、向かい風もものかは、火の粉を雨あられと降らし、前方何百ヤードにもわたって炎の前哨部隊を送り込んでいた。一度など、すぐ近くのヤッカ（オーストラリア原産のススキノキ属の植物）の茂みに飛んだ火が突然走ってきて、危うく呑み込まれかけた。ヤッカの槍《やり》状の葉は葉柄《ようへい》部に樹脂を多く含み、あっという間に燃え広がるのだ。

苦しい思いをして、岩の表面に裂け目か足場になる箇所を探したが無駄だった。文字通り、壁を背に追い詰められた。しかし、やがてチムニー（体が入る程度の縦の裂け目）を見つけてのぼり始めた。興味深いことに、絶体絶命の危機にあって私は登山の豊富な知識を駆使していた。山で育った記憶は全くないのだが。絶望的な登攀《とうはん》の一歩一歩を、緊張した場面の一つ一つを、今もめくるめく心地で思い出すことができるのは、私の記憶が消されたばかりの黒板みたいだったからだろう。ついにのぼり切り、地獄の業火は九百フィートほど下になった。それでも、ここもやたら高いだけの焼き網になって、気が狂った絵描きの夢に出てくる殉教者のように焼かれてしまうのではないかと恐れおののいた。しかし、ここは安全だった。

一時間以上も、火が通り過ぎるのを見守っていた。岩に遮られ直接襲ってくる力はないものの、炎は、焼けつく太陽の熱と、炎を背後からあおる乾いた北風の息吹とを勢いづけていた。登攀による疲労、熱、恐怖で私はしばらく動けなかった。水筒の水を控えめに飲み、ありったけの意志の力を振り絞って、次の、そして最も重要な闘い――絶望との闘い――に備えた。荒野をさまよい、同じくらい危険な目に遭った人は大勢いるかもしれないが、瀕死の状態で歩き回った者を除けば、私ほど奇妙な苦しみを味わった者はいないだろう。

五感は健全に働き体力もほとんど衰えていないのに、自分が誰で、どこにいるのか、記憶がすっぽり抜け落ちている。眼下に広がる景色になじみがないことは確かだ――オーストラリアの景色が時に見せる、ぞっとする相貌《かお》の一つだった。知識はふんだんにある。ラテン語が読めるし、写真を見せられればパルテノン神殿だとわかる。鱒《ます》釣りの毛鉤《けばり》も選べる。それなのに自分が何者かとなると、知っていることは次のひと言に尽きた――オーストラリアで迷っている異郷の人間。それ以上はどうあがいても思い出せない。自分が誰かという認識は、努力で押し戻せるぐらついた囲いに阻《はば》まれているのではない。私は、今のぼってきた岩のように切り立つ壁に囲まれた、無知という牢獄に囚われていた。

火は既に遠ざかっていた。傾き始めた太陽から判断して、火はおよそ南西の方角に進んでいる。火が通ったあとくすぶっている平原は、ひと晩経ってからでないと危険で歩けない。今は進める方角に進み、日陰を見つけて休むことだ。

地平線はおよそ五十マイル先と見積もった。今いる高い岩のほかは、火が通った跡がひと筋あるだけで、単調な低木の茂みにぐるりと囲まれている。藪と砂地がまだらに広がり、変化と言えば、ところどころに樹木が生え、周りより少し高い隆起があるだけ。開拓地や入植地、家屋敷の類いは、白人のものだろうが色の黒い人たちのものだろうが、何も見えない。その風景は空虚で侘《わび》しく、神経を参らせようとする悪意に満ちていた。ただ、南方の地平線にひと筋、平らな線のようなものが見えた。熱のせいで視界が揺れたが、長時間、期待と不安の交じった気持ちで観察した。最終的にあれは海だと結論し、目的地に定めた。

必要なものと、手許にあり利用できるものとを照合する作業に取りかかった。徒行に必須の帽子が結わえてある雑嚢の中身は、シャツとオートミール、ビスケット、マッチ、身の回り品が少々。困ったことにコンパスがない。だが、ズボンのポケットに時計が入っていた。加えて二クォート(約二・二六リットル)入る、蓋のないブリキ鍋があった。

眼下に広がる目印のない土地では、時計と太陽があるだけでは役に立たない。涼しい夜間に安全な移動をするには、およそ正午に合わせた時計が必要だし、晴れて星が出ていること、見通しが利いて危険な障害物がないことが条件となる。二十四時間以内に水、三、四日以内に食糧を確保しないと生き延びられない。そういったことを確認してから、小さな日陰で横になり、あっという間に眠りに落ちた。

目が覚めると、オーストラリアの短い夕暮れだった。下方ではまだ火がくすぶっているが、火事の本体は見えない。たぶん砂地に吸い込まれて消えたのだろう。岩を降りて、今夜歩き始められるかどうかくらいは確かめたい。次第に儚《はかな》くなる夕暮れの光を頼りにチムニーを降りるのは倍も危険だが、覚悟はできていた。その覚悟のせいで危うく命を落としかけ、生き延びることにもなった。

半分も降りないうちに暗くなってきた。底に近いあたりでチムニーが二股に分かれている。のぼってきたルートを採ろうとして、足場の選択を誤り、逆の裂け目を十五フィートほども滑り落ちてしまった。衝撃で頭がくらくらしたが、必死で状況を判断してもいた。もし手足が折れたり歩けないほど捻挫したりしていたら、もう終わりだ。痛みは感じないけれども、痛みは遅れて出ることもある。手足を動かしてみる。思い通りに動き、胸を撫で下ろした。すかさず恐怖が全身を走った。脚が血でぐっしょり濡れている？　いや、違う、血だと思ったのは水だった。この発見で計画は大きく修正された。水をできるだけたくさん携行しなければならない。しかもその半分は蓋のないブリキ鍋で運ぶのだ。ブリキ鍋の水を飲み切るまでは一度たりとも転べない。そんな、スプーンに卵を載せて走るような真似は、日中しかできない。出発を遅らせると食糧を探すのが十二時間遅れるが、水のほうを選んだ。夜に歩くと、太陽を手がかりに南へ進むこともできない。肚をくくると、もう一度横になって眠るなり休むなりしようとした。夜は涼しかったがひどい寒さではなく、霜が降りることもなく、昼間に海が見えたと判断していたことで勇気づけられた。高地や内陸にいるわけではなさそうだからだ。夜明けに起き、いささか胡散臭くはあるが、ラクダを真似て水を嫌というほど飲んだ。落ちた水場から開けた地点まで裂け目をのぼるのは困難だった。頭ははっきりしていたが、記憶だけでなくその働きにも危険な盲点があるようだ。ブリキ鍋の水を気前よくこぼしながらのぼり、疲れ切ってからようやく、安全な場所で水筒に汲んだ水を鍋に移し、泉に戻って水筒に水を入れ直せばよかったのだと気づいた。

失敗に落ち込み、しばらく恐怖におののいた。途方に暮れた人間を襲い行動力を奪う、パニック発作の徴候かと思った。しかし、鍋の水をこぼさないよう集中して数マイル進むうちに、恐怖は克服された。茂みはまばらで、下生えも足を取られるほど密ではない。その日は一パイント(約〇・五七リットル)の水を飲み、残りをこぼさずに夜の休憩場所まで運んだ。昼間歩きながらビスケットを二、三枚食べ、夜は火を熾《おこ》しオートミールバノック(オートミールを練って焼いた丸く平たいパン)のようなものを平らな石の上で作った。絶望にはほど遠い心境だった。

昼の間は時折襲ってくる突き刺すような頭痛に悩まされたが、それを除けば体調はすこぶる良好だった。その夜は夢も見ずに眠った。朝起きてみると節々が痛み、自分の体は歩くことより馬に乗ることに慣れているのだろうと思った。

二日目と三日目は、それぞれ二十マイルは歩いた。ブリキ鍋の水がなくなり、それ以降は夜歩くことにした。ほぼ真南に歩いている確信があったので、三晩歩いたあと、あのとき見えたのは海ではなかったと悟った。目的地にしたのは、蜃気楼か、そうでなければ湖で、知らないうちに通り過ぎたのだろう。あたりを見渡しても、茂みと砂地が蜒々と続いているだけだ。夕闇に紛れて時々カンガルーの姿が見えた。一度、真昼に二人の現地人を見かけて走り寄ったが、単なる光のまやかしで、近づくと切り株にとまった二羽のカササギだった。水も食糧も尽きた七日目の夜明け、白人のものとわかる跡を見つけた。柔らかな砂地にかろうじて見分けがつくブーツ底の跡。ずっと続いていたので、自然にできたものとは考えられない。ちょっと風が吹けば消えてしまいそうな、新しい足跡だ。衰えた体力では先を歩く元気な男に追いつけないと気が急《せ》いた。四分の一マイルも離れていないところにキャンプファイアーの細い煙が見えたときには心が躍った。すすり泣きながら駆け寄り、焼けつく喉で叫ぼうとした。

男は死んでいた。そばに、最後まで離さなかった空の水筒が落ちていた。うつぶせになった体はまだ温かく、片手に乾いた葉を二、三枚握りしめ、くすぶっている焚火のほうへ伸ばしていた。狼煙《のろし》を上げようとしたとき、死が訪れたのだろう。

私の内で何かが崩れた。差し迫った死、衰弱しきった体、すさまじい喉の渇きといったものを考えまいとして築いた心の障壁ではなく、ブッシュ平原の静寂を遮っていた精神の防御壁が壊れ、沈黙の音が耳に流れ込んできた。熱く重苦しい沈黙は、乾いたセミの鳴き声や干からびた草を揺らす風によっても破られることなく、何時間も続いた。私は叫んだ。自分のものとも思えない恐ろしい声だった。雑嚢を放り出し、叫びながら、蒼穹《そうきゅう》の下《もと》に広がる沈黙の墓所から逃れ、すべてを呑み込む無へと駆けだした。逆上したことで残っていた力が呼び起こされ、よろめく足取りで何時間も歩いた。頭がふらつき、割れそうに痛む。耳にはどよめきが鳴り響いた。それまで何日も続いていた沈黙と同じく、決して途切れることのない轟きだった。音は次第に大きくなり、耳をつんざく雷鳴となった。雷鳴が体内からではなく外から実際に聞こえる音だとわかったとき、目もくらむ啓示が訪れた。私は高い崖の縁《へり》に立っていた。はるか下方で、大海原から押し寄せる波が崩れ、雷のような音を立てていた。

　東西に切れ目なく続く崖は、巨大な岩の砦となって朝日に威容を輝かせていた。崖からの眺めは素晴らしく、見とれているうちに心が凪《な》いだ。頭がはっきりしてくると、とてつもなく重要な意味を持つものに気づいた。崖の縁に沿って東へ、土地の人が歩く道が続いていたのだ。残る力を振り絞ってその道を二マイルほど行くと、崖が海から少し引っ込み、狭い谷になっている場所に出た。下は何も生えていない砂地で、切り立つ崖から道がついていた。衰弱した体には辛かったが、その道を下りた。小一時間ほど歩くと、砂丘に穴を掘って浸出水を溜める簡単な井戸を二つ見つけた。しかも近くの低い茂みに赤い実がたくさん生《な》っていた。白いインコの群れ――ここ何日かで見かけた最初の生き物――が実をついばんでいて、私に気づくと飛び立った。その実を少しずつ食べるだけの理性は残っていた。またしばらく行くと池があり、ぬるい水に浸かると力が戻ってきた。そのあと別の池を見つけ、帽子で魚を二匹捕まえた。雑嚢は捨てたが水筒とブリキ鍋はまだ持っていて、ポケットにはマッチ。思いがけない豪勢な晩餐ののち、波の音を聞きながら眠りについた。

二日間、左手に砂丘とその背後に崖を見ながら、海岸沿いに東へ向かう。ところどころ大量の海藻が流れ着いていて邪魔だったが、それ以外は楽な道のりだった。手許には数日分の水があり、赤い実で飢えを凌いだ。自信が戻ってきて、そのうち入植地に出るだろうという希望が常にあった。陸に棲《す》む鳥の数が目に見えて多くなり、前方にある高台がこれまでとは環境が異なっていると教えてくれた。

三日目、崖が海にせり出して浜辺は通れなくなり、何時間もかかってやっと崖の上に出る道を見つけた。再び危機が迫っていた。赤い実をつける茂みが次第に少なくなっていたが、実を持ち運ぶ手段がない。しかも、赤い実だけで何日間も過ごすのには無理があった。より大きな問題は、水が見つからなくなったことだ。二日ほど早起きして茂みに降りた朝露を集めようとしたが、草の葉で作った間に合わせのスポンジで四分の一から二分の一パイントの水が精一杯だった。そうした作業に時間を取られて一日に歩ける距離は短くなり、しかも苦労の割に量が集まらない。土地の様相がだんだん変わっていくのが唯一の希望だった。

茂みはどんどん密になり、今やのぼれないほど切り立った崖の下まで続いていて、この先へは進めないのではないかと心配になった。しかし、木がまとまって生えている箇所が出始め、より肥沃な土地に近づきつつある徴《しるし》だと思われた。また、ユーカリの木のごつごつした皮を剝ぐと白い大きな幼虫が見つかり、思いがけない食糧になった。恐る恐る食べてみると、胃はむかむかするが、力がつくのはわかった。食べ物の誘惑に負けてユーカリの木を探すうちに、海が見えなくなってしまった。暑く鬱陶《うっとう》しい午後の間、私はユーカリの迷路をさまよっていた。再び水が尽きた。その日の夕方、いきなり神経がやられた。幼虫に含まれる弱い毒が引き金かもしれないが、主な原因は疲労が積み重なったことだろう。よろめき歩く体力は残っていたが、夜になっても横になろうという意志の力がなかった。長らく恐れていたパニックに襲われ、巨大な木々の間をさまよい、ついに倒れ込んだ。

意識を半ば失って何時間も横たわっていたに違いない。夜がいつもよりずっと息苦しいことには気づいていた。すさまじい喉の渇きに加えて、激しい空腹が襲ってきた。食べ慣れた幼虫を探すつもりだったのだろう、暗がりで、木の幹に無意識に手を這わせていた。突然、電気が走ったように体が震えた。木の皮がぐるりと剝ぎ取られていたのだ。人間がいる証《しるし》に初めて出会った。

声は出ないし、星のない夜であたりが見えなかった。夜明けを待ちながら何度も何度も、斧の痕が現実か確かめた。やがて夜が明けた。あのときのことを思い出すと、皮肉な事実がもたらした苦い思いと恐怖がよみがえる。その木は環状剝皮《はくひ》（生育抑制や成熟促進、増殖の目的で、幹や枝に環状の切り込みを入れ皮部を剝ぎ取ること）によって枯らされていた。ほかの五十本ほどの木も同じだった。開墾は頓挫し、試みた者が誰であれ、ずっと前に撤退していた。人間がいたことを示すのは、誰も住んでいない崩れかけた粗末な小屋だけ。入植地のすぐそばまで来ながら希望が潰え死《つい》を覚悟したとき、頭上に嵐がやって来た。

五分も経たないうちに全身ずぶ濡れになり、ブリキ鍋を雨水でいっぱいにして小屋へ逃げ込んだ。数分後、すさまじい音と共に一本の木が倒れてきて、私がいるのと反対の隅を押し潰した。その木を見て、またもや危難が救いをもたらしたことを知った。倒れた木に——木は何千本もあるだろうに、よりによってこの木に——蜂が巣を作っていたのだ。私は何ポンドもの蜂蜜を手に入れた。

人外境をさまよう孤独から脱け出し、やっと入植地の外れに至った。もう一度海を探し、東へ進めば安全な場所に出られる。嵐が過ぎたその夜、穏やかな波の音が聞こえた。一マイルも行かないうちに崖が見つかった。

大きなユーカリの根元には下生えが育つだけの養分が土中にないので、地面はおおむね歩きやすかった。しかしユーカリの林を抜けると、その先は徐々に茂みが深くなった。茂みは、なおも途切れずに続く崖の縁まで、ほとんど通り抜けられない障害となって広がっていた。下を覗くと、崖と海の間は砂丘の続く狭い谷で、そこなら水が見つかりそうだった。その先はまた歩きやすい固い砂地で、満潮時には海水に浸かるかもしれない。私は道を見つけ次第降りる決心を固めた。崖が海に迫って通れなくなり、とぼとぼ引き返す危険は覚悟の上だ。

私には確信があったし気が急いていた。同時に、精神が不安定で正しい判断ができなくなりつつあったと思う。見つけた道はことのほか険しく、足場を探しながら下っている間ずっと、目眩《めまい》に襲われそうな予感とも闘わねばならなかった。そしてついに——下までたどり着きかけていたと思うが——足を踏み外した。

そのあとは断片的な記憶しかない。どこに向かって、どの方角に進んでいるのかわからないまま、果てしなく続く海岸を歩いていたことを覚えている。目の前でイソシギの群れが優雅に舞い降りては飛び立っていったことも。ひょっとするとあれは、ともすれば倒れ込みそうな私を、さあ先に進めと導いてくれたのか？　水筒もブリキ鍋ももう持っていなかったと思う。石灰岩の窪みに、嵐で溜まった水を見つけた。記憶に残っているのは、犬が吠える声が聞こえたのは現実かどうか自問していたことだ。最後の記憶は、暗闇に横たわり、ついに自分は錯乱してしまったと思ったことだ——私を包む生暖かい夜の空気に強烈なカーネーションの香りが立ち込めていた。

男の子が屈み込んで私を見ていた。小麦色に焼けた顔は、自然の事物の形状や重量感を超えた、偉大な絵画を思わせた。男の子は、手にしたブリキのコップを、岩と砂で作り上げた小さな庭に咲くカーネーションの間に置き、向こうの小屋に向かって嬉しそうに叫んだ。「父ちゃん——この人、気がついたよ！」

再びコップを持って私の唇にあてがい、水を飲ませてくれた。「危ないところだったよ。まだ運があったみたいだね」

私は何日もさまよっていたことなどを話したのだと思う。男の子の目が見開かれ、にこりとした。その笑みは、高地地方《ハイランド》の茶色い池に急に陽の光が射し込んだみたいだった。

「そうなの？　絶望湾《デスペレーション・ベイ》の西に生き物はほとんどいないんだよ」たぶん十歳か十一歳くらいだ。男の子の声には開拓者の誇りが感じられた。

男の子がぴょんと立ち上がり、海のほうへ目を凝らした。私がいることも忘れ、興奮して声を上げた。「父ちゃん、父ちゃん――アンソンさんの船が砂州を越えたよ！」

2

リチャード・アンソンの心の温かさ、そして風変わりな性格について、長々とは書かない。

彼は私をポートリンカーン（南オーストラリア州都アデレードの西方）へ連れていってくれ、その途中、私が語る不思議に短い話に耳を傾けてくれた。私は二十歳――ひょっとすると二十一歳――の若さでありながら、南オーストラリアの長い海岸線を二週間さまよった過去しかなかった。名前さえなかった。カタストロフィ岬（ポートリンカーンの南）を回ったとき、アンソンは持ち前の気まぐれを発揮し、その海域を海図に記した最初の航海者（マシュー・フリンダーズ。一七七四―一八一四）の苗字を私につけてくれた。こうして一八九三年二月、リチャード・フリンダーズは誕生した。

今の私にはわかるが、見つけたものはもらっていいという信念のアンソンは、意識下の動機に気づかず、私の世話をする計画を立てていた。私が発見されたのは南オーストラリア州の入植地の外れ、南西端だ。私たちは船でポートリンカーンからポートオーガスタへ向かい、そこからは陸路で州の奥地、アンソンの所有する中で最大の牧場にたどり着いた。私を診てくれた幾人もの医師は、東海岸のシドニーから呼ばれていた。きっとたいそうな出費だったに違いない。もしイアン・ガスリーの行方不明が未解決なら、私が重度の記憶喪失だったとはいえ、やがて身許が明らかにされただろう。今だからわかるが、私の消息が途絶えて数週間経たないうちに、狼煙を上げようとして焚火のそばに倒れていた孤独な男の遺体が発見された。近くに私の身許を示すものが入った雑嚢があったので、イアン・ガスリーのたどった運命に対する疑いは消えた。イアンの存在は、リチャード・フリンダーズの脳内、いつ戻るかわからない記憶の底に埋もれているだけとなった。

アンソンの家とそこでの生活に、私はなじみのある伝統を見いだしていた。土地と深く結びついた暮らし、だだっ広い屋敷、黒ずんだ古い家具、すり切れ色あせた上質のカーテンや敷物、薄暗い廊下の壁に並び、束の間の生を享受する子孫を見下ろす先祖の肖像画。それらは、精神分析医の用いるどんな技巧よりも私の心に訴えかけた。アンソンには妻も子供もいない。そのままであれば私の未来がどんなものか想像がつき、それはどうしても拒否したかった。牛や羊を飼う暮らしは望んでいなかった。最近の辛い経験のせいかもしれないが、きっと昔の生活に隠された要因が影響しているのだと思う。山や丘の連なりを見ると気が滅入り、時には恐怖すら覚える。そして何より、霧がかかったような自分の記憶の謎に心を奪われ、医学を勉強したいという気持ちが抑えられなくなった。私は後年、身許がわからぬように記述を工夫して『ある長期記憶喪失症例の分析』という論文を発表した。放射線医学の論文を数多く執筆した中で、それだけは毛色が変わっている。

アンソン氏の寛大な援助の手は、アデレードでの医学生時代だけでなく、若い研究者を待つ、長く貧しい、時に命さえも奪う耐乏生活にも差し伸べられた。氏がリチャード・フリンダーズを創った。やがて選択を迫られたとき、リチャード・フリンダーズとして生き続けようと決心したのは、氏への敬愛も一つの理由だ。それを恥ずべきこととは思わない。

最終学年の、春の午後。医学校から、小さな町の中心を取り巻く公園緑地の二マイルほど先にある下宿へ帰る途中だった。馬引きの路面電車が動きだし、それに隠れていた少人数の一団が見えた。彼らは布をかぶせた台座の周りに集まって、スコットランド人の探検家――マクドゥーガル・スチュアート（一八一五―一八六六）だったのかもしれない――の銅像の除幕式を執り行なおうとしていた。私が目をやった瞬間、甲高いバグパイプの音が響いた。

目の前が真っ暗になったと感じ、そのまま数ヤード歩くと、まるで奇術師の大がかりなトリックのように、瞼《まぶた》に弟ラナルドの姿が浮かんだ。ラナルドは高台に立ち、果てしなく続くブッシュを見下ろしている。詩を暗誦するラナルドの声が聞こえてきた。挫折した詩人の暗い情熱が込められた声だった。

霧深き島の孤独な羊飼い小屋から
山々は我らを遠ざける、大海原もまた
しかし血はなおも強く……(作者未詳『ヘブリディーズ諸島』。このあと、心はハイランドにあり／夢で我らはヘブリディーズを見る、と続く)

声と光景は次第に消え、今の幻が何を意味するのか見当もつかぬまま歩き続けた。その夜、月の光を浴び、山々と海との間に美しく横たわるアデレードの町を眺めていると、記憶を閉ざしていたベールが一枚一枚剝がれていくのがわかった。私は一気に理解した。自分がイアン・ガスリーであること、そして、どんな事情があったにせよ、ブッシュ火事に直面してラナルドが私を見捨てたことを。

あれこれ調べてわかったことだが、兄の子供たちが亡くなり私自身も死んだと考えられたので、ラナルドがエルカニーを継いでいた。私は常に家族の中で野蛮なほど頑健だった。ラナルドを特徴づける、神経質な性格に付きものの優柔不断は、私には無縁だった。結論に達するのに二時間しかかからなかった。不当かつ不正な仕打ちをされたことはわかったが、それが自分にとって重要だとは思わなかった。スコットランドの地主になりたいわけではなかったし、医師としてのキャリアをどう積み上げていくか、職業上の知見に照らして細かく決めていた。ラナルドの正直さは当てにできず、エルカニーの所有権をめぐって裁判にでもなれば、腹立たしい思いをし、時間を奪われる結果になるのは自明だった。オーストラリアには世界的に知られたティッチボーン事件（船の沈没で消息を絶った英国のロジャー・ティッチボーン卿が死亡宣告された十年後の一八六五年、豪州在住の男が財産目当てに本人と名乗り出たが、当時最長期間にわたる裁判で断罪された）があり、裁判になったら半世紀ほど話題になると皮肉な思いで自分に言い聞かせた。それに私はアンソン氏が好きだった。オーストラリアで外科医として働く計画を彼と一緒に立てていた。これは全か無かの選択で、中途半端はあり得ない。イアンは生きていると申し立てれば何かと面倒だろうし、何よりガスリー家の当主としての責を全《まっと》うしなければならなくなる。

私はリチャード・フリンダーズとして生きることを選んだ。後半生を主に第二の母国オーストラリアで過ごし、時々イングランドを訪れ、一時期アメリカ合衆国に長く滞在した。外科医として開業していたら経済的に恵まれたかもしれないが、富とは無縁だった。私の収入の大半は、リチャード・アンソンの遺産と共に、費用の嵩《かさ》むラジウム研究に充《あ》てた。多額の金がこれほど有意義に使われた例を私はほかに知らない。そして、己《おのれ》の将来の安定にかまけて知識への貢献を疎《おろそ》かにはしない、という信条が間違っていなかったことが十分に認められた。先頃、私は栄《は》えある知らせを受けた。何年も前に働いていたアメリカの財団の名誉会員に選ばれたのだ。

私はカリフォルニアに移住する。あそこの気候は、老後を健《すこ》やかに過ごすのに適している。十年間は、これまで科学研究に忙殺されて手を出せなかった分野の研究に捧げたい。仕事としての研究は終わり――ある意味、業績にも区切りがついた――医学界からも社会生活からも引退する。長い研究者生活の間に、私は多くの言語を操るようになった。ヨーロッパ文学は、ふと気づくと墓のことばかり考えている男にとって申し分のない研究主題であろう。

生涯をかけた仕事は若い研究者の手に委ねるのだと考えると、エルカニーへの思いがよみがえった。感傷が頭をもたげると理性の箍《たが》は緩む。またぞろ過去にこうむった不正と損失のことを考え、ラナルドの奴を驚かせてやりたくてうずうずする。その衝動が実行されたときこそ、ああ自分も年老いて子供に返ったのだと悟るのだろう。

それにしてもエルカニーのことがしきりに思い出される。濠でやったファイブズ（壁に当たって跳ね返るボールを交互に打ち返すスカッシュに似た球技）、城の塔、夜中に胸壁を歩くスリル、暗がりで先祖に見つめられながら彼らの偉業を冒険劇として演じた回廊。カイリー山の雪、湖にかかる霧、秋に威勢よく跳ねる鮭……しかし血はなおも強く……。ひょっとすると死ぬ前に、夢でないエルカニーをこの目で見ることになるかもしれない。

ニューサウスウェールズ州、シドニー

一九三六年　聖アンドリューの日（十一月三十日。聖アンドリューはスコットランドの守護聖人）

死の恐怖、我をさいなむ……弟が詠誦していた。おかしな話だ、死ぬのはこの私なのに。私自身はほとんど恐怖を感じていない。

3

ペンがあり、手足を縛られてもいないので、ラナルドに読ませようと思ってエルカニーに持参したこの手記に、できるだけ書き加えておこう。古い壁の亀裂にうまく隠せば、ラナルドの用心深い目を逃れ、いつか真相が世間の知るところとなるかもしれない。ガスリー一族の長く変化に富んだ年代記に、暗い一ページを記すことになろうが。私が生涯をかけた仕事は知識の探求だった。真率な記録を尊《とうと》ぶ。

それゆえまず、私が今置かれている状況は自分の過ちが招いたものだと記しておく。私は子供じみた復讐心を抱いていた。さらに幻滅したことには、人の心を読むのがあまりに下手だった。

ある意味では復讐だが、別の意味では、過去に対して、歪んでいるにせよ許しを与えるつもりだった。ラナルドが私に卑劣なトリックを仕掛け、一緒にやっていたゲームから勝手に降りたと感じていた私は、隠遁生活に入る前に一度こっきり思い切り、ラナルドを脅《おど》かしてやりたいと考えたのだ。何と子供じみた衝動か――加えて、二人の間の隔たりを何と軽く考えていたことか！　危機のさなか、私を見捨て馬や水を奪って逃げることで、ガスリー家の人間として、弟として、男として、ラナルドは自分自身を裏切った。それ以降、人生をたった一つの恥ずべき思い出に支配され、裏切りを責め立てる良心の声に心を蝕《むしば》まれてきた。サメのうようよいるフリーマントル港で、私は一度彼を救った。若きラナルドは、半狂乱になって感謝の言葉を並べた。その数か月後、ブッシュでラナルドは私を見殺しにした。そして、荒涼としたスコットランドの城で続きが演じられることになった出来事は、スコットランドの最も偉大な悲劇『マクベス』の中心をなす真実と奇《く》しくも通底している。殺人の罪に後戻りはなく、さらなる血にまみれて前に進むしかない。ラナルドが忘れられないのは、卑劣な罠を仕掛けたことではなく、裏切りと犯罪なのだ。年を追うにつれ、私を見捨てたことが実は故意だったと示す要素がくっきり浮かび上がる。一年一年、罪悪感の力学が彼の心をより強く捉え、神経を痛めつけ、しまいには人格を崩壊させていく。その結果、苦境に陥るたびに自分は罠にかかった無慈悲な男だと考える。私の芝居じみた愚行のせいで、過去の乱暴なガスリーがしたように私が復讐を遂げに来ると確信したラナルドは、妥協を一切許さない暴力の計画を立てた――暴力といえども精緻に組み立てられ、巧妙に仕上げられていた。私はその計画の全貌を見通せていない。私の亡霊はラナルドの全存在に暗い影を投げかけた。その私がまるで死から生還したように戻ってきたことで、ラナルドは私の生に対して新たな影響を行使する力を持てるようになり、奇妙な解放感を得たのだ。私の命を奪うことは、彼が真骨頂を発揮する複雑なゲームの一手にすぎない。ブッシュで私が死んだことは、彼を押し潰し破壊した。エルカニーでの私の死を、彼は制禦し利することさえできる。心理学における人生充足曲線《ライフライン》の興味深い例と言えるかもしれない。

私はオーストラリアからラナルドに手紙を書いて現況をわずかに伝えたが、往訪の目的は伏せておいた。ラナルドには計画を練る時間がたっぷりあった。エルカニーを孤立させ、使用人を解雇し、だ。ラナルドには言葉少なであれば漠然とした脅威を与えられると、愚かしい満足に浸っていたの虫酸《むしず》の走るハードカスルの協力を確保する。ラナルドは、長い年月の間に昂進した異常な心理に駆り立てられているにすぎない。彼に悪行の報いを受けさせたいと本当に思っているのか、我ながらはっきりしない。しかしハードカスルは、金と引き換えに殺人の手助けをしている。あの男には報いを受けさせたい。

私は再びラナルドに手紙を書き、十二月二十三日の夜リチャード・フリンダーズ医師が密かに訪ねていくと伝えた。こうして振り返ると、何とも気まぐれでメロドラマじみた思いつきだ。このメロドラマが、やはりメロドラマじみた奇想に取り憑かれたラナルドにまんまと利用されたのだから、皮肉が利いている。しかし、私の思いつきに何の意味もなかったわけではない。イアン・ガスリーが生き返るつもりはないと暗に伝え、その時間なら二人だけで会えるようにラナルドが取り計らうものと期待したのだ。この日時を選んだことには、感傷と和解の意味が込められてもいた。子供の頃、私たち兄弟は毎年二十三日の真夜中にこっそり会って、翌日の真夜中、つまりクリスマス・イヴに何を靴下に入れてもらえるか、考えを述べ合った。明らかに、ラナルドはこの暗示を解する状態ではなかった。

思いも寄らぬ大雪には閉口した。しかし私は熟練のスキーヤーであり――オーストラリアに素晴らしいスキー場がいくつもあることが世に知られているか疑わしいが――ダンウィニーのホテルで簡単にスキーが借りられた。ダンウィニーはスコットランドが構想しているウィンタースポーツの新たな中心地で、この時季は人でごった返している。私はカイリー湖に沿ってスキーを操り、やや危険な思いをしてエルカニーにたどり着いた。

予想していた通り、用心深くハードカスルに迎えられ、まっすぐこの塔へ連れてこられた。そしてラナルドとハードカスルに二人がかりで押さえつけられた。話はそれだけだ。簡単で、唖然とするばかり。そして――ラナルドと私が兄弟であるがゆえに――妙に恐ろしい。この小さな寝室は牢獄として造られたのかもしれず、何百年も前にはその用途で使われていたのだろう。できることはすべて試みた。大胆で動作ののろいネズミを何匹か捕まえ、メッセンジャーとして送り出した。奴らは亀裂だらけの城を自由に動き回れる。世界で最もよく通る叫び声、オーストラリア原住民が用いるクーイーをできるだけ真似てもみた。しかし、この部屋が高みにあり、壁は分厚く、外を風が吹き荒れ、大雪が音を吸収してしまうことを考えると、誰かの耳に届くとは考えにくい。届いたところで、フクロウの鳴き声か風のいたずらと片づけられるだろう。何より、エルカニーにラナルドと下男のほかに誰かいるかどうか怪しいものだ。

本を一冊与えられた。リチャード・フリンダーズ著『実験放射線医学』だ。ラナルドがただのサディストではなく、気まぐれな思いつきをする人間であることを幸運と思わねばなるまい。この本は明快に順序立てて書かれており、ほかの著書と同様、私に喜びを与えてくれた。どうやら飲まされた薬の効き目が表れてきた。これ以上書けそうにない。ラナルドは気が狂ってはいない。彼の思考も行動も、実現可能なある目的に向かって論理的に導かれている……

ジョン・アプルビイ

I

僕が未完の手記を閉じると、ウェダーバーン氏は大きなため息をついた。「兄殺しだったのか。マザーズ嬢は正しかった。私の解釈はガスリーの奸智の足許にも及ばない。ラナルドによるイアン殺しを、リンゼイによるラナルド殺しに見せかけたわけだ。兄を殺し、その罪を姪の恋人に着せる。狂気と言わざるを得ないな」

僕は頷いた。「人の道という理法に照らせば狂気です。それでいて、完璧に筋が通っている。彼はやるべきことを巧みにやり遂げ、目的を達した」

イアン・ガスリーの遺言を身じろぎもせず聞いていたシビル・ガスリーが、やっと体を動かした。「なぜ？　何が彼を追い込んだの？　こんなひどいことを考えた動機は何なの？」

僕は考え込んだ。「動機が網の目のように入り組んでいる。どの方向を探しても、どんな深さで掘っても、動機が見つかる。まず、イアンの考えた動機がある。ラナルドの人生はオーストラリアで犯した罪の影の中を歩むようなものだった。神経質な人間特有の深い罪の意識が次第に結晶化していった。イアンが必ず復讐しに来るという恐ろしい確信も生まれた。それが、イアンを出し抜いて殺さねばならないという決意に転じた。同時に、もっと深い領域での象徴が作用している。イアンがブッシュで死んだことは、彼に重くのしかかっていた。イアンの二度目の、そして本当の死によって、ラナルドはのしかかる側に回れる」

ノエル・ギルビイが子供のように手を叩く。「何百フィートも上、塔の高さの分だけ上から、ということか！」

「その通り。心理学者なら、より深い象徴が働いていると言うかもしれない。僕は今日そのことを考えていた。人が高いところから身を投げるのは、高所の危険から下方の安全へ象徴的に移動することでもある。イアンを塔から落とすことで、ラナルドはオーストラリアでできなかったことをやり遂げた。すなわち、イアンを救ったんだ。ラナルドの犯罪には機知の閃きが感じられる。機知と言うより暗い皮肉かな。皮肉ならラナルドはふんだんに持ち合わせていたことがわかっている」

ウェダーバーンが叫んだ。「あれを機知だと言うのか！」

「フロイト的な意味では、です。激しい抑圧を受けている欲望を、言葉によってあるいは象徴によってなだめる。ラナルドの場合は、イアンを滅《めっ》したいという欲望。同時に、イアンを救うことによって自己の名誉を回復し、男らしさを証明したいという欲望です」

沈黙が落ち、回廊の羽目板の裏で毒を食べたネズミが体を引きずる音がした。ウェダーバーンがハンカチを出して額をぬぐう。「そのような底知れぬ心の闇にお目にかかるのは、教科書だけに願いたいね。それも医学の教科書に限る。法律では御免こうむる」

「時にはどちらにも現れるものです。しかし、入り組んだ動機がすべて明らかになったとは言えません。証拠も出尽くしていない。ラナルドがニール・リンゼイを不安に思い、恐れ、嫌悪する理由があるはずなんです。何しろ、一番大きなジグソーパズルに、悪魔の狡猾さでニールの破滅を組み込んだんですから。是が非でも理由を探り当てねばなりません。パズルの完成図のうち、イアンに関する部分は明らかになりました。今にして思えば、ぴたりと当てはまることがたくさんあります。例えば、城を相続するとすぐにこの回廊を閉じたこと」僕は肖像画の列を懐中電灯で照らした。「エルカニーのガスリー一族！　その伝統をラナルドは汚《けが》した。先祖の人生は暴力に満ちて暗い。しかしながら、オーストラリアのブッシュでラナルドが犯した兄殺しは、一族の行動規範に悖《もと》るものだった」

ウェダーバーンは頷く。「友人のクランクラケットの話では、ガスリー家は団結の固さで有名だった」

「ええ。そして今度は、待ち切れないかのように急いで回廊を開けた。犯行の着想を得たラナルドは、それが必ずうまくいくと自分を納得させるために、一族の肖像画を見たかったからです。古い家柄には往々にしてあることで、一族は互いによく似ていた。ラナルドはそれを見て確信する必要があった」

ギルビイが口を挟む。「そこのところがよくわからない――」

「ちょっと待って」僕はギルビイの記録のページをめくった。「君自身が言ったように、かなり文学的な文章だけど、肝心な点はよくわかる」

ガスリーは死んで無垢な存在に戻った。人種の特徴が顕著に出ていた悪意に満ちた顔も、画家がスポンジで醜い皺を拭き取ったみたいに、生前より力強く純粋に見えた。死がそんな効果をもたらすという話を読んだことはあるが、こんな暴力的な事件で目《ま》の当たりにすると、心が騒いで落ち着かない。僕は精一杯遺体を整え……

「死がそんな効果をもたらすという話を読んだことはある。ラナルドが、いかに的確に効果を計算していたかがわかるだろう？　君が目にしたのは別人だった。しかし君は、死による変貌作用を目にしたと考えた。それは実際にあることだし、一般に知られてもいる。死はそのような働きをするんだ。死者は生前と少し違って見える。心の重圧や不安による皺が除かれ、結果として安らぎ、穏やかさ、無垢といった表情が表れる。ラナルドが死ねばイアンに見えたかもしれない。逆に言えば、ラナルドだと思い込んでいたからイアンがラナルドに見えた――死という筆の助けを借りてね。それに、いいかい、君もガスリーさんも、生きているラナルドを明るいところで見たことがなかった。到着した夜は薄暗い蠟燭だけだったし、次の日、彼は姿を見せないようにしていた。いきなり現れた君たちを即刻ジグソーパズルに組み入れたんだから、ラナルドの腕の冴えがわかる。遺体を正式に確認するのは、事情を知るハードカスルと目がよく見えないハードカスル夫人、そして二年間ラナルドに会っていないノーブル医師になる予定だった。ギャムリー一家はとっくに追い出されていたんだから、あの日ロブ・ギャムリーが絵の中に入ってきたのは予想外だった。しかし、ランタンの光で遺体を見たギャムリーは何の疑いも抱かなかった。死んだ男がラナルドではないと見抜けたかもしれない唯一の人物マザーズ嬢はカナダへの途上にあり、形式的な身許の確認に間に合うように戻るとは考えられなかった。同時に、マザーズ嬢が姿を消していることは、リンゼイを犯人に仕立て上げる計画の一部でもあった。敢えて言わせてもらうと、君とガスリーさんが突然登場したことは、計画遂行の障害になり得たが、知らないうちに利用され、死んだのはラナルドだという推定に重みを加える結果になった。ラナルドの手際のよさは特筆もので、指を切り落とした伝説から予期せぬ女性縁者の登場まで、手に入るものを片っ端から利用した。ガスリーさん、ラナルドはあなたがいろいろな意味で役に立つことを見抜いていました」

シビル・ガスリーは回廊の暗がりをぼんやり見ていた。「私のせいで、事件がいっそうこんがらかってしまったのね」

「いいえ、僕が言っているのは、塔で何が起こったかを述べたあなたの証言のことではありません。ラナルドはあなたとの会話が役に立つと思ったのです」

ガスリー嬢は目を見開いた。

「ラナルドがこの先何を狙っていたか、ようやくわかってきたように思います。『おお、我がアメリカよ、我が新大陸《ニューファンドランド》よ』――若い頃の役者経験、医学一般をにわか勉強したこと、ずっと昔のアメリカのことを話すようあなたに仕向けたこと。あれはリチャード・フリンダーズが働いていた時期のアメリカでした。これらのことから、ラナルドが何をしようとしていたか――と言うよりも、これから何をしようとしているかがわかります。リチャード・フリンダーズはラナルド・ガスリーとして死にました。ラナルド・ガスリーはリチャード・フリンダーズとして生きていくつもりです。医学研究から足を洗い、二十年間付き合ってきた人たちから離れ、カリフォルニアで落ち着いた年金暮らしをする。これこそ、イアンが手記の最後に我々に教えようとしていた『実現可能な目的』です。いいですか、ここにも象徴的次元での強い訴え、強い動機が窺えます。兄と弟の人生を比べれば、イアンが勝者であるのは明らかです。彼は自分のことを『常に家族の中で野蛮なほど頑健だった』と述べ、ラナルドは『神経質な性格』だとしています――」

ウェダーバーンが突然口を挟んだ。「イアンは若い女性に好かれすぎたために海外へ逃げ出した。ラナルドが逃げ出したのは、別の人物になりきって自分を隠す職業につくためだった」

「優れた心理学者の見解ですね。二人の立場の違いが――簡単に言えば、ラナルドが劣っているという前提です――それ以降もどんどん顕著になっていきました。イアンはラナルドの命を救う。ラナルドはイアンを裏切る。その後の人生でも、イアンはリチャード・フリンダーズとして、人に感謝される職業で名声を得る。ラナルドの暮らしぶりは不毛で、ますます神経質になっていく。しかし今やラナルドはイアンになった！　敗残者の弟は勝者である兄と一体になり、同時に、取って代わることに成功した」

ウェダーバーンが回廊を行ったり来たりし始めた。「アプルビイ君、見事に辻褄《つじつま》が合う。何とも不思議なのは、このような動機が刑法にほとんど知られていないことだ」

「それは、本当に気が狂っている場合を除いて、入り組んだ暗部に根ざす動機は、いつだってわかりやすい理窟に置き換えられてしまうからです。深い熱情を持った人間ではなく、陳腐な話を好む者、あるいは経済性ばかりを優先させる者が納得しやすい、見せかけの動機が常に用意される。裁判で扱われるのは、このようなお仕着せの動機です。本件も、僕たちがまだ探していないところに別の動機があると思います」今度は僕が回廊を行きつ戻りつする。「その動機が皮相なものとは限らない。ひょっとすると、それが最も核心にあるのかもしれない」

ノエル・ギルビイはポケットに手を入れて煙草を探したが見つからず、代わりに見つけたバタービスケットをみんなに配りながら呟いた。「右に動機、左にも――失敬、続けてくれ」

「ラナルドの行動に見られる重要な点を、もう一つ取り上げましょう。真の狂気に最も近づいて見えるポイント、明らかに異常行動と思われる振る舞いをね。彼はフリンダーズになりすます。フリンダーズが暮らしたアメリカについて情報を得た。万が一医者仲間が不意に訪ねてきたときの用心に、医学の知識を詰め込みもした。一つだけ大きな問題がありました。カリフォルニアのフリンダーズは、シドニーのフリンダーズにはない性格を持っていてはいけない。ところが、ラナルド・ガスリーにはそのような性格があったんです。性格のひと言で済ませられるものではなく、頑固で、奇矯で、あまりにも目立つ強迫的衝動が。ラナルドは病的な守銭奴でした。フリンダーズになるつもりなら、この衝動を克服するという厄介な課題に挑まねばならなかった」

「そんなの無理でしょ?」とシビル・ガスリー。

「ほとんど不可能だが、彼は認めようとしなかった。僕たちは彼の努力を知っています。始めたばかりの取り組みがもたらしたグロテスクな結果を見れば、どんなに難しい課題であったかもわかります。彼は食事には気を遣ってワインを注文しキャビアを買い込みました。しかし犬は飢えさせたままだった」

ウェダーバーンがくすりと笑う。「ドクターを含めてね」

「ラナルドが救いようのないしみったれだということが、計画の大きな障害となりました。しかし、それは同時に、動機にならないでしょうか。大きな動機に。彼の支配的な衝動は金惜しみでした。アイサ・マードックが教えてくれたことですが、彼は案山子《かかし》のポケットに入っている他人の三ペンス貨で生活しようとしていました。それこそ今度もやろうとしていることです。ついに自分の金ではなく他人の金で暮らせる——フリンダーズの年金で」

シビル・ガスリーは膝に落ちたビスケットの屑を払い、バターのついた指を舐めた。「アプルビイさん、これ以上我慢できないわ。行動しましょう。ラナルド・ガスリーは今どこにいるの？　例えば銃を持ってあそこの隅でこちらを窺っていたって不思議はないでしょう？」

「それはないと思います。理由は定かではありませんが、二十五日の夜、彼はキンケイグで目撃されています」

ウェダーバーンはしてやられたと言うように両手を上げた。「あの幽霊か！」

「ええ、間違いないでしょう。今どこにいるかは推測するほかありません。彼としては、できるだけ早くフリンダーズの生活を引き継がなくてはならないんですが、状況はおあつらえ向きで、またしても、隙がない計画だと舌を巻きます。フリンダーズはこっそりスコットランドに来て、ダンウィニーの大きなホテルに投宿しました。あそこは今、カーリングを始めウィンタースポーツを楽しむ人たちであふれ返っています。たとえフリンダーズ医師が夜の探検に出かけ、白髪が少し増え皺が二、三本なくなって戻ったとしても、誰も気に留めないでしょう。もちろん、予想できないことが起こって一か八かの賭けになる可能性もゼロではないが、ホテルをうまくやり過ごせばラナルドの立場は強固なものになる。彼はカリフォルニアに向かうフリンダーズ医師で、必要な書類は全部手許にある。医師の資産を引き継ぐ際には再び危険が予想されるが、適宜偽造などすれば乗り切れるでしょう。今のところ、彼が警戒していると考える根拠はありません。僕たちの発見を伏せておけば、ラナルドはすぐに見つかるでしょう」

そのあとに続いた短い沈黙は、ウェダーバーンがビスケットをかじる音で破られた。口に入れた分を食べてしまうと、「それで、我々の次の行動は？」

「ガスリーさんの話を聞きましょう。もう少しでラナルドの計画を台無しにしかねない瞬間があったことを話してくださると思います」

2

シビル・ガスリーはウェダーバーンに向かって話し始めた。「きっとあのとき、あなたは私の愚かさ加減に呆れていらしたでしょうね。リンゼイは何も恐れることはない、私が本当のことを話しさえすればいいとおっしゃったのに、あなたの真意を理解しようとしないので、不思議に思われたでしょう。私は、あなたのおっしゃることを信じるのは難しい、と言いました。でも今は、ガスリーが自殺して罪をリンゼイに着せようとしたというあなたの説に納得できなかった、とわかっていただけると思います。理由は簡単。私が知っている事実からして、それはあり得ないからです。胸壁で男の人がガスリーを投げ落とすのを私は見たんです。今日の午後、判事さんの前であなたがご自身の説を証明されたとき、私がついた嘘――二度目の嘘でした――のせいで、あなたに偽りの立証をさせることになりました。本当にぞっとしました。偽電話の仕掛けとリンゼイが壊したのではない引き出しは決定的な証拠でした――ガスリーがリンゼイを陥れようとした計画の存在が決定的だという意味です。でも私は知っていたんです、ラナルドが自殺したのではないことを。ラナルドだと思った男が殺されるのを私は見ました。犯人はリンゼイだと思っていましたが。もちろん、もう良心も痛みません。あのときは、リンゼイが我を忘れてラナルドを殺したのだとしてもラナルドが悪魔の狡猾さで仕向けたことをやったにすぎないと考えていました。あなたの説と私の知っていること、両方に見合う説明は、それしか思いつきませんでしたから。私個人の倫理観は、悪辣な挑発に乗ってラナルド・ガスリーという卑劣な男を殺したからといって、リンゼイが絞首刑になるのはおかしいと語りかけていました。別れ際にラナルドがリンゼイを激しく挑発したのを、私は目撃し雰囲気を感じ取っていましたから。それでもやはり、偽りの立証がなされたときはぞっとしました。私は考えました。リンゼイはガスリーの計画を察知し、怒りに駆られて殺したのだ。ならばラナルドは自殺したに等しいのではないか？　だったらリンゼイは真実を――私が考えていた真実ですが――述べてそれに立ち向かうべきではないか、と」シビル・ガスリーは言葉を探しあぐねる様子だった。「何と言えばいいでしょう、法廷という場は、真実をすべて明るみに出すことが必要だという抽象的な重要性をとても強く意識させるんです。リンゼイに近づいて握手をするのは気が進みませんでした。彼も私も正直ではないとわかっていたからです」

シビル・ガスリーがすこぶるつきの美女であることは書いただろうか？　ノエル・ギルビイが嘘偽りのない心情を吐いた。「まあ、終わりよければすべてよし、だな！」

この気楽な見解とは立場を異にすると示すのは骨が折れたが、僕は思いつく限りで最善の言葉を選んだ。「ガスリーさん、判事に話した内容の改訂版を今はお持ちでしょうけど、ご自分の行動に疑問を持ったり気が咎めたりはしませんでしたか？」

「アプルビイさん、いいえ、とお答えします。私はあなたのように、ある決まった正義の規範を守るという誓いは立てていませんから。でも、たった一つ不安なことがありました」

ギルビイが何かを思い出したような身動きをした。「書き物机の引き出しかな」

「そう。こじ開けられた引き出しのせいで、少しの間だけど迷ったのよ。リンゼイが引き出しの金貨に手をつけた可能性があったら――たとえどんなに挑発されたとしても――私は彼を庇《かば》いはしなかった。でも、すぐに確信したの、リンゼイが引き出しに近づくことさえなかったことを。ノエルには少なくとも仄《ほの》めかしたはずよ、引き出しの件は謎を深めただけだって。あれは私の倫理観とは無関係だったわ」

ウェダーバーンは身を屈めて依頼人の手を軽く叩いた。「お嬢さん、いつか最高裁判所の判事の前で、あなたの倫理観の問題について説明を求められるかもしれませんよ。ラナルド・ガスリーの裁判でね」

シビルの顎がぐっと持ち上がる。「いとこのラナルドが被告人席にいるのを見ることができるなら、私自身はどう思われても構いません」

全く筋が通らない。神経質で興奮しやすいリンゼイ青年をなぜ庇うのか。その結果、老ガスリーという神経症の卑劣な男を追いかける羽目になってしまった。リンゼイだって、ふとしたきっかけで精神的な重圧を受ければ、ガスリーと同じく病院行きがふさわしい男になっていたかもしれないのに。しかし僕はこの点から目を逸らし——現代神経学が提起するこういった難問題は、刑法を定める人たちに是非とも考えてほしい——ガスリー嬢のもっと具体的な問題に集中した。同僚のスペイトが評したように、確かに素晴らしい女性だ。もっとも今はスペイトも、評価を修正する気になっているかもしれない。僕はウェダーバーンの父親めいた口調を真似て彼女に言った。「さあ、実際に見たことを話していただきましょうか」

「あまり話すことはありません。私は見たと言ったことしか見ていませんから。二人はあの部屋で対峙し、最後にガスリーがリンゼイを挑発して怒らせました。リンゼイは階段への扉から出て行って、ガスリーは小寝室へ続く扉から出て行きました——私が同時に見ることはできなかったとウェダーバーンさんが指摘された二つの扉です。このあと実際に何があったかを全部は言わないことで、私は嘘をつきました」

ギルビイが素早く「チョコレートがあった」と口を挟み、ガスリー嬢に手渡した。

ガスリー嬢はひと口かじり、「——あのとき私は、誰もいなくなった書斎を、二十秒ほどだと思いますが、覗き込んでいました。書斎を抜けて逃げ出せないか、考えていたんです。そのとき何か聞こえました。ご存じのように、塔の上はすごい風が吹いていました。私が聞いたのは叫び声のようでした。きっと大きな声だったはずです、何しろ胸壁の角をぐるっと回って私の耳に届いたんですから。声はそっちから、胸壁の向こう側で小寝室に面しているほうから聞こえました。

胸騒ぎを覚えて、素早く頭を働かせました。ガスリーがリンゼイをなじる残忍な場面を目にしたばかりですから、二人がまたやり合っているのだと思いました。どうやったかはわかりませんが胸壁に出て、喧嘩を始めたのだと。とても危険な場所なので、私は馬鹿げたことに我慢ならなくなっていました。エルカニー城の狂気にはもううんざりでした。だから手探りで胸壁を回って、二人にやめなさいと言おうとしたんです」

ノエル・ギルビイが、ガスリー嬢への称賛を求める視線をウェダーバーンと僕に投げかけた。

「ブラボー」

「もちろん思い違いかもしれないとは考えました。でも構わず胸壁の角を曲がると、確かに何かが起こっていました。

はっきりとは見えませんでした。誰かが灯りを——風防ガラス付きのランタンを——小寝室から出る扉の上の窪みに置いていたので上のほうは見えましたが、下は暗くて。最初に見えたのはラナルド・ガスリーの顔で、激しい感情に醜く歪んでいました。彼は腕を振り上げ、その手に握られている斧が薄明かりで見えました。私は思わず、やめてと叫びました。ラナルドには聞こえたようでした。あの強風ですから聞こえるとは思わなかったんですが。彼はくるっと向きを変え、一歩踏み出して灯りの外に出てしまいました。少しの間は暗い影になって見えましたが、そのあと、たぶん身を屈めたのでしょう、何も見えなくなりました。何となく、複雑な駆け引きをしていることには気づいていました。うめき声、そしてよく聞き取れない声が聞こえました。そのすぐあとにラナルドが——というか、ラナルドに違いないと私が思った人物が——胸壁を背に立ち上がったんです。灯りで頭と肩がくっきりと浮かび上がって見えました。そうやって見えたのはほんの一瞬で、何かが間に割り込んできました。逆光で影になった背中しか見えませんでしたが、リンゼイだと思いました。何が起こるか私は本能で感じ取ったんだと思います。私は叫び、よろめく足で近づきました。目の前に現れた男の背中が動き、またガスリーの姿がはっきり見えました。それもほんの一瞬で、ガスリーに向かって腕が突き出され、拳が顎に当たる音が、あの風の中でも聞こえました。ガスリーはよろめき、恐ろしい叫び声を上げました。ノエルが階段で聞いたのはその声だと思います。そのあと、胸壁を越えて落ちていきました」シビル・ガスリーは小さく震え、コートをかき寄せた。「以上です」

僕はメモを取っていたノートを置いた。「それで終わりですか、ガスリーさん。ラナルドが跳ね上げ戸を抜けて外の螺旋階段から逃げるところは見なかったんですね？」

「見ていません。私は、斧を振り上げられたリンゼイがラナルドを正当防衛で殺した現場を目撃したと信じていました。私の目撃証言がリンゼイに不利に働くのなら、一切関わりたくなかったんです。衝動的に回れ右をし、胸壁の角を曲がってフランス窓に戻りました。あの残忍な男は自殺したことにしておけばいい、とにかく成り行きを見守ろうと決めました」

ノエル・ギルビイが低い声で言った。「きっと僕も同じことをしたと思う」

「今の話で」僕は言った。「リンゼイが不利になるどころか、あなたがリンゼイだと思った男が殺人者であることがはっきりしました。警察官にとっては嬉しいほど完璧な喧嘩による殺人です。古典的な探偵小説が然《しか》るべき大団円を迎えた、といったところでしょう」

ギルビイは賛同の声を上げ、ウェダーバーンは承服しかねると言わんばかりの声。僕は、シビル・ガスリーの顔にははっきり表れていた緊張を和《やわ》らげたくもあってそう言ったのだが。彼女は長らく緊張を強いられ、真実を語った今その反動を感じているようだった。僕は言葉を継いだ。「あなたの証言は、少なくとも一つの点でラナルドを無罪にしましたよ」

「無罪に?」

「意気地のなさ、に関してです。ウェダーバーンさんの説において、ラナルドは二つの点で意気地のなさを露呈していました。身を投げるとき叫び声を抑えられなかったこと。そして、最後の瞬間に自分の指を切り落とす胆力を持ち合わせなかったこと。この地の人にリンゼイが犯人だと印象づけるために、これは計画の要でした。二つ目については、真相に迫っても謎として残りました。薬で眠らされ、投げ落とされて死を迎えるばかりのイアンに、いよいよ指を切り落とす瞬間になってラナルドは情けをかけたのでしょうか? 今はもう、そうではないとわかっています。あなたの最初の叫び声で邪魔されたのです。邪魔が入ってからの行動で、頭の回転が早く無駄のない思考の持ち主であることがよくわかります。

何が起こったか考えてみてください。ラナルドの足許には、イアンが抵抗するすべもなく横たわっている。斧を振り上げ、計画の最も忌まわしい瞬間を迎えようとしたとき、叫び声が聞こえた。誰かが胸壁にいる。どうしたらいいかわからず動けなくなったか？　いいや、全く。状況は絶望的だがまだ挽回できる。これまでのところ、叫び声の主には自分の姿しか見られていないはずだ。ラナルドは斧を胸壁から投げ落とし、灯りの外へ出る。屈んで兄の体を抱え上げ、ほんの一瞬立たせる――灯りの中に。それから自分は黒い影となって兄を殴り、突き落とす。招かれざる目撃者が誰であれ、イアン・ガスリーのことは何も知らない。ラナルド・ガスリーが殺されるのは目撃したが、誰が殺したかは見ていない。ラナルドがランタンを消し、外の螺旋階段を使って逃げることができたら、計画は成功の公算が大きい。跳ね上げ戸を使った痕跡は風が消してくれるだろう。この暗闇だ、殺人者が寝室を抜け塔の主階段を使って逃げたのではない、と目撃者が確言することはできない。計画では、今から二、三秒後にリンゼイの姿がその階段で目撃される。これで、リンゼイを犯人とする証拠は、ラナルドが意図していたよりいっそう強力なものになった。なぜなら、胸壁で殺人があったことは疑いようがないからだ。全く、ラナルド・ガスリーの辞書に観念するという言葉はありません《ネヴァー・セイ・ダイ》ね」

「いや、死《ダイ》ねと言ったんだよ、二人の無実の男にね」そう口にすると、ウェダーバーンはすっくと立ち上がった。端整な顔立ちの老人は突然、熱っぽく言い放った。「必ず捕まえてやる！　もうごまかしは通用せん」

　下のほうから、人の住まなくなった城の静寂《しじま》を破って、破《わ》れた大鐘を叩く耳障りな音が鳴り響いた。

3

スチュアート弁護士がダンウィニーから戻ってきた。すっかり忘れられていた彼は、入口の扉が閉まっているのを見て、中庭の鐘を鳴らしたのだ。ジャービー牧師が一緒だった。

僕たちは憂い顔の一団となって城の入口まで下りた。ホールの灯りは心許ないが、二人はエルカニーの謎が新たに恐ろしい展開を遂げたことを僕たちの表情から見て取ったはずだ。だが二人とも奇妙に押し黙っていた。教室へ移動し、ギルビイが暖炉に火を熾《おこ》したとき――もっと前にやるべきだった――スチュアートが口を開いた。「何かニュースがあるんですね？」

ウェダーバーンが答えた。「とても信じられないようなニュースがね。ラナルド・ガスリーは生きているよ」

スチュアートは仰天したが、僕の関心はジャービー師にあった。師は腰を下ろし、暖炉の火が勢いよく燃え上がるのをじっと見ていた。これほど悲しそうな顔をした人は見たことがない。ウェダーバーンの言葉に、瞑想を中断した人が興味のない話題に注意を向けるようにして、ほんの少しの間だけ顔を上げた。

「ガスリーが生きている？　では、私が見たのは幽霊ではなかったわけだ」

「幽霊を見たのですか？」

「ええ。あなた方の情報提供者から私のことを聞いておられませんか？　幽霊は牧師の許に現れるのがお決まりです。馬鹿げた幽霊話を黙って聞くこと以外に、無駄口叩きの老いぼれ牧師に金を払う意味がありますか？」表情は平静だが、スコットランドの村人を真似た口調には、どきっとするほどの苦渋が感じられた。いつもはこうではないのだろうと僕は思った。ショックで一時的に動揺しているのだ。どうやら、ラナルドが生きていたと知ったショックではなさそうだが。

ジャービー師は疲労とも謝罪ともつかない身振りをして言った。「まず、そちらのお話を伺いましょうか」

4

一時間半後、僕は教室の窓から外に出て、前は気がつかなかった小さなテラスに出た。何もかも静まり返り、湿った空気がこの時季にしては妙に暖かい。夜間に雪融けが進んでいるのだと思われた。澄んだ空には満月に近い月。右手の黒々としたカラマツの森の間から雪をかぶった城の農場が見え、その先にはまたカラマツの森が、仄《ほの》明るい空を背景に厚紙細工のようなぎざぎざのシルエットを浮かび上がらせている。一方、左手は視界が開け、黒い氷の帯となったカイリー湖の先まで夜が続く。入江の向こうに、マーヴィー山とカイリー山が何者も寄せつけない偉容を見せていた。ただただ峻厳で美しい。だが、嫌な予感がして僕の心は晴れない。

ジャービー師が僕の隣に立った。黙って湖と山々をしばらく眺め、そっと言った。「何と平和な景色だろう」

そのあとに続いたさらに長い沈黙は、湖の方角から聞こえた銃声のような音に破られた。氷が割れる音だ。夜の静寂《しじま》に響いた鋭い音で牧師は我に返った。「アプルビイさん――ちょっと中へ」

スチュアートは塔にのぼり、部屋にはいなかった。ちょうどギルビイが薪《まき》を抱えて戻ってきた。ジャービー師は坐っていた場所に戻り、ギルビイの書簡記録を注意深く畳んで、テーブルのイアン・ガスリーの遺言の横に置いた。部屋の反対側にある何かに目を留め、蠟燭を手に歩いていって、壁に掛かったインドの鳥の彩色画をじっと見た。戻ってくると暖炉の前に立って暗誦を始めた。聞き慣れた詩の文言には不思議に心を動かす効果があった。

死を癒やす薬はなく
死に臨む覚悟こそ望ましけれ

死してのち再び生を得んと願う
死の恐怖、我をさいなむ

師がウェダーバーンに言った。「ラナルド・ガスリーは久しい昔に己《おの》が身を悪魔に与えていました。そして悪魔のほうでもなじみの贈り物を彼に与えていました。高慢《プライド》です」

ウェダーバーンは不安な面持ちで答えた。「まさしく」

「アプルビイさん、あなたが発見した複雑に絡み合う動機の中で、貪欲が――ラナルドを支配する情熱であるさもしさが――主たる動機なのか、決めかねておられますね。一番大きな動機は、彼を支配するもう一つの情熱、すなわち高慢《プライド》だと私は思います。案山子の間をさまよわせた貪欲よりも高慢《プライド》のほうが強かったのです。高慢《プライド》こそが、彼をねじ曲がった悪魔の通り道に向かわせ、逃れようのない目的地に導いたのです。ラナルドはニール・リンゼイとクリスティーン・マザーズとの結婚を禁じた。どうしても許すわけにはいかなかった。しかし、高慢《プライド》が彼に理由を告げることを禁じた。ニールとクリスティーンは兄妹なのです」

シビル・ガスリーは小さな叫び声を上げたが、たちまち沈黙に呑まれた。

「血の繋がりは半分だけです。クリスティーンは――疑わしい話で、はっきり口にした者はいません――フランスの鉄道事故で妻と一緒に亡くなった、ガスリーの母の弟の子とされていました。本当のところは、ラナルドの実の妹、アリソン・ガスリーの娘なのです。

アリソンは一風変わった孤独な女性で、鳥が情熱の対象でした――」

僕は思わず口を挟んだ。「クリスティーンも――」

「はい、同じ情熱をいくらか受け継いでいます。アリソンは空を飛ぶ生き物に対する情熱だけでなく、こちらは無邪気とは言えませんが、従者たちにも情熱を傾けました。珍しい話ではないでしょう。ある時期ワット・リンゼイという者が従者を務めました。ワットは結婚していて、ニールが生まれた直後のことでした。クリスティーンが――」

堰《せき》を切ったようにシビル・ガスリーのすすり泣きが始まった。ジャービー師は少し話を休み、優しい声で続けた。「クリスティーンの母親は出産時に、とある寂しい場所で亡くなりました。ラナルド・ガスリーが赤ん坊を引き取り、あなた方は重々ご承知の切れる頭で出自を徹底的に伏せました。もちろん探り出そうとすればできたと思います。ウェダーバーンさんは、ラナルドが死亡したことになって遺産処理が始まれば、この事実が明るみに出ないはずはないとお考えでしょう。しかしラナルドは絶えず何かに追い立てられていて、先を見通す力にも自《おの》ずと限界がありました。彼はただ、自身が病的に恥だと思い込んだ事実を、決して他人に知られまいと決心したのです。

ですから、おわかりでしょう、彼を悪《あ》しき行ないのうちで最も忌むべきものに駆り立てたのは、貪欲ではなく高慢《プライド》でした。なにも一家の歴史を世間に知らしめる必要はありません。クリスティーンとニールが惹かれ合っていることに気づいたとき、二人だけに説明すれば、それはたいそう悲しいことですが、真の悲劇を食い止められたでしょう。しかし、ラナルドは打ち明けることができなかった。アプルビイさんご執心の心理学の用語を借りれば、抑制というものが支配的に働きました。彼は話すことができなかった。しかし話さなければ二人の結婚は止められない。ここに、アプルビイさんが探しておられる、リンゼイを陥れる動機がありました。私たちにはそれを感じ取ることさえできると思います。不安、憎しみ、恐怖が彼の内で膨れ上がっていく。二人の若者を前にして、彼は知らずに犯した罪が――そのようなものがあり得るとして――結実するのを見た。神経症の男には、ことさら恐ろしいことに思えたでしょう。自分には止める責任がある、止める手立てとしては、話すか――実力行使しかない。そして彼は話せなかった」

シビル・ガスリーが立ち上がった。涙は乾いていた。「クリスティーンはどこ？　私、村まで行って――」

ジャービー師は首を横に振った。「朝になってからでも間に合います。クリスティーンはもう牧師館で眠っているでしょう――ニールはユーアン・ベルに預けてあります。クリスティーンは話すことができず、ラナルドは実力行使の計画を立てました。罪悪感が重くのしかかり、オーストラリアでの卑怯な裏切りを恥じる気持ちも加わり、耐え切れない重圧となって彼を苦しめました。その重圧を一挙に転嫁しようとして、矛先《ほこ》をリンゼイに向けたのだと思います。ラナルドにしてみれば、リンゼイの父親こそがガスリー家の人間を裏切ったわけですし、リンゼイ自身も父親の大罪の道を頑迷に歩み続けているのです。この状況を救えるもの、状況を償うにふさわしいものは他にありませんでした。リンゼイの死を除いては」

ノエル・ギルビイがかすれた声で口を挟む。「クリスティーンが話していました。ガスリーという人間は極端には極端で応じる、と。何にしろ自分が極端だと思ったものには」

「ですから、私たちは全く新しいジグソーパズルの見方を知ったことになります。アプルビイさんが見た絵では、ラナルドが兄イアンを始末する計画にリンゼイを組み入れていました。私が見た絵では、リンゼイを陥れる計画に兄を組み入れたのです」ジャービー師は再び疲れたような素振りをした。「犯罪学的には見事な事件なのでしょうね」師が立ち上がった。「明日の朝私が務めを果たすには、相当な気力が必要でしょう」

ウェダーバーンも立ち上がった。「ジャービー、確かなのか？　今のは疑いようのない真実なのかね？」

「残念ながら疑う余地はありません。なぜこの結論に達したか聞いていただきましょう。クリスティーンの出生証明が偽って登録されたかどうかは、まだわかっていません。ガスリーがどんな手段を採ったにせよ――考え抜かれた手段であることは想像がつきますが――州内の然《しか》るべき地位にある人物の黙認が必要でした。ガスリーは、ダンウィニーのヘクター・アンダーソン卿を訪ねました。血とか人種といったものに極端な考えを持つ老人でした。十五年前に亡くなっていますので、今回の計画でラナルドは卿を考慮に入れずに済みましたが、アンダーソン卿夫人のことは見過ごしていました。齢《よわい》九十過ぎの方ですから、無理もありません。夫人は誰にも漏らしていませんが、真実をご存じでした。その上、この地の出来事に通じていらっしゃいます。駆け落ちしたニールとクリスティーンが連れ戻されたと知るや、夫人はすぐに行動しました。今日の午後遅くスチュアートが急行したのは、ダンウィニー・ロッジから要請があったからです。スチュアートは夫人からすべてを聞かされました」

「だが、高齢のご婦人の記憶だけでは――」

ジャービー師は頭《かぶり》を振る。「手紙が二、三通取ってあるそうです。詳しい事情には触れていませんが、事実関係に――疑問の余地はありません」

シビル・ガスリーが言った。「ジャービー博士、誰もこのことを知らないんでしょう？　二人が残酷なやり方で知らされることはありませんよね？」

「まだ誰も知りません。二人には私が話します」

ギルビイが乱暴と言っていい口調で割り込んだ。「二人が知る必要はないじゃないか。どうせ本当の関係とは認められない――そんな隠された血の繫がりなんて！　こんなこと何千何百と繰り返されているはずだが、それで何かが変わったわけでもない」

僕は彼の腕に手を置いた。「だめだよ、ギルビイ。そうはいかないんだ。ラナルドの裁判になれば、どうせわかってしまう。たとえ僕たちが黙っていても――アンダーソン卿夫人も含めて――ラナルドがいつかは話す。計画がご破算になったと知ったら、それだけが勝利宣言できる方法だから、その誘惑に勝てずに暴露するのはほぼ確実だ」

シビル・ガスリーは勢いよく立ち上がり僕のところへ来た。「アプルビイさん、私たちが何もしないでいるのはどう？　今のところ、ウェダーバーンさんの説が成立しているわ。ラナルドに追っ手を向けず、アメリカで年金生活に入らせる。リンゼイが絞首刑になる危険は消えた。計画通りクリスティーンとカナダへ行く——」そこで言葉を切り、ジャービー師に向かって訴えた。「ご承知いただけませんか？」

牧師は窓際へ行き、外を見つめた。振り返らず、小さな声で、「できません」

無益な議論を僕は何とか止めたいと思った。「黙っていることの是非を論じても無駄です。倫理的な問題は措《お》いても、どうせ役に立ちませんから。ラナルドは今後の動向に目を光らせるでしょう。リンゼイに対する罠が不発に終わり、若い二人がカナダへ行ったことを知れば、絶対に二人に真実を知らせようとします」

シビルが言った。「ラナルドを見つけて取引させるの。そっちが黙っていれば、こっちも黙っているって」

僕は首を振って不承知を伝えた。「彼は既に老人です。死ぬ間際に取引を無効にすることだって十分に考えられます。二人が結婚して何年も経ってから真実を知ったら——そんな責任は誰にも取れませんよ。僕たちが黙っていたことをそのとき二人がどう思うか、考えただけでもぞっとします。楽な解決策はないんです」

「誰か来ます」窓際から発せられたジャービー師の声に、それまでと異なる響きが伴っていた。

僕は師と二人で窓から狭いテラスに出た。車が城へ近づいていた。月影に霞むヘッドライトが、濠の近くまで迫った入江の湖面をさっと照らす。ライトは瞬時僕たちの姿を捉え、凍った湖を回り込む道に沿ってゆっくりと右に曲がった。と、そこで動かなくなった。ジャービー師が言った。「最後の曲がり角のそばに陥没があるんです。私たちが来たときも雪が融けてぬかるんでいました。あそこが通れないんでしょう」

一分ほど経ったとき、二つの人影が現れた。二人は道の脇の土手を凍った入江まで駆け下りて、氷の湖面をさっさと渡り始めた。半分ほど来たとき、月の光が二人の姿を完全に捉えた。ニール・リンゼイとクリスティーン・マザーズだった。

二人は手に手を取って進んでいた。陽気な感じが伝わってくる。通れなくなった道を見限って氷の上を渡るなど、無謀の極みだ。氷があちこちで嫌な音を立て始めた。足許の氷が割れるのを感じたに違いない、足を速め、走りながら声を上げて笑っている。二人は若く、活力にあふれ、その日、大きな災厄の影から逃れたばかり。突然、クリスティーンが熱を帯びた声で、今夜がどうのこうのと言っているのが聞こえてきた。傍らのジャービー師が身を硬くしたのがわかる。「今夜に決めたに違いない。行って二人を入れてやります」

階下からクリスティーンの声が今やはっきりと聞こえた。「もう、この靴ったら！　ニール、引っ張り上げて」

5

二人は廊下を走って教室に入ってきた。二人を別の部屋へ連れていこうとしていたジャービー師は、後方に取り残されていた。僕は二人を交互に見た。立ち直りが早いのは間違いない。幸せそうな若者たちだ。

「氷を渡ってはいけませんよ！　次に渡ったら落ちます」クリスティーンは帽子をさっと取り、まず自分の部屋だった教室、続いてそこに集う顔ぶれを見渡し、シビル・ガスリーに駆け寄った。「エルカニーのミス・ガスリー！　どうかお城に平和と正気をもたらしてください──楽しさと、ちゃんとした下水設備も」再び周りを見た。「ユーアン・ベルはどこです？」

ジャービー師が優しく尋ねる。「来ることになっているのですか？」

「はい。ここで弁護士を交えて私たちに説明をすると言っていました──ほかには漏らしちゃいけないことなんですって。私にもわからないんですが──」

興奮していてそれまで気がつかなかった部屋の雰囲気を覚って、クリスティーンは不意に口をつぐんだ。

扉のそばに佇み黙って僕たちを見ていたリンゼイが、代わって口を開いた。「僕たちにも何のことかわからないんです。でも説明してくれるというのは確かです。皆さんの顔を見ると、どうやら隠し事があるみたいですね。いったい何ですか？」

ジャービー師は途方に暮れていた。師が話そうとしていることは、人払いし熟慮を重ねてからでないと伝えられない。しかしリンゼイ青年は、今ここで真実を話せと要求していた。当座凌ぎに僕が口を挟む。「最初のニュースは、ラナルド・ガスリーが死んでいないということだ。リンゼイ君を陥れようとするラナルドの計画はまだ生きている。彼は自分の代わりに、最近オーストラリアから帰郷した医者の兄を殺したんだ」

率直に言って、これで理解しろというのは無理な注文だ。クリスティーンはひと言も理解できていないようだが、リンゼイは核となる事実をしっかり把握していた。その目が暗くなる。

「ガスリーが生きている！」

そのとき、窓際にいたギルビイが声を上げた。いっときではあったが、彼の声に一同は救われた。「また誰か来るぞ。しかも同じ道をたどっている」

クリスティーンがさっと後ろを向き、「ユーアン・ベルだわ。氷を渡らせちゃだめ！」と言って窓に駆け寄った。

みんなが窓辺に集まった。しばらくは、入江の向こう岸の土手を駆け降りるぼんやりした人影が見えるだけだった。クリスティーンが言う。「ニール、声をかけてあげて――渡っちゃだめだって」そのとき、月の光が姿をはっきり捉えた。クリスティーンは僕の横でのけぞった。

「ラナルド伯父さま！」リンゼイの叫びが長く尾を曳《ひ》く。「ガスリー！」

ギルビイが身を翻して教室に入り、灯りを消した。教室が闇に沈む。シビル・ガスリーが囁いた。「きっと城には誰もいないと思っているのよ。捕まえた、もう逃がさない！」

しかしリンゼイは大きく息を吸い込んでから怒鳴った。「戻れ！　戻るんだ！」

そのとき氷が割れた。

一瞬、僕たちは身動きもできずに、暗い水に波紋が広がるのを見ていた。かすかに光を発する氷の真ん中に、黒い水がゆっくりと油のように広がっていく。誰かが力の込もった腕で僕の体を横にどけた。リンゼイだ。彼は狭いテラスから濠に飛び降りた。

濠の底まで十五フィートほどあるように見えたが、もっと近いかもしれないし、下は雪だ。ギルビイと僕は後に続くしかなかった。テラスから飛び降りるとき、クリスティーンの声が聞こえた。「ロープを取ってきます」

リンゼイとの差はほんの数秒のはずだが、タイミングが味方したのか、体力が勝《まさ》っていたのか、彼は僕たちよりずっと早く濠をのぼっていた。僕たちが入江の岸に着いたとき、リンゼイはもう氷の上を腹這いで進み始めていた。動きを止めずに後方の僕たちに声をかける。「氷に二人は乗れません……ロープをできるだけ早く投げてください」そして前方に叫んだ。「ガスリー、頑張れるな？　今行くぞ！」

リンゼイの言ったことは的確だった。どうやらガスリーは、氷が割れて水の中に落ちたときに体が麻痺して動けなくなっている。助けるためには、まず周りの氷にできるだけ負荷をかけないことだ。再度氷が大きく割れたら、この狭い入江でも救助は不可能になる。しばらく僕たちは立って見守るしかなかったが、もしリンゼイまで落ちたらできるだけのことをしようと肚をくくった。氷が何度も嫌な音を立てている。僕は蹴るようにして靴を脱ぎ、服を脱ぎ始めた。飛び込めば間に合うかもしれない。

そのときクリスティーンがロープをひと巻き抱えて走ってきた。「これしかないの。そんなに丈夫じゃないと思います」

僕はロープを見、振り向いてリンゼイに目をやった。ガスリーの落ちた場所まであと半分くらいだ。僕は「どれくらい耐えられるか試してみよう」と言って、ギルビイと二人で少しずつロープを繰り出し、力を加えてみた。切れたり裂けたりはしていないが、あまり期待できない。ごく普通の物干しロープで、入江の両岸に張り渡すにはだいぶ短い。運がよければガスリーが落ちたところまで届くか。

リンゼイの声が聞こえた――自信にあふれ、集中している。「頑張れ、もうすぐ助かるぞ。美しい冬の夜に、カイリー湖でこんなことをしたいわけじゃないよな」

クリスティーンが傍らで息を呑み、氷の向こうを見つめていた。僕は言った。「ガスリーがリンゼイに気づいた。でも、このままじゃどうしようもない。僕がロープを持っていく」

ギルビイが「僕のほうが軽い」と言ったときには、僕はリンゼイに倣《なら》って氷上で腹這いになっていた。ガスリーの意識が戻ったらしく、強度のありそうな氷の端につかまっていた。リンゼイはガスリーの間近にたどり着いていた。ロープを持っていけると僕は思った。氷が割れるのを感じたのは一度だけだし、断続的に奇妙な震えが氷に走りさえしなければ、恐れることはない。リンゼイの声がした。「確保した。できるだけ遠くからロープを投げて」僕はそっと四つん這いになり、ロープを投げた。その動きで氷が音を立てたが、腹這いに戻ったときも体の下の氷はしっかりしていた。再びリンゼイの声。「ロープをつかんだ。戻ったら、僕の合図で引っ張って」

僕はできるだけ急いで戻った。氷の震えがさっきより大きい。岸に着く前にリンゼイの合図の声があった。最初は引っ張っても全然動かなかった——そもそもそんな重さに耐えられるロープではない。それから少し動いた。リンゼイの勝ち誇った声。「体が水から出たぞ！　このままそっと引っ張って！」

氷の震えが今や空中に伝わり、あたりの空気をかすかに震わせていた。低くうめくような音がする。だらんとしたガスリーの体を安全な場所まで引き上げたとき、その音が高くなった。湖の上空から風が吹きつける。リンゼイの声はまだ冷静だったが、早口になっていた。「もう一度ロープを——できればだけど」一秒後、さっと吹き下ろす不吉な風の呟きの中に、氷が割れる大きな音が何度も轟いた。

「リンゼイ！」

返事はなかった。クリスティーン・マザーズに一瞥を投げ、僕は動き始めた氷の上を走りだした。

6

水の冷たさが骨の髄に残っている。ノエル・ギルビイはなおさらだろう。僕の数秒後に飛び込み、僕を水から引き上げたあと、リンゼイを捜して一時間も泳ぎ回ったのだ。苦い皮肉となって頭を離れないのは、何もかもがちっぽけだったことだ。昼間なら、あの入江の狭さは嫌になるほどわかる。深くもない。僕たちが戦っていたのは、子供が持ち上げて石にぶつけて割ることができるくらいの、ちっぽけな浮き氷だった。それでもあのとき、僕たちが死力を尽くしたのは間違いない。山から吹き下ろす突風の中で、感覚を奪う冷たい水と押し寄せる氷が、小さな極寒地獄を創り出したのだ。湖の下には激しい底流があって、絶えず僕たちを湖の中央へ、分厚い氷の真下へ引きずり込もうとしてもいた。ニール・リンゼイの遺体が上がったのは、何日も経ってからだ。

僕は頭に怪我をしていた。疲労も加わり、しばらく気を失っていた。気づいたとき、ブランデーのフラスクを持ったウェダーバーンと靴直しのユーアン・ベルが、僕の顔を覗き込んでいた。僕はもがいて体を起こし、咄嗟に思いついた質問をした。

「おそらくだめだな。溺れたと考えるしかない」とウェダーバーン。

「マザーズ嬢は？」

「ガスリー嬢とジャービーが家へ連れていった」

反対側を向くと、救助された男が横たわって身じろぎするのが見えた。気を失っている間も、僕の頭は事故と危険のことを考え続けていたようだ。今は、起きてしまった悲劇以外は何も考えられない。それが顔にも表れたのだろう、ウェダーバーンが言った。「せめてもの慰めだが、こうなると、然《しか》るべき時までクリスティーンは真実を知らなくてもいいわけだ」

僕はよろめくように立ち上がったが、気は急《せ》いていた。「ラナルド・ガスリーがいる。あなたは彼のことを忘れている」

ベル老は横たわっている男に大股で近づき、ランタンを掲げた。男の手をつかみ、ランタンで照らす。男の手の指は、だいぶ昔になくなっていた。「この男はイアン・ガスリーじゃよ。ラナルドは死んだ」

「死んだ？　それは確かですか？」頭がまだぐらぐらしていた。僕は呆けたみたいにベル老を見つめた。

老人はすっくと身を起こした。「確かじゃ。わしが殺した」

ユーアン・ベルによる結び

I

昨日クリスティーンから手紙が来た。消印は――オハイオ州シンシナティ。最初は人が住む土地の名前とは到底思えんかったが、一年も経つとなじんだ。こんな年寄りでも新しいものに慣れることができる、素晴らしいことじゃ。

だが、キンケイグの村人はちっとも変わらん。手紙は郵便局長のジョンストン夫人が手ずから持ってきて、店先で十分ほどもぐずぐずしていた。他人《ひと》の古靴がよほど気になったと見える。「ベルさん、手紙を読んでくださいな、あたしのことは気にしないでいいからさ」三十分後、今度は女先生じゃ。谷をのぼって地主の城へ行った頃と比べると、心持ち鼻が高くなった。子供たちが教会のホールで上演する劇の切符を買ってもらえないかと持ちかけてきた。「自己表現と児童心理を扱った面白いもので、首席の子が書いたんです。あの子は天才ですよ、ジョーディー・ギャムリーですけど。ところで、外の世界からニュースが入ってきていません？」

実は一、二週間前、アメリカから別の手紙が届いていた。消印の地名はさらに珍妙で、カリフォルニア州サン・ルーイス・オビスポ。ジョンストン夫人は言ったものだ。「こんな変てこな名前、聞いたことがないね。黒人さんからですか？」わしは手紙を開けて「いや。遠い場所に引っ越した昔の学友からなんじゃ」と答えた。嘘ではない。フリンダーズ医師は書いていた。エディンバラの学校へやられる前、村の学校に通っていた頃、わしと並んで老牧師の説教を聴いた、と。わしが二十歳《はたち》の年にオーストラリアで生まれたことになっている男が、おかしなことを書いたもんじゃ。ジョンストン夫人はそんな事情を知らんが。

昨日のクリスティーンからの手紙は、牧師館へ持っていってジャービー師と一緒に読んだ。牧師はこの一年で一気に老けた。読み終えた手紙を机に置いたとき、確かに手が震えていた。手紙には、シビル・ガスリーがニールのことを教えてくれたと書いてあった。ジャービー師はしばらく何も言わず、日盛りの庭と、金色の頭《こうべ》を垂れる収穫間近の教会領麦畑を眺めていた。

「時はどんなものでも柔らかに熟させるものだね、ユーアン・ベル」

わしは手紙をポケットに戻して訊いた。「あの娘にいつか、夫になる男が見つかりますでしょうかね?」

「もちろん見つかるさ、ユーアン。ニール・リンゼイのことがあったあとでは、スコットランドの紳士と結婚する気にはなれないだろうし、小作人の倅もまっぴらだろう。だがあの娘《こ》は新世界にいる。ほら、新しい世界の物珍しさに心を開こうとしているじゃないか。殻を出て、目を見開き、戸惑い、粗探しをしている。いつかきっと、物珍しいとばかり思わずに、美しいとも感じる。そうしたら――」牧師は立ち上がった。「だが、我々は生きてそれを見ることはないかもしれないね、老いたる友よ」

今日、暇に任せて谷をのぼってみた。ペンを執ってこの記述を始めてから十八か月の時が流れた。エルカニー城の影の中で終わらせるのも一興だろう。

2

目から鼻に抜けるような、スコットランド・ヤードのアプルビイ警部なら、ガスリー事件では完敗だったと言うかもしれん。最後の最後で事件全体の構図を一変させる要素を自分は無視した、するべき質問をしなかった、あの男はそう言い張って譲らん。だが読者は、彼がちゃんとその質問をしたと知っておられる。最後の晩、息継ぐ暇もない急展開がなければ、彼がその質問を繰り返したであろうことも。ハードカスルが呼びに来てギルビイが塔へ向かったとき、二人の目の前で教室からそっと出て行った人物は誰だったか？　読者はもう答えをご存じのはず。あれは、このわし、ユーアン・ベルだ。

十二月二十三日、タマスが届けに来たクリスティーンの手紙を前にして、わしは長いこと考え込んだ。年を取り頭の巡りもよくないわしが、手紙の紙背《しはい》に刻まれているのはクリスティーン自身も意識していないかもしれん懇願だと気づいたときには、クリスマス・イヴになっていた。いや、真意が理解できていたとは言えんな。黄昏《たそがれ》にエルカニー谷をのぼりながら、わしはあの娘《こ》にさよならを言うだけだと自分に言い聞かせておった。だが、胸の奥ではクリスティーンの言いたいことがわかっていたし、さらに奥底では危険を感じ取っていたに違いない。そうでもなければ、剣呑《けんのん》な雪道をたどるなんぞ愚かな真似はせん。

八時頃城に着く心づもりだったから、その晩はガスリーの情けに期待するか、女先生と同じように農場のわら布団を当てにするかだった。そう考えていたとき、わしはもう少し若いつもりでいた。自然の気まぐれか、あの夜、嵐の中を無事エルカニー城に着いたが、城への最後の坂をとぼとぼ歩いていたときには真夜中まであと三十分しかなかった。携えた風防ガラス付きランタンは、激しい雪の中では手許を頼りなく照らすだけ。そのとき教室に灯りが見えた。わしは濠を下り、難儀しながら狭いテラスへのぼった。ウェダーバーン氏はいみじくも、わしに往年のスポーツマンのなれの果てを見て取ったが、少しは筋肉が残っていたらしい。

クリスティーンを訪ねるのになぜこそこそしたやり方をしたのか、今となっては不思議だ。ガスリーに気を許してはならんという本能的な警戒が強かったことは間違いない。彼女はわしを窓から入れて、会いに来たことを喜んでくれた。傍らに、マクラーレンのかみさんが日曜の礼拝に持っていくハンドバッグほどの、小さなスーツケースがあった。椅子の背には雨外套《マッキントッシュ》が掛かっていた。わしは訊かずにおれんかった。「まさか今夜出て行くんじゃあるまいね？」

「それが伯父さまの意向なの。ニールも、マーヴィーまでは安全に行けるって。あの人は今、塔で伯父さまと話しているわ。下りてきたら二人ですぐ城を発つの。大丈夫よね、ユーアン・

ベル」
恋する者の盲目ゆえ、あの娘はわずかに心を毛羽立たせる程度の疑いしか抱かず、大丈夫なはずがない、この企ての中心には箍《たが》の外れた不吉なものが凝り固まっている、とは考えられなかった。「クリスティーン、わしは塔にのぼって二人に会ってくる。ニールが下りてきたら城を発つがいい。落ち着いたら手紙を書くんじゃぞ」そう言ってわしはお別れのキスをした。二人が城を出たらわしが殿《しんがり》を務め、後顧の憂いを絶ってやる気でいた。二人が出て行くこと自体が命取りの罠だとまでは考え及ばなかった。

クリスティーンは「小さいほうの階段を使って。ハードカスルをやり過ごせると思う」と言い、階段下の扉が閉まっているといけないからと鍵を捜して渡してくれた。

わしは教室を忍び出て――その姿をギルビイとハードカスルに見られた――小さいほうの階段へ向かった。険しい道のりをキンケイグから必死にのぼってきたあとでも、二人が大階段をのぼるよりわしが小階段をのぼるほうが速かったことは覚えておいてもらいたい。わしが途中でぐずぐずしていたら、話は全く違う方向へ進んだかもしれん。

これも言っておくが、先代地主の頃に若者だったわしは、城の内部には通じていたものの塔の天辺についてはろくに知らなかった。胸壁から入る扉があるのは心得ていたので、跳ね上げ戸をくぐって胸壁の通路に立ったとき、わしは堂々と中に入り、友人のリンゼイが花嫁と無事に城を離れるのを見届けに来たと言うつもりだった。

ガスリーの書斎へ行くために、風の吹きすさぶ胸壁を左右どちらへ進むべきか迷った。結局左を選んだが、それは間違いだった。つまり、ガスリー嬢がフランス窓から近づいていった惨劇の場に、わしは胸壁の反対側から向かっていった。アメリカ娘の存在は、もとよりわしの頭にない。ラナルド・ガスリーも知らなかったろう。ガスリー嬢の叫び声をラナルドが聞いたというのは彼女の思い違いじゃ。

わしは彼女より数秒早くあの場に着いた。ガスリー嬢が聞いた叫び声を基準にして、わしら二人の動きを突き合わせてみよう。叫び声を聞いた彼女は窓から離れ胸壁を回るように移動を始めた。叫んだのはわしだ。さぞ大きな声だったろう。それも道理、ランタンで足許を照らし注意深く胸壁を歩いていると、何かが暗闇から転がり出てわしにぶつかり、つまずいて危うく胸壁から落ちそうになったんだから。わしはランタンを置いて屈み込んだ。人の体だった。

それからのことは、ほんの数秒のうちに起こった。扉の上の窪みに別のランタンが燃えていた。そこは小寝室への入口で、次の瞬間その扉からガスリーが出てきた。わしは倒れている人影——てっきりニール・リンゼイだと思っていた——から身を起こし、一歩下がった。その拍子に自分のランタンを倒して火が消えた。ガスリーはわしに気づき、悪念を隠しもせずに斧を振り上げた。そのときガスリー嬢が、眼前で繰り広げられる光景を甚《はなは》だ頼りない灯りの下《もと》で目撃し始めたわけじゃ。ガスリーが一歩こっちへ近づき、扉の上のランタンの光の外へ出た。わしらは互いに息を潜め手探りで相手の動きを窺った。わしは生死の瀬戸際にいるのがわかっていた――ガスリーは宣戦布告を読み上げたも同然で、危機を脱することには、自分の命だけでなく、足許に力なく横たわる男の命がかかっていることも。地主は人を殺《あや》める気だと、わしは確信しておった。

ガスリーは暗闇で身を屈め、切れる頭に詰め込まれた狡猾さを総動員して、位置取りで優位に立とうとしていた。奴は突然胸壁のそばで立ち上がり、ランタンの光にさらされた。わしのことは影絵にしか見えなかったろう。ガスリー嬢にはもちろんのこと。それで十分と奴は踏んでいた。不意打ちできると考えたんじゃ。斧が勢いよく振り上げられた。まともに食らったら、はらわたを引き裂かれるか、顎から頭を真っ二つにされただろう。わしは先に動くしかなく、ためらわずに機先を制した。読者よ、ラナルド・ガスリーはこうして死んだ。

3

わしは積もった雪の中に倒れている人物のそばにひざまずき――覚えておられるだろう、ガスリー嬢はもうその場を離れていた――静かに話しかけた。「リンゼイ、大丈夫か？」男は身動きし、顔をこちらに向けた。ガスリーの顔だとわかったときのぞっとする感じを、読者は理解できよう。暗闇で違う相手を殺めてしまったという恐ろしい考えが頭をよぎった。

男は薬を飲まされていたらしいが、急速に回復し始めていた。数秒後には目を開けてわしを捉え、か細い声で訊いた。「君は誰だ？」わしが名乗ると、まるで昨日会ったばかりの人間の名を聞いたように目が輝いた。「私はイアン――イアン・ガスリーだ。ここから逃がしてくれ。こっそりと」

その夜わしは、もう十分すぎるほど体を動かしていた。ストラカーン先生の「運動選手の理想」も顔負けするくらいに。だが、否とは言えなかった。自分のランタンは胸壁から投げ落として扉の上で燃えているほうを取り、イアンを背負った。父親の小作地を手伝っていたときは、もっと重い仔牛をしょっちゅう背負って運んだもんだ。

イアンを跳ね上げ戸まで運び、くぐらせて下ろし、下からボルトを掛けた。誰もいなくなった胸壁をギルビイ青年が調べたのは、それから二、三分後だろう。少し手を貸してやるだけで、イアンは長い螺旋階段を覚束ない足取りで下りた。やがてわしらは廊下を通って教室の近くまで来た。中を覗くと、クリスティーンはもういなかった。イアンを教室で休ませ、消えかかった暖炉の火で暖を取らせた。しばらくして彼は言った。「ラナルドは？」

「わしが殺した――胸壁から突き落とした」

既に真っ白だったイアンの顔から、さらに血の気が引いた。「可哀想に、もう正気じゃなかった」しばらく黙って、再び口を開いた。「ベルさん、あいつは私を殺すつもりだった――ちょっとした手術を施してからね」右手を開いてみせる。「だから斧を持っていたんだよ」

その意味が完全に呑み込めたのは、だいぶ経ってからだった。

アプルビイ君が言っておったな、カリフォルニアで年金暮らしをするフリンダーズには、シドニーのフリンダーズと明らかに異なる特徴があってはならず、それゆえラナルドはさもしい性格を矯正する必要があった。それは間違いではない。だが、シドニーのフリンダーズにはアプルビイの知らない別の特徴があり、ラナルドはそれをイアン自身からの手紙で知ったのじゃ。放射線医学を研究していた若い頃、あの危険な物質を扱う者にはままあることらしいが、イアンは指を二本失っていた。もちろんラナルドは、指を二本失ってカリフォルニアへ赴く覚悟をしていた。外科手術に関する医学書を読み、人前に出るのをしばらく避けて、あとは人並み以上の度胸さえあれば、指を切り落とすことはさほど難しくない。しかし濠で見つかる予定の死体をラナルド・ガスリーと認めてもらうのは厄介じゃ。指をなくしたのが大昔のことだとわかるのはいかにもまずい。かといって、その事実を隠すために細工を施すのは、普通の状況であれば疑いを招く。人は考えるだろう、ガスリーの指はなぜ切り落とされているのか、とな。ところがリンゼイがガスリー殺害の容疑者となるや――リンゼイ一族とガスリー一族の暗い因縁のお蔭で――その疑問には労せずして納得のいく答えが見つかる。しかも、それによってリンゼイへの疑いはいよいよ深まる寸法じゃ。ラナルドにとって、一方の敵に対する大きな障害が、もう一方の敵を追い詰める驚くべき武器と化すわけだ。アプルビイが再々言っていたように、ラナルド・ガスリーのジグソーパズルは、きちんとはまるだけでなく無駄というものが一切なかった。

そのときのわしは何が何だかさっぱりわからず、イアン・ガスリーの右手を呆けたように見るだけだった。やがてイアンはよろよろと立ち上がった。「声がする」ギルビイたちが塔から下りてきたに違いない。続けてイアンは、「もう行こう」

わしは仰天してまじまじと見返した。「行くじゃと?」

「私がここにいるのを知っているのは悪党のハードカスルだけだし、あの男は何もしゃべらんよ。ラナルドの死は、事故か自殺として片づけられるだろう」

「イアンさん、わしがあんたの気のふれた弟さんを殺した、そう認めるのを渋っていると考えているのなら、要らぬ気づかいじゃ。奴が死ぬか、そうでなければ、あんたとわしがやられていたんだからな」

「その通りだ、ユーアン・ベル。でも、ラナルドの気が狂ったからって、血なまぐさいスキャンダルは御免こうむりたい。できるだけ早くキンケイグまで行こう」

あの夜あの体で雪の中を村まで歩くと言い出すとは、この男も気が狂っていると思った。もちろん今なら、何に駆り立てられていたのかわかる。イアンには、リチャード・フリンダーズとして生涯を終えたいという執念——ガスリー一族特有の暗い情熱——があった。つらつら考えると不思議とは言えん。リチャード・フリンダーズこそは、イアンが半世紀近い歳月をかけて築き上げたものだ。わしは自分にははっきり理解できないものに従って、イアンと城を出た。

知っておいてほしいが、あのとき彼は、リンゼイのことも、若者が陥らんとしている窮地についても、全く知らなかった。わしにだってわかっていたわけではない。わかっていたら、無理にでもイアンを城に留め置いたろう。

一時間前にはエルカニー城まで体力が持つかどうか危ぶんでいたわしが、具合のよくない男を連れてキンケイグまで長い道のりを歩くという難題を抱えることになった。事の成り行きにショックを受けて、わしは頭をどこかに置き忘れたようになっていた。二人して行き倒れになるに違いない、なるようにしかならんと開き直った。結局どうなったかというと、わしら二人は並外れて頑健で、早朝の勤めの鐘が鳴るなか、キンケイグの教会を通り過ぎた。道中誰にも会わず、その後の二十四時間、イアン・ガスリーはわしの家にいた。ずっとおとなしくしていたわけではない。懐かしいキンケイグの村を見たいという思いを振り払うことができず、あくる日、危険を冒して村をそぞろ歩いた。読者はもうお気づきだろう、村人が見たラナルド・ガスリーの幽霊の正体はイアンじゃ。

イアンが知っていることを話してくれ、わしの話と突き合わせて、ジグソーパズルをおおよそ完成させた。それでもイアンは姿を現す気になれないと言った。検死審問があるし、それが終わるまでは何もしたくない。もしリンゼイに嫌疑がかかったら、もちろん名乗り出よう。そうでなければ、自分はリチャード・フリンダーズとしてこの国を出て行く。誰にもそれ以上のことを知らしめる気はない、と。わしはわしで、エルカニー城にいたことを誰にも言うなとクリスティーンに頼むつもりだった。

ただ一点、イアンの計画に断固反対した。その是非はこれを読む人たちに判断を仰がねばならん。もしイアン・ガスリーが生きてみんなの前に出ることなく事が運んだとしても、家族と弁護士には知らせるべきだとわしは強く勧めた。あの男の芯に巣くうガスリー一族の頑迷さにも、それればかりの常識を叩き込むことはできた。すべて無事に終わったら、事件に関わった人たちをわしが夜間エルカニー城に集める。そこへイアンが赴いて、一切を打ち明ける。彼は話を呑んだ。そこまで取り決めると、イアンは闇に紛れてキンケイグを後にし、ダンウィニーのホテルへ戻った。ホテルはウィンタースポーツを楽しむ人々やカーリングに興じる人々でごった返し、リチャード・フリンダーズの姿が見えないことに誰も気づいていなかった。

これで話は終わりじゃ――もっとも、あれからわしは冷や冷やする思いをたっぷり味わった。家族の集まりを計画したあの晩、まさか警官のアプルビイまで来るとは思わなかった。とまれ、どこで手綱を放すべきか心得た思慮深い人間であるのはありがたかった。ラナルド・ガスリーも鼻つまみ者のハードカスルも死んだ。イアン・ガスリーには子供がおらん。エルカニーの地所をどうするかは、他人が口を出す問題ではない。当分は沈黙を守り、奈落にある真実は封印する。それはイアンにとっては己《おの》が務めを免じてもらうだけのことかもしれんが、クリスティーン・マザーズにとっては神の慈悲と言えた。

4

かくしてガスリー一族はこの地を去り、エルカニー城は貸しに出された。まだ使える家具や道具はあらかた四散した。先祖の肖像画と教室にあったものは海の向こうのシビルとクリスティーンの許へ送られ、そのあと盛大な競《せ》りが始まった。あの夜ガスリーたちが坐ってキャビアを食べた、馬鹿でかいフランドル風の長テーブルはジャービー師が競り落とし、教区の集会で使うことになった。アイサ・マードックが隠れた、回廊の大きな地球儀と天球儀は〈紋章亭〉のロバーツ夫人が手に入れ、今はバーの個室に置いてある。夫人はティーポットを片側に、もう一方に地球儀を置いて、息子たちが世界のどの港から手紙をよこしたか、網にかかった犠牲者に得意になって教えておる。グレンリペットのフェアバーンは――覚えておられるかな、三月に一度しか車を使おうとせん、けちん坊じゃ――中庭にある大きな花崗岩の跳び石を買った。何に使うのかと村人は首をひねったが、肉屋のウィル・ソーンダースは、墓石にしてかみさんの名前を彫るのを心待ちにしているのさと言いおった。回廊にあった、朽ちてぼろぼろの神学書は、わしが買い取った。読み応えのある難物じゃが、わしが時折ジャービー師と戦わす議論の際、この貧弱な背中を支える頼もしい味方になってくれておる。

今日、ここに来るのも最後になるだろうと思いながら、エルカニー城をぶらぶら歩いた。いつも城の周りで渦を巻いている風が、破れ窓越しにため息を吹き込んでいた。山の若木の匂いを運ぶ暖かい風だが、城にもうじき夏が来る気配も、日が射す兆しも伝えてはいなかった。城はすっぽり過去に落ちたままじゃ。ここにこれから棲《す》むのはネズミだけという気がする。あいつらは、耄碌《もうろく》したハードカスルのかみさんのことはとうに忘れておる。夏になればイワツバメも棲むかもしれん。わしがのぼった高い塔からは一つまた一つと石が崩れ落ち、やがてマーヴィーのリンゼイ塔と同じようにすっかり忘れ去られるだろう。スコットランドの歴史を情熱的に生きてきたエルカニーのガスリー一族は、反目してきたライバルたちと同じく、脚註に名を残すだけになる。

だが、ギャムリー一家は農場に戻ってきた。息子の一人がスペイサイド（スコットランド北東部スペイ川流域）から嫁を迎えた。今も彼女が畑で歌っている。本物のスコットランド吟遊歌をあらかた駆逐してしまった、粗野で儚《はかな》い歌だ。それでも、大地が声を限りに楽しげに歌っているように聞こえてくるから、きっとこれからも歌い継がれていくだろう。

解説

若島正

マイケル・イネス（本名ジョン・イネス・マッキントッシュ・スチュアート）は一九〇六年にスコットランドのエディンバラで生まれた。当時は寄宿制の男子校だった名門のエディンバラ学院に学ぶ（小説家のロバート・ルイス・スティーヴンソンもそこに存学していたことがある）。オックスフォード大学に進学して英文学を専攻し、その後ウェスト・ヨークシャー州にあるリーズ大学で講師を務めていた。一九三五年、そのとき英国に滞在していた、南オーストラリアのアデレード大学副学長と昼食を共にする機会があり、前年に亡くなった英文学教授のポストが空いているので来ないかという提案を受けた。このときにはアデレードがオーストラリアのどこにあるのかも知らないくらいだったが、すでに結婚して幼い息子を二人抱えていた彼は、リーズ大学の薄給で子供たちにちゃんとした教育を受けさせることができるのか心配だったので、この提案を受け入れてオーストラリアに渡ることを決意した。五年という約束だったが、オーストラリア滞在は一〇年にも及び、ちょうど第二次大戦の時期をそこで過ごしたことになる。そのあいだに、渡航前から書き始め、六週間にわたる船旅の途上で書き上げたという、ジョン・アプルビイ初登場作品でもある『学長の死』(一九三六年)をデビュー作として、探偵小説家マイケル・イネスが誕生した。アプルビイ物第八作 *The Daffodil Affair* (一九四二年、邦題『陰謀の島』)まではすべてオーストラリアで書かれている。英国に戻ってからは、後にオックスフォード大学のクライスト・チャーチ・カレッジで英文学教授を務め、一九七三年に退職した。本名のJ・I・M・スチュアート名義では、英文学者としての研究書が九冊に、普通小説が二〇冊。そしてマイケル・イネス名義では、アプルビイ物の長篇が三二冊に、それ以外の長篇が一三冊。この他にも短篇集が両名義を合わせて一〇冊あるのだから、いかに多産だったかがおわかりいただけるだろう。読者を大いに楽しませてくれる作品を多数残して、彼が世を去ったのは一九九四年、八八歳のときだった。

さて、本書『ある詩人への挽歌』(一九三八年)は、『学長の死』そして『ハムレット復讐せよ』(一九三七年)に続く、マイケル・イネスとしてもアプルビイ物としても第三作に当たる。この作品は、邦訳される前から名作という評判が立っていた。その評価に寄与したのは、英米の探偵小説を幅広く渉猟して原書で読んでいた江戸川乱歩である。昭和二三年(一九四八年)に「英国推理小説の傑作」と題して発表され、後に昭和二六年(一九五一年)の評論集『幻影城』に収録されたときには「イギリス新本格派の諸作」と改題のうえ大幅に増補された評論の中で、乱歩は「私の知る限りに於て最も優れたもの」として真っ先にイネスを取り上げ、「イネスの探偵小説は大衆読者にとってはカビア（筆者註・キャビア）」であるとする海外の評を引きながら、『ある詩人への挽歌』の読後感を次のように書いた。

「ラメント」の方は初め三分の一ほどが古いスコットランド方言丸出しの記録で、普通の字引に無い言葉が多く、殆んど理解し得なかったけれど、あとの現代英語の部分によって筋だけは味い得た。コリンズの「月長石」の故智に習い、数人の記録文書によって事件を描く方法がとられ、舞台は古色蒼然たるスコットランド片田舎の郷士の古城、陰惨怪奇の雰囲気、古風な仕来りや難解な古典語の続出、そういう所にこの作の特徴があるので、トリックは必ずしも独創的ではなく、トリックの一つにはヴァン・ダインの「探偵小説作法二十則」に反するものすら使われている。トリックやプロットよりも教養と文体に於て格段に優れた作風であり、あんなに饒舌ではないし、もっと引きしまった文体ではあるが、どことなくセイヤーズの「ナイン・テイラーズ」を思出させるような所がある。

また乱歩は、この評論に先立って、昭和二一年（一九四六年）に発表した「世界探偵小説傑作集」（『幻影城』に「欧米長篇探偵小説ベスト集」と改題して収録）で、「一九三五年以後のベスト・テン」の中にこの『ラメント・フォア・ア・メーカー』を入れた。さらに、トリックの分類に大きな興味を持っていた乱歩は、昭和二八年（一九五三年）に発表し、その翌年の評論集

『続・幻影城』に収録された評論「類別トリック集成」の中で、最初に挙げている「一人二役」のトリックの例として、チャールズ・ディケンズの『バーナビー・ラッジ』を先例とする下位分類にイネスのこの作品を入れている（イネスの名前だけが出ていて、作品名は挙げられていないが、乱歩がどの作品を念頭に置いていたのかは容易に想像がつく）。

　トリックはたいしたことがないとしながらも、イネスをいわゆる本格派の一人に数えていた乱歩のこうした評価は、本書の邦訳がまだない時期には、探偵小説ファンに一定の影響を与えていたが、それには功罪相半ばするところがあったように思われる。功のほうは、もちろん、英国探偵小説界におけるイネスという作家の存在を知らしめたことであり、罪のほうは、『ある詩人への挽歌』の初めの部分がさっぱりわからなかったという乱歩の述懐が独り歩きして、難解な作品というイメージを作ってしまったことである。

　イネスは高尚で難解――こういった先入観を払拭したのが、イギリス・ミステリの歴史を逍遙しながら至るところで著者の幅広さと読み巧者ぶりをうかがわせる、宮脇孝雄の名著『書斎の旅人』（一九九一年）だった。ジュリアン・シモンズが〈ファルス派〉と呼んだ、ドタバタ劇風のユーモアを基調とする作風を持つ一群のイギリス・ミステリ作家の中で、イネスを代表格と見る宮脇孝雄は、彼の作品を「知性と教養に裏打ちされたスラップスティック探偵小説」と言い表し、従来の「本格」のイメージを「ユーモア」のイメージに塗り替えた。そして、奇人変人がよく登場する〈ファルス派〉の特徴のひとつとして、「被害者はおおむね変人である」

という点を挙げ、イネスの初期の四作（一九三九年の『ストップ・プレス』まで）をいずれも佳作として、そのうちこの『ある詩人への挽歌』を特に取り上げ、乱歩がほとんどわからないと嘆いた、スコットランド弁が駆使されている靴直しユーアン・ベルの語りも、「横町のご隠居が聞きかじりの漢文の知識をひけらかしながら、八つぁん熊さんに講釈をしているようななかなり滑稽なもの」だとした。こうした受け取り方が妥当なものであることは、『ある詩人への挽歌』が一九九三年に現代教養文庫で初めて邦訳紹介されることによって、日本の読者にもようやく確認された。その後、〈ファルス派〉の面目躍如たる『陰謀の島』や、アプルビイ物ではない作品群の中では一頭地を抜く怪作『ソニア・ウェイワードの帰還』（一九六〇年）も邦訳が出るに至って、重厚というよりはむしろ軽薄に見えてもおかしくないイネスのおもしろさが日本の読者にも浸透してきたように思える。今回の『ある詩人への挽歌』新訳の意義は、まずそうしたイネスの楽しさを再確認できる点にあるだろう。

J・I・M・スチュアート名義で書いた回想記『私とマイケル・イネス』(*Myself and Michael Innes*, 一九八七年、未訳）の中で、マイケル・イネスは「郷愁あふれるスティーヴンソン風の物語」と呼ぶこの『ある詩人への挽歌』について、次のように書いている。

『ある詩人への挽歌』は『バラントレーの若殿』の匂いがぷんぷんしていると言われたことがある。あの小説（一九二四年に読んだ）の記憶はその指摘にぴったり合うわけではないが、およそ言われていることが正しいのは間違いない。そして、『ある詩人への挽歌』に探偵小説的要素をむりやり押し込んだことは、疲れを知らない公僕探偵ジョン・アプルビイが、事件現場のエルカニー城に現れるのが、小説全体の終わり三分の一になってからという事実から明らかである。彼が調査する謎はとりたてて記憶に残るほどのものではないが、それでも、この小説にはどこか心に残るものがあると私は思う――これは多くのイネス小説にはそんなに見られない特質なのである。

ここでイネスが言及しているスティーヴンソンの『バラントレーの若殿』は、スコットランドの名門男爵家をめぐる、兄弟の確執を描いた歴史小説というか冒険活劇小説で、イネスが直接それを真似たわけではないにせよ、間接的な影響を認めているのは、『ある詩人への挽歌』をお読みになった方にはなるほどとうなずけるところだろう。

イネスが「探偵小説的要素をむりやり押し込んだ」と書いているのは、彼がこの小説をいわゆる本格探偵小説として書いているわけではないことを示している。『ある詩人への挽歌』が前二作『学長の死』および『ハムレット復讐せよ』と異なる点は、探偵小説をはっきりと意図した前二作がいずれも一貫して三人称で語られていて、とりわけ『学長の死』ではアプルビイがいきなり第一章から登場するのに対して、『ある詩人への挽歌』では五人の登場人物（アプルビイを含む）による一人称の語りが用いられていて、しかもその形式も日記風書簡や手記、証言と多彩なものになっているという趣向が凝らされているところだ。

複数の語り手が入れ代わり立ち代わり物語を語る手法は、ウィルキー・コリンズが『白衣の女』（一八六〇年）や『月長石』（一八六八年）といった作品で好んで用いたものであり、現代ではイーアン・ペアーズの『指差す標識の事例』（一九九七年）のように、ある語り手が語っている事柄が別の語り手の語りによって否定される、といった方法論を用いている優れた例もある。『ある詩人への挽歌』が書かれる少し前には、ウィリアム・フォークナーが『響きと怒り』（一九二九年）でこの手を使っていて、最初のパートではベンジーという白痴の語りで始まるので、読者は何が書いてあるのかわからず大いに面食らう。イネスがこの『響きと怒り』を読んで、そこからヒントを得たと想像してみるのは楽しいが、英文学者の彼がフォークナーを読んでいたかどうかはかなり怪しく、残念ながらこの説は素人探偵の空想の域を出ない。

『ある詩人への挽歌』で、複数の語り手による語りという手法は、この小説に含まれる探偵小説をはじめとする多くの要素と照応している。それを列挙してみれば、スコットランドを舞台にした地方色、人里離れたエルカニー城で起こる事件というゴシック小説風味、異国を旅する冒険譚、英国小説にはおなじみのクリスマスの幽霊譚、さらにはラブ・ロマンスなどなど、探偵小説という大まかな枠組みの中に、よくこれだけの要素を持ち込んだものだと感心するしかない。

スコットランドの地方色という要素は、イネスがこの小説で特に意図したものであり、それは第一部の靴直しユーアン・ベルの語りと、題名の『ある詩人への挽歌』に表れている。原書で読むときに、乱歩が感じたような困惑を覚えるかもしれないユーアン・ベルのスコットランド語による語りは、スティーヴンソンが怪奇短篇「ねじけジャネット」で使ったものだが、あえて現代小説で例を挙げれば、やはりスコットランドのエディンバラ出身であるアーヴィン・ウェルシュがデビュー作『トレインスポッティング』（一九九三年）でスコットランド語を標準英語に混ぜて使っている。そして『ある詩人への挽歌』（*Lament for a Maker*）という題名は、一五世紀後半から一六世紀前半にかけてスコットランド語で詩を書いたウィリアム・ダンバーの最も有名な詩"Lament for the Makaris"から取られたものである（makarisとはスコットランド語でmakarすなわち「詩人」の複数形）。これはいわゆる「死の舞踏」のスタイルで書かれた、過去の詩人たちを悼む詩で、各連の最終行で繰り返される「死の恐怖、我をさいなむ」（Timor Mortis conturbat me）あるいはそれを縮めた「死の恐怖」（ティモル・モルティス）は、「死を忘れるな」（メメント・モリ）ほどではないにせよ、人口に膾炙《かいしゃ》した言葉になっている。

第二部は、ノエル・ギルビイという青年が恋人ダイアナ・サンズに宛てた日記風書簡という体裁で語られる。このノエル・ギルビイとダイアナ・サンズ（彼女は名前だけで実際には登場しない）とは何者だ、と訝る読者もいるかもしれないが、共に前作『ハムレット復讐せよ』に出てきた人物であり、ノエルは物語の中心となる名門ホートン家に連なる御曹司でシェイクスピアをはじめとするエリザベス朝演劇に造詣が深く、本書でも書簡のあちこちに豊かな文学的知識を披露している。そしてダイアナは、いわゆる「新しい女」と呼ばれるタイプの、ノエルが熱を上げている相手として登場する。つまり、この二人はアプルビイと並んで、忠実な読者に対するイネスの目配せなのだ。

ここまでが本書の約半分で、第三部「アルジョー・ウェダーバーンの調査報告」からは事件の真相究明編となる。実を言うと、読者としてわたしが心配したのはそこだ。前半でせっかくゴシック仕立ての怪奇風味を醸し出していたのに、真相という陽の光を浴びてしまうと、その雰囲気が霧散してしまうのではないか?

わたしの心配はまったくの杞憂だった。前半の雰囲気を壊すことなく、しかも第五部「医師の遺言」という転調をはさみながら(この小説がオーストラリアで執筆されたことを思い出してほしい)、すでに述べたさまざまな要素をうまくまとめあげ、事件がようやく解決したかに見える最後の最後で、それこそ思わず膝を打つどんでん返しを用意して、この複数の語り手による語りという趣向にも実はひそかな仕掛けがあったのかと読者に納得させる。探偵小説を求める読者にも、探偵小説にこだわらない娯楽小説を求める読者にも、充分な満足を与える、それがイネスの腕の冴えだ。『学長の死』や『ハムレット復讐せよ』では、いささか探偵小説としてのプロットが凝りすぎた恨みがあったが、ここではそうした不満も解消され、イネスにしか書けない奇想をまじえた小説に仕上がっている。つまり『ある詩人への挽歌』は、イネスが初めてイネスらしい〈ファルス派〉の個性を存分に発揮した傑作なのだ。しかしそれにしても、「学者ネズミ」には参りましたね。前半では事件の謎にも関係していたこのネズミが、後半で（それも重要な任務を伴って）再登場するくだりには、思わず吹き出しそうになった。イネス以外に、いったい誰がこんな奇想天外なことを思いつけるだろうか。

最後に触れておきたいのは、イネスの作品群に見られる、大袈裟に言えばいわゆるメタフィクショナルな趣向のことである。『学長の死』と『ハムレット復讐せよ』には、英文学を研究するかたわら筆名で探偵小説を書いている、イネス本人を想起させるジャイルズ・ゴットという人物が登場する。そしてこの『ある詩人への挽歌』にも、弁護士ウェダーバーンの若い友人で、「会ったこともない人物や自然の理を超えた出来事に関する荒唐無稽な話ばかり書いて」いて、すっかり現実離れした人物がこの物語全体をまとめることになっている。言うまでもなく、これはイネスの自己戯画化された自画像である。この人物に限らず、本書の語り手たちはみな語ること、書くことが大好きなのだ。いままでそんなものを書いたことがないという靴直しのユーアン・ベルにしたところで、水を向けられるとその気になり、ホラティウスに倣《なら》って「事件の渦中から始め《イン・メディアス・レス》」ようと言い出す始末。そして恋人に向けて延々と手紙を認《したた》めるノエル・ギルビイは、サミュエル・リチャードソンの書簡体小説として英文学史的に有名な『パミラ』（一七四〇年）を引き合いに出して、こう書く。

君も覚えているだろう、パミラときたら、若主人に貞操をおびやかされるたびに何万語もの手紙を家族に書き送ったんだ。僕は前からパミラが好きだったけど、その理由がわかった。僕は同じ欲望を持っているんだ。彼女とだぜ、若主人のほうじゃないからな。ローマ帝国を研究する歴史家が言われたように、「いつも書き散らし、書き散らしだね、ギボンさん?」というわけだ。

七〇冊以上の小説を書いたイネスも、きっとこうだったのだろう。彼はまず自分の楽しみのために小説を書いた。回想記の中で、彼は探偵小説についてこう言っている。「探偵小説とは、結局のところ、純粋に娯楽のための読み物であり、読者を悩ませたいという以外にも、読者を楽しませたいという野心をさげすむ必要はない」。書く楽しさと読む楽しさがあふれているのがイネスの作品群であり、『ある詩人への挽歌』はその代表作のひとつなのだ。

検 印
廃 止

訳者紹介 1957年茨城県生まれ。東京大学、同大学院人文研究科に学ぶ。英米文学翻訳家。共訳書にディクスン「黒死荘の殺人」、訳書に同「殺人者と恐喝者」「ユダの窓」「貴婦人として死す」「白い僧院の殺人」がある。

ある詩人への挽歌

2021年11月30日 初版

著 者 マイケル・イネス

訳 者 高《たか》 沢《さわ》 治《おさむ》

発行所 （株）東京創元社
代表者 渋谷健太郎

162-0814/東京都新宿区新小川町1-5
電 話 03・3268・8231-営業部
03・3268・8204-編集部
URL http://www.tsogen.co.jp
精 興 社・本 間 製 本

乱丁・落丁本は、ご面倒ですが小社までご送付ください。送料小社負担にてお取替えいたします。

ISBN978-4-488-18202-1 C0197

名探偵譚＋ホームズパロディ

The Triumphs of Eugène Valmont◆Robert Barr

ヴァルモンの功績

ロバート・バー

田中 鼎 訳　創元推理文庫

◆

吾輩はウジェーヌ・ヴァルモンである。
パリ警察ではひとかたならぬ働きをしたが、
ロンドンから来た長身の私立探偵（敢えて名を伏す）も
絡んだ一件の責めを負わされ、敢えなく馘首。
その後ドーバー海峡を渡って私立探偵の看板を掲げ、
粉骨砕身クライアントの要望に応える日々である。
本書でその一端を明かす。心して読むがよかろう。
吾輩に劣るとも勝らない迷探偵の二掌編を附す。

収録作品＝〈ダイヤの頸飾り〉事件，爆弾の運命，
手掛かりは銀の匙，チゼルリッグ卿の遺産，放心家組合，
内反足の幽霊，ワイオミング・エドの釈放，
レディ・アリシアのエメラルド，
シャーロー・コームズの冒険，第二の分け前

車椅子のH·M卿、憎まれ口を叩きつつ推理する

SHE DIED A LADY◆Carter Dickson

貴婦人として死す

カーター・ディクスン

高沢 治 訳　創元推理文庫

◆

戦時下英国の片隅で一大醜聞が村人の耳目を集めた。
海へ真っ逆さまの断崖まで続く足跡を残して
俳優の卵と人妻が姿を消し、
二日後に遺体となって打ち上げられたのだ。
医師ルーク・クロックスリーは心中説を否定、
二人は殺害されたと信じて犯人を捜すべく奮闘し、
得られた情報を手記に綴っていく。
近隣の画家宅に滞在していたヘンリ・メリヴェール卿が
警察に協力を要請され、車椅子で現場に赴く。
ルーク医師はＨ・Ｍと行を共にし、
検死審問前夜とうとう核心に迫るが……。
張りめぐらした伏線を見事回収、
本格趣味に満ちた巧緻な逸品。